거버넌스
코드블루의 여명

박세정 장편실화소설

BOOK★STAR

목차

프롤로그 7
일러두기 14

1. 대부(代父)
운동장_1 17
호텔 프렐류드(Prelude) 25
수영장 28
여의도 33
테헤란로 40
역삼동 47
북한산 51

2. 거버넌스(Governance)
오크우드 호텔 66
5년 전, 홍천 74
호무란(ホームラン) 78
중증외상센터 81
문창모 기념관 88
원주시장 92
오뎅야 95

3. 킥오프(Kick off)
선행학습 100
킥오프 102
SOKO(석호) 115

4. 코드블루(Code blue)
돈쭐 122
호수산장 124
해부학 교실 126

우연(?)   128
TF 1차 회의   132
봉합   139

5. 외교관
리스너(Listener)   142
외교관_1   147

6. 조블결의
강원한우   152
제2차 세계대전   160

7. 사람이 사람을 살린다!
787호   164
샤롯밸리   167
복지부동   172
소백산맥   178
개싸움_교란자들   188
기드온의 용사들_남겨진 자들   197
챔버(Chamber)   202
요가천사   211
수의계약   216

8. 마못테(まもって, 날 지켜줘)
빨간 벽돌집   226
한남북엇국   234
타이레놀   239
영월, 드론 시험비행장   247

9. 적과의 동침, 협공과 사수(死守)
나쁜 남자   255
협공   261

10. 마취제로 암을 고칠 수는 없다!
천 개의 바람(千の風)   269
화이트보드의 비밀_바람의 유언   276

11. 리스타트(Re-start)
스카우트   283
발렌타인데이   289
통계의 신   293

12. 강원도 산불
제8 특수소방대   301
작전명, '바주카(Bazooka)'   314
뉴스센터   320
작전 개시   323

13. 페인팅(Feinting)
Good night, brother.   353
추진단   355
박쥐 새끼   357
대책 회의   360
간담회   364

14. 이건 대박 정도가 아니라 혁명인데요!
딜(Deal, 거래)   374
던, 딜.(Done deal, 거래 성립)   376
White paper(백서)   382
메릴랜드   383
판도라의 방   387
「Good bye brother~」 VS 「Good buy company!」   397

15. 아틀라스
국정감사   406
최종 보고회   417

16. 제자리
커플 427
외교관_2 432
중앙응급의료박물관 435
운동장_2 437

- 작가의 단상 440

- 부록 [박세정 칼럼]
  고(故) 윤한덕 센터장을 기억하십니까 442

- 작가 소개 446

챕터 # 작전명, '바주카(Bazooka)' 중에서

프롤로그

소설 『거버넌스: 코드블루의 여명』은 어느 날, 동아일보 기사 사진에서 시작되었다.

낡은 의자 위에서 생을 마감한 고故 윤한덕 센터장님 맞은편의 화이트보드다. 거기에는 필자가 보고하고 윤 센터장님께서 타계 전 정리한 내용이 고스란히 적혀 있었다.

그걸 보고는, 서랍장 깊숙한 곳의 명함철에서 고인의 피가 묻어 있는 명함을 꺼내 들었다.

그때부터 2018년 시작된 기록들과 함께 고독한 7년간의 글쓰기에 들어서게 된다.

— 이 소설이 불편한 이유? 당신이 그 안에서 살고 있기 때문이다.

글을 쓰기 시작하면서부터 '윤한덕TF'에 참여한 기관의 인사들과 교감을 나눴다.

그들은 책의 홍보를 생각해서 윤 센터장 순직 후 개관

한 중앙응급의료센터의 '윤한덕홀Hall'에서 출판기념회와 기자간담회를 하라는 배려와 제언을 주었다. 처음에는 그렇게 해볼까 했다.

하지만 탈고에 이르면서 고민이 되었다. 감사한 얘기이긴 하지만 기록의 무게감이 쉽게 허락하지 않았다. 실화 기반의 '르포소설'이라는 점이 오히려 누군가에게 정치적 부담과 리스크를 지울 수 있기 때문이다.

기록은 어느 한편에 서서는 안 된다.

― 관료, 의료, 소방, 학자… 서로가 미워하던 그들이 이뤄낸 하나의 팀

필자가 응급·외상체계 거버넌스 설계자로서 현장의 시스템과 제도의 모순을 체감한 사실을 바탕으로 『거버넌스: 코드블루의 여명』이 쓰였다. 등장인물과 상황은 소설적 창작이 가미되었지만, 주요 인물들의 결정과 기관 간의 갈등, 현장의 혼란은 실제다.

대한민국의 응급·외상체계 구축을 위해 모인 윤한덕 TF 23인.

그들이 어눌한 시스템과 싸우며 마주한 건, 책임보다 무거운 조직 이기주의와 '아무도 책임지지 않을 구조'였다. 있어야 할 책임은 무너져 있었고, 구축되었어야 할 시스템은 아예 없었다.

― *위에서 결정한 거니까 따라야지.*

연구가 난항을 겪을 때마다 가장 많이 들은 말이었다. 그 누구도 '위'가 누구인지는 말해 주지 않았다. '위'는 늘 추상적이고, '아래'는 늘 구체적이었다. 우리는 국민의 생명을 지키라고 해서 그 자리에 있었지만, 결정은 보도자료의 문장 길이와 보건복지부 장·차관 일정에 따라 움직였다.

부끄러운 고백이지만, 언제부터였던가? 그날 이후, 우리는 약속이나 한 듯 회의 때 아무 말도 하지 않게 되었다. 고개를 들면 책임이 되고, 입을 열면 조직이 흔들렸기 때문이다.

그렇게 침묵이 익숙하게 반복되더니, 어느새 침묵은 TF의 공식 언어가 되어 버렸다.

'우리가 입을 다물면, 환자는 숨을 멈추게 된다.'
내 머릿속을 시끄럽게 뒤흔들었던 건 정작 닥터헬기 프로펠러가 아닌 책임지지 않는 침묵이었음을 나중에야 알았다.

— *뺑뺑이? 시스템이 없던 게 아니라, 사람이 없던 거다. 결국, 한 명이 시작했다. 윤한덕이란 이름으로.*

이 책은 2019년 윤한덕 센터장의 과로사 이후 우리 사회의 응답이자 아직도 제대로 작동하지 않는 시스템과 남겨진 책임자들의 이야기다.
한 명의 리더가 사라진 자리를 지키는 이들이 어떻게 조직을 되살리고, 어떻게 '죽음을 줄이는 체계'를 현실화시켰는지에 대한 기록이다.
소설이지만 실화이고, 픽션이지만 너무도 사실적이다. 이야기 속 이름은 가명이지만, 그들이 만든 변화는 실제였다.
그래서 의료시스템 붕괴와 책임 공백의 이면을 조명하며, 응급의료 체계 속 내부자 시선에서 바라본 한국

공공의료의 민낯과 희망을 담고 있다.

― *헬기 소음보다 시끄러웠던 싸움들. 우리는 서로를 미워하면서도 끝내 해냈다. 흩날리는 죽음 앞에서 '네 탓'은 사치일 뿐이니까.*

『거버넌스: 코드블루의 여명』은 윤한덕TF 내외의 인물, 조직 간 갈등 속에서 리더의 죽음과 시행착오를 겪으며 시스템을 구축해 내는 스토리다.

단순한 의료 현장 고발이 아닌 문학적 장치를 통해 필자가 마주한 시스템적 무기력, 리더십 붕괴, 사일로^{부처장벽}, 조직 간 책임 전가, 정치 장난질 속에서 생명을 살리는 정책을 만들기 위해 고군분투하는 이들의 '고독한 전쟁'이 생생히 그려져 있다.

― *윤한덕이라는 이름, 그리고 끝나지 않은 이야기*
윤한덕이라는 이름이 더 이상 상징이어선 안 된다.
그는 실재했던 리더였고, 그가 꿈꿨던 체계는 지금도 우리에게 유효하다.

『거버넌스』는 그를 기리려고 시작되었지만, 그의 뜻을 살아 있게 하기 위해 계속될 것이다.

윤 센터장께서 생전에 자신의 집무실에서 내게 하셨던 말이 기억난다.

"박 박사, 우리가 서 있는 여기 시스템엔 중심이 없어. 누가 무너져도 아무도 감지하지 못하고 있으니까."

그가 무너졌을 때 우리는 아무도 감지하지 못했다.

그렇게 우리는 다시 일상으로 돌아갔고, 아무 일도 없던 것처럼 책상 위 서류를 뒤적이며, 회의실에서는 여전히 '협업', '연계', '통합'이라는 말을 반복하고 있다. 하지만 우리 모두 그 단어들이 무엇을 말하는지 알고 있다.

아무도 책임지지 않는 세계에서 쓰이는 너무나도 편리한 표현이란 걸.

– **누구의 책임을 묻기보단 누구도 책임지지 않던 시스템을 기록한 이야기**

이국종 교수현 국군대전병원장의 『골든아워』 이후 다시 한번, 독자 스스로 '내가 그 자리에 있었다면'이라는 자문自問과 함께, 대한민국 공공의료의 본질을 나누고 싶었다.

학자로서 『거버넌스: 코드블루의 여명』이 문학을 넘어 정책적 논의와 사회적 토론을 촉진하는 매개가 되기를 바라며, 이 책이 당신에게 누군가의 무너짐을 감지할 수 있는 작은 중심이 되기를 소망한다.

마지막으로, 소설을 쓰는 내내 나를 지탱해 준 수많은 그들을 기억한다.

이름조차 언급되지 않은 응급의료 연구자들, 환자를 들것에 싣고도 "환자분 괜찮으십니까?"를 수십 번 되뇌는 구급대원들,

'죽음을 유예하기 위해 죽도록 싸우는 사람들' 모두에게 이 책을 바친다.

박세정 드림

2025년 여름, 서울-원주-세종을 오가며

일러두기_ "Inspired by true events."

1. 등장인물들은 대부분 실존 인물로 프라이버시를 고려해 실·가명이 혼용되었습니다.
2. 소설 속 사건·사고에 창작과 각색이 가미되었으며, 일부 이벤트는 서사의 흐름을 위해 시간과 장소가 재구성되었습니다.
3. 저자의 현장 기억을 되살려 최대한 전달하려 했지만, 100% 일치하지는 않습니다.
4. 등장인물의 응급의료를 바라보는 관점은 현재 개별 입장에 따라 이견異見이 있을 수 있습니다.
5. 발표 자료 및 공문, 계획서 내용은 해당 자료를 그대로 재현하려고 노력했습니다.
6. 맞춤법, 표기 등은 저자 고유의 문체를 살리기 위해 저자의 전작 장편추리소설『비앙또 단편선』의 규칙을 적용했습니다. 하기 '각주' 참조*
7. 기관명과 소속 직급·직책명은 바뀌는 경우가 많아, 대부분 당시 저자가 사용했던 명칭을 따랐습니다.

8. NDA Non-Disclosure Agreement, 비밀유지계약가 체결된 법인 및 기관명은 특정하지 않았습니다.
9. 표지의 윤한덕 센터장과 저자의 회의 내용이 담긴 화이트보드 사진은 동아일보 기사2021-06-11의 보도자료로 사전에 협의를 거쳤습니다.
10. 가상의 인물, 조직, 제도는 특정의 개인이나 단체, 정책을 직접적으로 지칭하지 않습니다.

---

* 각주:
국립국어원 표준국어대사전(https://stdict.korean.go.kr/main/main.do) 기준, 우리말샘(https://opendic.korean.go.kr/main)을 참고하였으며, 아래 사항은 별도로 규칙을 두어 통일.

1. 외래어, 외국어 다음 붙임.
2. 의성어, 의태어는 '작은따옴표-뉘임체' 처리. ex) '*파팡*'
3. 회사명, 상호. ex) 「H인베스트먼트」, 「호무란」
4. 대화는 – 기호로 시작하며, 혼잣말 또는 강조 어구는 " "와 볼드체를 적용. 생각의 경우 ' '를 채택. (단, 캐릭터와 상황에 따라 문법상 틀리더라도 예외적 적용)
5. 외국어의 경우 어법상 맞게 고치면 발음이 어색한 경우 통용되는 발음 적용.
6. < > 표시 대상: 시스템, 콘텐츠, 프로그램/앱 등
7. 「 」 표시 대상: 문구/문자/명함/글씨 등
8. 『 』 표시 대상: 도서, 백서, 매뉴얼, 대본 등
9. 보조용언은 6음절 이상 단어 외에는 붙임.
10. 통상 쓰이는 어구일 경우 붙임.
11. 복합명사는 붙이는 게 자연스러운 경우 붙임.
12. 시간 차이에 행 띄움과, 장소와 이벤트 변경은 * 띄기로 구분.

1. 대부(代父)

운동장_1

보슬비가 운동장에 차곡히 내리고 있는 청담제일중학교 교내 방송에서 긴급한 목소리가 들린다.

"학교 건너편 상가 건물에 응급환자 발생으로 우리 학교 운동장에 닥터헬기가 착륙할 테니, 운동장에 아무도 나가지 않도록 선생님들께서는 학생들 지도를 단단히 부탁드립니다. 다시 한번 알립니다. 학교 부근의 무너져 내린 건물에서 중증외상환자 두 명이 발생해…"

'투투투투 투투투'

학교 쪽으로 다가오는 닥터헬기의 프로펠러 소리가 들린다. 수업 중이던 학생들이 창문 쪽으로 몰려 동영상을 찍어 카톡으로 엄마들에게 알린다.

「엄마! 와~ 대박이에요 강남에서 헬리콥터가 이런 굉음을 내며 제 공부를 방해하고 있어서 오늘 공부는 다 했네요」

"우리 샘들 이제 곧 똥줄 좀 타시겠네. 크크."

카톡을 보낸 학생들이 촬영한 영상을 자신들의 SNS에 해시태그를 달아 올린다.

#닥터헬기출몰 #프로펠러소리개시끄러워 #오늘공부는다했네 #샘들똥줄타는소리가들려

*

학교 건너편 「청담SSG」 1층 재패니즈 레스토랑 「호무란」에서 런치에 수다를 떨던 청담제일중 2학년 학부모회 엄마들.

— 어머머, 우리 애가 저한테 보낸 영상을 방금 단톡방에 올렸으니까 보세요! 어머나 이게 웬일이에요? 시끄러워서 애들이 어디 공부가 되겠어요?

― 다들 미쳤네, 미쳤어. 당장 항의하고 민원 넣어야겠어요.

― 구청엔 우리 애 아빠 시켜서 민원 넣을게요.

― 아, 맞다. 남편분이 시의원이시죠?

― 학교엔 학부모회를 대표해서 회장인 제가 강력히 항의할게요.

― 그래요. 회장님 남편분께서 시교육청 변호사시잖아요.

― 저는 여기 국회의원…

*

교무실.

앳된 여자 교생선생님이 학교 대표번호로 걸려온 전화를 받는다.

― 안녕하세요. 청담제일중학교입니다.

― 저 2학년 학부모회 회장인데요. 지금 운동장에 내려앉는 헬리콥터 소음 때문에 우리 애들이 집중이 안 된다고 엄마들한테 난리가 났네요.

― 아, 예. 안녕하세요. 학교 근처에서 건물이 무너져 크게 다친 응급환자들을 실으려고 닥터헬기가 운동장에 착륙해서요.

― 그래서요?

― …예? 위급한 환자를 실은 앰뷸런스들이 운동장에 도착하면 닥터헬기에 실어서 다시 이륙하겠죠?

― 이 륙 하 겠 죠? 그럼 앰뷸런스가 한 대도 아니고, 몇 대 올 때까지 우리 애가 계속 프로펠러 돌아가는 시끄러운 소음을 듣고 있어야 한다는 거네?

― 아까 말씀드렸지만, 생명이 위독한 응급환자들을…

― 응급은 과학고등학교 가야 하는 우리 애 상태가 응급이지. 무슨 놈의 학교가 병원도 아니고 응급환자 어쩌고저쩌고해? 우리 아들 시험 못 쳐서 과학고 못 가면 네가 책임질래? 어? 당장 교장 바꿔! 새파랗게 어린 선생년이 꼬박꼬박 말대꾸나 해대고.

전화가 교장실로 돌려진다.

― 교장선생님! 학교 운동장에 이게 무슨 일이냐고 다들 난리 났어요, 난리! 전국모의고사가 다음 주로 코앞

인데 애들 공부시켜야 할 거 아니에요? 우리 아들 공부해야 되는데, 지금 헬기 프로펠러 소리 때문에 애가 집중이 안 된대요. 일을 어떻게 하고 계세요? 내 남편이 서울시 교육청 자문변호사인 거 아시죠? 이거 강력히 책임 묻겠습니다.

― 그게 저….

할 말을 잃은 교장.

― 교장선생님이 교육청에서 징계라도 받아봐야 정신 차릴 거예요? 시끄러워서 집중할 수가 없다잖아요! 잘 아시겠지만 우리 아이는 다른 애들하고 다르게 과학고 거쳐서 SKY 의대 들어가는 DNA를 타고 난 아이라고요.

교무실에 전화기들이 일제히 울린다. 구청과 학부모들로부터 우레와 같은 컴플레인이 학교로 쏟아져 들어온다.

'하는 김에 눈물. 콧물 다 빠지게 괴롭혀 놔야지. 다신 우리 애 공부하는데 닥터헬기 따위가 방해할 엄두를 아예 생각조차 하지 못하게!'

*

환자를 실은 앰뷸런스들을 기다리는 학교 운동장에 착륙한 닥터헬기에 운항통제실로부터 무전이 들어온다.

― 아틀라스2호, 아틀라스2호 닥터헬기는 청담제일중학교 운동장에서 당장 이륙하세요. 교육청, 구청, 심지어 국회의원실에서까지 민원이 빗발치고 있습니다. 아틀라스, 응답하세요!

운동장으로 나선 교장과 교감이 양팔을 휘휘 저으며 앰뷸런스를 기다리느라 프로펠러 속도를 늦추고 있는 닥터헬기로 다가간다.

헬기 안에서 땀으로 얼굴이 흠뻑 젖은 젊은 여의사가 앰뷸런스에 실려 올 환자들을 진단하고 처치하기 위해, 인공호흡기, 제세동기, 포터블 에크모ECMO, 체외막 산소공급장치, 정맥주입기, 초음파장비, 12유도 심전도기 체크에 정신이 없다.

교장이 몇 올 남지 않은 머리카락이 프로펠러 바람에 날릴까 봐 앞머리에 손을 대고는, 헬기 안에서 명찰에 「Ji Hye Park」이라고 새겨진 항공 점퍼를 입은 단발머리 여의사한테 다짜고짜 소리를 지른다.

― 저기, 의사 아가씨! 어서 여기서 나가요! 빨리 나가

라니까!!

여의사가 간곡히 부탁한다.

― 선생님, 비 내리는데도 긴급 상황이라 저희가 어렵게 시계視界 확보해서 여기까지 왔습니다. 곧 응급환자들이 도착하면 실어서 바로 이륙할게요. 잠깐만 기다려주세요. 죄송합니다.

― 그게 우리랑 무슨 상관이라고! 어서 나가라니까! 빨리요!!

옆에서 교감이 한술 더 뜬다.

― 이 아가씨가 미쳤나? 사립학교는 개인 소유야! 어서 나가! 나가라구! 어서!!

'이런!'

일촉즉발의 환자를 기다리는 다급해진 여의사가 헬기에서 나와서까지 애원하지만 교장과 교감은 막무가내다.

결국 운동장에 착륙했던 닥터헬기가 환자를 기다리지 못하고 그대로 이륙해 떠나버리고 만다.

창밖으로 이 광경을 지켜보던 학생들이 자신들의 위풍당당한 교장과 교감에게 격렬하게 박수를 보내 치하한다.

'삐요— 삐요—'

'삐요— 삐요——'

앰뷸런스 2대가 청담제일중으로 긴박하게 들어선다.

운동장 한가운데에 도착한 앰뷸런스 안의 구조대원들이 시야에서 사라져가는 닥터헬기를 허망하게 바라본다.

*

"연합채널에서 뉴스 속보를 알려드립니다. 오늘 오후 2시경 강남구 청담동에서 보수 공사를 하던 건물이 붕괴되면서 인부 두 명이 중상을 입는 사고가 발생했습니다. 건자재 더미 속에서 가까스로 구조해낸 환자를 실은 앰뷸런스 2대가 삼성도곡병원 이송을 위한 닥터헬기가 대기 중인 청담제일중학교로 향했지만, 어떠한 이유에선지 학교 운동장에 대기하던 닥터헬기에 인계가 되지 않아 정체된 올림픽 도로 위 앰뷸런스 안에서 환자 두 명 모두 안타깝게 사망했습니다. 경찰 관계자는 이번 사고 원인을 철저히 조사하겠다고 밝혔습니다."

호텔 프렐류드(Prelude)

"샤꽈무케라 프렐류드! Siyakwamukela prelude! 프렐류드 호텔에 오신 걸 환영합니다!"

한국의 은둔형 재벌가 3세가 운영하는, 천정이 4미터를 훌쩍 넘는 로비라운지에서의 줄루어isiZulu 환영 인사와, '아르망디 드누아Armand de Brignac de Noirs' 웰컴드링크로 유명한 남아프리카공화국 최고의 비치 호텔 「프렐류드」.

노을이 내릴 즈음, 검정 리무진이 호텔 정문에 들어서자 벨보이들이 열린 트렁크에서 커다란 루이뷔통 여행가방과 보스톤백을 챙겨 든다.

리무진 문이 열리고, 화이트 슬랙스에 허리를 딱 감아 안은 '브루오니' 파나마 더블재킷을 걸친 올백의 검은색 머리 영국인 제임스 조와 함께, 하늘색 쉬폰 드레스를 입은 앳된 백인 여자가 묵중한 차 밖으로 가늘고 맵시 있는 다리를 뻗어 보이며 내린다. 커다란 챙의 모자가 여자의 작은 얼굴을 가리고 있다. 모자 컬러가 하늘에 반사된 탓에 모자랑 남아공 석양이 깔을 맞췄는지 모두가 연한 다홍빛이다.

"쁘리튀레 칸토르 스튀트 우노. 독립별장 스위트룸 1호실로 안내해 드리겠습니다."

제임스 조와 그의 여자친구 그레이스는 프렐류드 호텔의 인도계 총지배인의 안내를 받아 독립별장 '포리니야 엠페레해변의 신전'로 향한다.

제임스 조의 핸드폰에서 착신 벨인 그의 애창곡 '오 솔레미오'O Sole Mio, 그대는 나만의 태양'가 흘러나온다.

― 제임스 총괄사장님! 강 변호사입니다. 휴가 가신 호텔에 이즈음이면 도착하셨을 거 같아 지금 연락드렸습니다.

전화를 받자마자 멈춰서서 다그치는 제임스.

― 이봐 강 변호사, 방금 문자 봤는데 이게 도대체 어떻게 된 일이야!?

― 예, 그게 이번 딜에서 생각지도 못한 변수를 상대측에서 들이대는 바람에….

제임스 핸드폰 너머에서 맥을 못 춘 단어 몇 개가 띄엄띄엄 굴러들어 올 뿐이다.

― 그걸 말이라고 해? 여기에 민정엽 대표도 와 있단 말이야. 내가 민 대표에게 무슨 말을 하라는 거야? 실패에 이유는 없어! 수단과 방법을 가리지 말고 부러뜨려. 안 그러면 3년간 준비한 딜과 함께, 당신 연봉과 그 잘난 문두 짝짜리 벤틀리 스포츠카도 같이 사라져버릴 테니까.

'탈칵!'

― What the fuck!제기랄! 머저리 같은 변호사 놈.

그레이스가 걱정스러운 눈빛으로 묻는다.

― Are you OK?괜찮아요?

전화를 끊고도 화가 가시지 않은 제임스가 지배인의 안내를 받아 성큼성큼 발을 내딛는다.

제임스 조는 H인베스트먼트 총괄사장이고, 연인은 스무 살 어린 프랑스인 그라비아 모델 '그레이스Glace'다.

이 호텔 법인회원으로 등록된 제임스와 자신의 보스인 민정엽 대표는 1년에 한두 번 올까 말까 하는 고객이지만, VIP 등급 중 최상급에 속하는 '에메랄드 벨트'다.

수영장

이른 아침.

독립별장이 개별로 소유하고 있는 '골든비치' 해변, 「프렐류드」 비치 수영장.

안전요원이 VIP 고객 파일을 열어 오늘 전용 해변과 연결된 야외수영장 고객의 이름과 신상, 그리고 등급을 확인한다.

> EMERALD | H-Investment Inc. | President&CEO
> **Ph. D. MIN**

수영을 마치고 선베드에 걸터앉아 망고 주스를 마시는 민정엽에게 다가온 동양인 안전요원이 탁자에 호텔 시그니처 메뉴인 특제 파프리카 굴 소스가 뿌려진 농염한 크림 향기를 머금은 샥스핀 수프와 잠봉뵈르 샌드위치를 내려놓으며 말을 건다.

― 회원님. 아까 접배평자접영, 배영, 평영, 자유형 다음으로 마지막에 하신 게 트러젠 해상영법이죠?

― 어, 한국인분이시네? 헤드업 자유형에 평영 킥을 알면 고급인명구조원 출신인가 보네요, 반가워요. 트레

젠은 안 하다 보면 잊어버릴까 봐 한 번씩 해줘요.

― 네, 물안경 안 쓰시고 수영하실 때 알아봤어요. 그렇게 돌발 상황 대응 훈련받으셨으면 회원님도 적십자사 인명구조원 출신이시잖아요.

― 훈련 때 선배들이 꼬셔서 라이프가드는 수경을 쓰면 안 되는 줄 알고 생긴 버릇인데…, 이제 나이 좀 드니 물안경 안 하고 수영하면 눈이 좀 따갑긴 하네요.

― 저도 그래요. 회원님. H인베스트먼트 대표시죠? '에메랄드 벨트' 법인회원이시라 알고 있어요. 어떻든 저희같이 체육인들 중에 대표님 같은 분이 계셔서, 나도 아직 젊으니까 열심히 해야겠다는 용기가 나고 자부심도 생겨요. 감사합니다.

수영장에 더블수트 차림을 한 올백머리의 제임스 조가 들어온다. 신고 있는 브라운 윙팁 투버클 구두에 물이라도 묻을세라 비닐봉지를 꼼꼼히 감아 씌우고 특유의 팔자걸음으로 걷는다.

가운을 입고 선베드에 기대어 그래프가 난무하는 영어로 된 서류를 보고 있는 민정엽에게 다가간다.

― 어이! 닥터 라이프가드, 오늘도 나비 수영했냐?

민정엽이 보던 서류를 내려놓으며 말한다.
― 무식한 놈, 나비 수영이 뭐냐? 버터플라이지.
― 내 한국어 튜터 선생님께서 한국말 빨리 늘려면 있는 그대로 번역해 말하는 이런 습관을 들여야 한다고 그러셨거든.
― 한국어학당 다니는 프랑스 그라비아 모델이 네 한국어 튜터냐? 그래서 임직원들 머리 식히고 회의하자고 끊은 법인회원 전용인 호텔에 애인을 모시고 왔어?
― 왜 또 비즈니스로 내 순수한 사랑을 왜곡하냐?
― 됐다, 됐어. 근데 넌 왜 매너 없게 구둣발로 수영장을 들어오냐? 이게 네 호텔이야?
― 이 새벽에 여기 수영장에 너랑, 저기 네 후배 라이프가드 한 명밖에 없으니까, 이 정도는 미리 정중히 양해를 구했지. 아, 그래! 여기 오너 재벌 3세께서 이 호텔 매물로 던졌다던데? 좀 알아볼까? 컨소시엄만 잘 짜면 뜰 수도 있을 거 같은데… 이 정도 규모면 입장료로 우리 'ACTC 조합'에서 일단 100개 파킹Parking해 자금 증빙해

놓고 맨데맨데이트·Mandate, 딜 위임 받아 시작하면 되잖아?

― 언제 적 여의도 찌라시 얘기야? 벌써 선수들 입장 다 하시고 출입문 걸어 잠그신 게 언젠데.

― 그래? 그럼, 리브랜딩하고 여기 리뉴얼해야 할 텐데…, 우리 법인 회원권도 딴 데로 옮겨가야겠네? 잘됐네, 여기는 할 일 없어 하루 온종일 죽치는 백인 할배, 할매 많기로 유명하잖아.

― 이 호텔 회원들 연령대가 좀 높긴 해도 아늑한 시설에 정이 많이 들었는데…, 다음 달 인수 들어와서 건물 리뉴얼한다고 일단 회원권 반납하고 보증금 내주겠다네, 그냥 이대로 두면 좋을 텐데…, 쯧.

― 그야 뭐 보이고 안 보이는 돈들이 걸려서겠지. 여기 문 닫으면 모로코 반얀Banyan tree으로 옮길까?

제임스가 민정엽이 마시던 주스를 들어 입에 가져다 댄다.

민정엽이 제지하며 묻는다.

― 남의 주스 뺏어 마시지 말고, 이 새벽엔 왜 왔어?

― 우리 한국 들어가 ACTC 투자조합 집행 회의 때 약속 겨루기 할 모사謀事 꾸미러 납셨지.

― 그냥 투심위 투자심의위원회에서 결정 나면 투자하기로 기운 거 아니야?

― 응, 근데 어제 헬기 타고 오면서 생각 좀 해 보니까, 우리 주주면서 조합원인 쪽이 딴지를 걸 수도 있겠다는 생각이 문득 들어서…, 곧 주주들 모시고 증자 얘기할 거잖아? 그런데 우리끼리 씩씩하고 정의롭게 나가다가 딴지 걸리면 귀찮게 될까 봐서.

― 너 초짜냐? 우리가 이번 투자에 진정성 가진 걸 알면, 그 빠끔이 분들이 그런 우리를 더 신뢰하지, 안 그렇냐?

― 음…, 그래? 그렇지, 콜! 민정엽 대표답게 역시 정공법이네. 알았어, 그렇게 하자. 이번 딜 마치면 주말에 도쿄 들어가 츠키지築地 가서 이꾸라いくら, 연어알 스시에 '에비스YEBISU' 맥주 땡기고 올까?

― 원 의원님 등산 모임 가야 해. 이번에 주주들 디너미팅 챙기는 거까지만 할 거야.

― 하여튼 대한의 열혈 양아들 나셨어. 모레 브런치는 어때?

― 국회 조찬 특강 있어.

― 바쁘신 교수님도 나셨네. 그래, 잘 알겠어요. 닥터 라이프가~드!

뺏어 마시던 주스를 잽싸게 들어, 마저 마신 제임스가 팔자걸음으로 수영장을 나간다.

여의도

국회 행정안전위원회와 환경노동위원회 합동 조찬 특강행사 10분 전, 국회의원 회관 119호 경찰청장 출신의 방성욱 의원실.

민정엽이 인사를 건넨다.

― 청장님, 아니 방 의원님 귀한 자리에 불러주셔서 감사합니다.

― 민 박사, 잘 지냈지? 오늘 특강 잘 좀 부탁해. 그리고 원현진 의원님은 잘 계셔? 요즘 의원님께서 외교부 장관 하마평에 오르시던데.

― 지금은 교수로 후학 양성에 매진하고 계셔서요. 당신이 하고 싶으셔야 하시는 거죠.

― 그래 맞아. 경기고, 서울대, 하버드, 옥스퍼드 박사에 국방위원장, 외통위원장을 지내신 원 의원님이야, 강남이고 강북이고 언제라도 나오시면 6선이든 장관이든 뭐든 다 하실 분이니까.

― 원 의원님이 방 의원님 얘기 가끔 하시는데, 북한산 등산 모임 나오셔서 인사 한번 드리세요.

― 오늘 행사 마치고 주말까지 지역구 내려가 관리해야 해서, 다음에 꼭 초대해 주게. 아, 그리고 민 박사가 우리 박 보좌관 박사논문 심사위원이라며? 잘 좀 부탁해. 내 지역구 물려받을 사람이니까.

― 예, 의원님. 박 보좌관이 열심히 하고 있습니다.

― 오케이! 이봐, 박 보좌관 우리 사진 한 방 찍고 행사장 내려갈까?

박 보좌관이 들고 있던, 국회 로고가 중앙 상단에 금장으로 새겨진 상장을 민정엽에게 건네고는, 타원형의 회의 책상 앞의 커다란 액자를 가리킨다.

― 예, 민 박사님은 특강 마치시고 행사 때 수상하실 이 공로상장 드시고, 두 분이 저기 「바르게 살자」 액자 앞에 나란히 서 주시면 됩니다.

국회의원회관 제2세미나실.

마이크를 잡은 박 보좌관.

— 오늘 '글로벌 ESG 경영과 거버넌스(G)'를 주제로 조찬 특강을 진행해 주실 한국ESG경영학회 거버넌스 위원장이신 민정엽 박사님을 소개드리겠습니다. 민 박사님은 와세다를 나온 노무라종합연구소 출신으로 현재 『H인베스트먼트』 대표이자 숙정여대 언론정보학부 겸임교수로 베스트셀러『글로벌 ESG 투자 동향과 거버넌스』, 연합채널과 한국CEO클럽 창업대학이 필독서로 선정한『스타트업 노트』의 저자십니다. 아침 일찍부터 자리해 주신 민정엽 박사님을 큰 박수로 맞아주시길 바랍니다.

— 안녕하십니까. 소개받은 민정엽입니다. 바쁘신 이른 아침 조찬 특강에 나오신 여러분의 부지런함에 보답하고자 강의는 엑기스를 최대한 빨리 추출해 드리고, 질의응답으로 마무리하도록 하겠습니다.

강단의 대형 모니터가 켜지고 강의가 시작된다.

― 먼저 저희 한국ESG경영학회를 소개드리면, ESG경영의 E Environmental를 커버하는 탄소중립위원회와 S Social에 해당하는 사회공헌위원회 그리고 G Governance의 거버넌스위원회로 구성되어 있습니다. 이 중 제가 위원장을 맡고 있는 거버넌스 파트가 최근 내부 통제 등으로 이슈가 되고 있어, 글로벌 투자에 가장 지대한 영향을 미치고 있습니다.

강의 도중 조찬으로 간단한 식사가 나오지만, 모두가 민정엽의 강의에 집중한다.

― …거버넌스를 저희 식으로 한마디로 풀자면 공공성을 추구하는 합치이자, 강제력을 지닌 조직 관제, 조율, 통제입니다.

20분 남짓한 특강이 끝나고 Q & A 시간.

몇몇의 손이 올라가고, 박 보좌관이 출입구 쪽에 앉은 질문자를 지명한다.

― 강의 잘 들었습니다. 전 한미은행 컴플라이언스실 소속 변호사입니다. 질문드립니다. 그럼 앞으로 우리나

라도 해외 투자를 유치하거나 글로벌 금융 환경에 진출할 때, E, S, G 중 특히 G의 영역인 거버넌스가 중요하단 말씀이신데, 구체적인 예와 그에 따른 우리나라의 대응은 어떤가요?

― 네, 실제로 우리나라 금융기관과 협조 체계를 이미 갖추고 있는 싱가포르 국부펀드 「테마섹*Temasek*」의 경우 ESG 공시를 의무화하고 있습니다. 이에 발맞춰 현재 우리나라 금융위원회도 2026년까지 ESG 경영 공시 의무화 기준 마련에 박차를 가하고 있고요.

박 보좌관이 다음 질문자로 맨 앞에 앉은 여성을 가리킨다.

― 안녕하세요. 저는 항공우주청 소속 항공관제연구원의 책임연구원으로, 헬기 조종사입니다. 저희 같은 연구조직에서 거버넌스는 말씀하신 행정력을 가진 내부통제와 투명경영, 그리고 유기적 협업을 통한 연계와 건강한 견제를 지향하는데, 혹시 그 외에 또 다른 골Goal, 목표도 있을까요? 그리고 이를 뒷받침할 이론적 배경의 예도 같이 부탁드립니다.

민정엽이 잠깐 텀을 두고 말한다.

― 대리이론Agency theory을 기반으로 한 시스템이론 System theory과 청지기 정신에서 비롯된 스튜어드십 코드Stewardship code 정도를 예로 들 수 있겠네요. 조직으로의 핏감Fit感 있는 적용을 위해서는 절차적 공정성이 확보된 민주적인 프로세스 통제와 상시적인 유관기관 간의 원활한 커뮤니케이션 및 협력체계도 중요하지만, 무엇보다 지속적인 관제, 관리 기능을 켜둠과 동시에 부여된 집행 권한을 가지고 협치 체계를 이끌어 나가야 합니다. 결론적으로 말씀드리자면 밀어붙일 수 있는 강력한 리더십을 목표이자 수단으로 지니고 있어야 하는 거죠.

질문자가 이어 묻는다.

― 한 가지만 더 부탁드립니다. 저희 같은 연구소 외에, 조직 운영에 거버넌스를 구축하는 실질적인 예가 있다면 들어 주시겠습니까?

― 예, 일반적으로 국가재난 대응과 구급, 인명구조에서 쉽게 찾아볼 수 있습니다. 2015년 메르스 사태 때 방역·치료·소통을 통합 운영한

질병관리청이나, 사이버테러와 국지도발 등 국가위기상황이 발생했을 때 외교부, 통일부, 국방부를 핫라인으로 연결해 컨트롤타워 역할을 수행하는 국가안보실 소속의 국가위기관리센터가 그렇습니다.

외국의 경우엔 미국 캘리포니아주의 산불 대응 체계나, 일본과 영국의 닥터헬기 연계 시스템을 들 수 있겠고요. 일부 선진국에서는 산불로 특별재난지역이 선포되었을 때나, 지진이나 기후변화 등의 자연재해, 세월호 사고 같은 대형참사와 지역 응급의료상황 발생 시 중앙정부와 지자체가 닥터헬기의 운용과 소방, 의료기관을 하나의 체계로 묶어 국민을 살리는 지역외상체계 거버넌스를 이미 오래전에 구축해 놓았습니다.

—현장 사례 잘 들었습니다. 감사합니다.

—마지막으로 부연 드리자면, 이처럼 거버넌스는 공공시스템 전반에 적용돼 실효적 관제와 행정력을 가진 일원화된 통제에 특화되어 있어, 국지적, 국가적 위기일수록 거버넌스의 신속한 의사결정과 강제력이 진면목을 드러내게 됩니다.

시간을 의식한 박 보좌관이 진행 속도를 빼려 한다.

― 좋은 질문과 구체적인 답변 감사드립니다.

이후 두 개의 질문과 답변이 더 오간다.

― 그럼 이상으로, 오늘 유익한 특강을 진행해 주신 민정엽 박사님께 다시 한번 큰 박수 부탁드립니다!

민정엽이 박수를 받고, 단체 기념 촬영과 국회사무처 공로상 시상식 행사에 들어간다.

테헤란로

H인베스트먼트 대회의실로 백팩을 멘 통통한 남자가 투자 미팅 시간 직전에 땀이 송글송글 맺힌 부은 얼굴로 허겁지겁 들어와 꾸벅 인사를 건넨다.

― 안녕하세요. 「다보인더스트리」의 이, 이현상이라고 합니다.

말을 더듬거리는 40대 후반 남자의 억양에 투박한 경상도 사투리가 섞여 있다.

16인용 회의 데스크 맞은편에 투자 검토를 위해 중앙 상석에 앉은 민정엽과 제임스 양옆으로 공학박사와 2대

8 포마드 스타일의 얼굴빛 좋은, 수트 입은 변호사, 변리사 등 여섯 명의 심사역들이 방금 내린 원두커피를 앞에 두고 있다.

─ 저희 다, 다보인더스트리가 야심 차게 개…, 개발에 성공한 제품 데모 시연 기회를 주셔서 감사합니다.

경상도 남자가 긴장한 채 앞에 놓인 물을 벌컥벌컥 들이켜고는 프레젠테이션에 들어간다.

남자가 자신이 메고 온 백팩에서 루비 빛깔이 나는, 가면같이 생긴 기기를 꺼내 시연을 해 보이겠다고 한다. 남자는 회의를 기록하던 여직원에게 가면을 건넨다.

여직원이 얼굴 모양의 루비색 기기를 얼굴에 가져다 대자 2, 3초 후에 피부 나이, 유·수분량, 모공과 각질의 취약점과 맞춤 스킨케어 방안이 <Beauty Face>란 AI 플랫폼 애플리케이션을 통해 민정엽과 심사역들의 스마트폰으로 전송된다.

투자심사역들이 특허 관련 질문을 시작한다.

변리사가 묻는다.

─ 특허 등록 현황은요?

─ 네, 등록은 돼 있습니다.

이어 팔짱을 낀 변호사가 질문한다.

― 원천기술이 있더라도 후발주자가 배 째라고 카피해 베껴버리면 대안은 있는 겁니까?

― 그, 그게….

손에 턱을 괴고 있던 금테 안경을 쓴 공학박사가 다그치듯 따져 든다.

― 데이터 신뢰도는 어떻게 보장하죠? 샘플 사이즈가 고작 이건가요?

― 저, 저희는….

투자를 받으러 온 남자가 궁지에 몰려 말을 심하게 더듬거리며 식은땀을 줄줄 흘린다.

피투자자의 감정선을 무너뜨릴 나쁜 형사와, 칭찬하고 어르고 달랠 착한 형사로 나뉜 심사역들 중, 먼저 나쁜 형사들이 일부러 딴지에 딴지를 걸고 있다.

날카로운 질문 공세에 속수무책인 남자는 린치를 당한 듯 코너에 몰려 쥐어 터지기에 정신이 없다.

제임스가 던진다.

― 저기요. 이현상 대표님. 이 정도 준비로 어떻게 기

관 자금을 조달하러 오셨어요? 여기가 무슨 명동 뒷골목 사채 시장도 아니고, 그리고 말이죠….

민정엽이 끼어든다.

― 제임스 총괄사장님, 그만하시죠. 그렇게 야지(やじ·野次, 면박) 줘서 다그치면 앞에서 발표하는 사람이 주눅 들어 무슨 말을 어떻게 합니까?

제임스의 표정이 정지된다.

민정엽이 남자를 커버한다.

― 이현상 대표님 너무 긴장하신 거 같은데 편하게 하셔도 됩니다. 사실 이런 투자 미팅에서 기술에 관한 창과 방패의 우위는 그 분야만을 죽어라고 파온 개발자이자 CEO이신 대표님에게 있습니다. 투자심사역은 개발자만큼 기술을 잘 알 수 없기 때문이죠.

민정엽에게 격려의 말을 듣고서야 평정심을 되찾아 용기를 얻은 남자.

이후로 심사역들의 날카로운 질문을 "일반인이 충분히 가질 수 있는 궁금증입니다."라고 자신만만하게 받아치며 여유를 가지고 하나하나 차분하게 클리어해 간다.

1. 대부(代父)

남자의 프레젠테이션이 마쳐지고 민정엽이 마무리를 한다.

― 오늘 수고 많으셨어요. 이 대표님, 지금의 열정과 노하우시면 이번이든 다음이든 꼭 좋은 소식 있으실 겁니다.

*

H인베스트먼트 대표이사실.

투심위를 마치고 자신의 방으로 들어가는 민정엽을 따라 제임스가 수트와 구두를 양손에 가득 든 젊은 남자 둘과 들어온다.

― 왜, 남의 방에서 또 패션쇼 하게?

― 정엽아, 국회에서 너 고상하게 특강 할 때 난 남아공에서 서울로 날아 들어오자마자 투자 잘 받으시고 쌩까는 분들께 독고다이とっこうたい·特攻隊로 돈 갚으라고 잡드리하느라 힘들었다. 셀프 보상으로 나도 양복 가봉 좀 하자. 네 방이 큰 데다 유리벽 색깔이 리모콘만 누르면 반투명으로 변하잖냐.

민정엽 방에서 가봉에 오더를 더해 가며 멋 부리기에 분주한 제임스.

― 제냐Zegna답게 라펠은 최대한 넓게 해서 가슴을 부드럽게 감아 싸주시고, 라펠에서 허리선까지 흘러내리게 핏을 잡아주세요. 그리고 청바지에 매칭할 키튼Kiton 콤비 하나하고 롤로Loro piana 썸머로퍼도요. 음…, 구두는 유광의 벨루티Beluti보다 이쪽의 무광 구찌 브릭스톤이 좋겠네. 넥타이는 보조개Dimple 만들기 좋게 아까 본 실크 루이비통하고 테스토니 하나씩….

― 역시, 안목이 유러피안 스타일이시네요.

― 그야 뭐…, 저번 서비스 받은 향수 차에 두고 썼더니 좋던데. 그때 그 '조말론 잉글리쉬 오크' 30ml 두어 병 챙겨 주시고….

편집숍 사장의 칭찬에 으쓱해 기분 좋아진 제임스의 거들먹거림을 못마땅한 표정으로 지켜보던 민정엽이 한마디 한다.

― 조말론 같은 소리하고 있네. 야, 그냥 러쉬 바디스프레이나 뿌려.

― 구찌グチ·口, 간섭 좀 그만 넣어라. 그래도 패션의 화

1. 대부(代父) **45**

룡점정은 향수지. 정엽아, 나 이거 끝나면 우리 「다화열」 한증막 들렀다 그 옆 미장원 가서 머리 좀 만지고 「금수복국」 가자. 땀 쫙 빼고 머리하고 '지리ちり·鍋' 한 사발 때리면 오늘 전투 에너지 완충이야!

― 미장원? 우리가 우선협상대상자 선정된 「주노헤어」 가게?

― 응, 인수 타깃 업체 현장 DD Due Diligence, 기업 실사는 불시에 떠 줘야 제맛이지.

― 거기 대표님 경영권은 유지시켜 주기로 했지?

― 당연하지, 우리가 어떻게 그걸 운영해? 자금 담아서 글로벌 전략만 세워주면 날개 달고 훨훨 날아다닐걸? 난 후배들 시켜서 거기 샴푸하고 헤어오일 영국에서 수입해 납품하려고. 매장만 2백 개 되잖냐.

― 거기 직원이 3천 명 넘는데, 아예 함바 はんば·飯場, 직원식당 집을 돌리지 그러냐?

― 그렇게 할까? 크흐. 미장원에 내 이름으로 2백만 원 선불쿠폰 끊어놨으니까 나중에 너도 가서 두피 케어 받아. 사우나는 같이 갈 거지?

― 나 아침에 수영, 사우나 다 하고 사무실 나오잖냐.

너나 갔다 와.

― 오케이! 그럼 찢어졌다가 좀 있다 5시에 「테마섹」하고 컨콜Conference call 같이 마치고, 저녁 '뱀부'에서 주주사들 접대 미팅 가자.

오늘 중요한 날이야. 테마섹하고 얘기 잘해서 투자받아 우리 회사 ABTC APEC Business Travel Card 발급받아야지. 이제야 공항 전용출구Fast track로 줄 안 서고 뽀대나게 출장다닐 수 있겠네. 네가 볼모 잡히는 조건으로 유증유상증자까지 잘 부러뜨려야 해. 알았지? 우리 소현 세자님!

역삼동

한정식집 「뱀부가든」.

좁은 역삼동 뒷골목을 요리조리 빠져나온 '헤리티지 카니발' 뒤로, 장갑차 같은 검정 SUV 캐딜락 '에스컬레이드ESCALADE'가 멈춰 선다.

전통 한옥 정원을 개조해 만든 주차장에서부터 대나

무 오솔길을 따라 나온 엔트런스Entrance를 지나자, 초록색 장식벽에 이 가게를 다녀간 역대 일본 총리와 미국 대통령 사진들이 즐비하게 걸려 있다.

뱀부가든 2층 룸. 민정엽과 제임스 앞에 주주사 대표자들이 앉아 있다.

한우 오마카세お任せ 스타터로 감자채전과 육회가 나온다. 제임스가 히비키響, HIBIKI 30년을 전용 잔에 따라 모두의 앞에 한 잔씩 내려놓으며 운을 땐다.

— 이번에 증자를 좀 하려고 합니다.

제임스와 지난주 같이 골프를 나간 「경상은행」의 홍전무가 슬며시 하방下防을 깐다.

— 증자는 회사 체력이 탄탄해지는 좋은 소식이죠.

— 예, 대만 쪽이나 싱가포르 「테마섹」 중에서 한 곳을 선정해 10% 이상 FDI Foreign Direct Investment, 외국인 직접투자로 외투법인이 되는 거죠. 글로벌 국부펀드가 저희 유증 참여에 내건 조건으로는 민정엽 대표가 투자총괄로 계속 남아 있는 거고요….

티를 안 내지만 은근히 긴장한 제임스.

― 그렇게 되면 코집Co-GP 하나랑, 단독 GP General Partner 세워서 300에서 500개짜리 조합 3개 정도는 다음 분기에 바로 돌릴 수 있습니다.

「사이먼HQ」 투자부문 오기환 부사장이 하얀 수염을 만지며 신중론을 내비친다.

― 액수에 상관없이 네임드Named 글로벌 펀드가 병풍을 서주면 모양새 제대로 와꾸枠, 프레임 나와서 딱인데 말이야.

민정엽이 받는다.

― 저희같이 은행과 대한민국 3대 엔터사가 주주로 있으면 어려운 일도 아니지요. 잠시만요.

민정엽이 어딘가로 전화를 건다.

"もしもし。여보세요."

통화가 일본어로 한참을 오간다.

"少々お待ちを。잠시만요."

민정엽이 국제전화로 나눈 대화 내용을 설명한다.

― 저와 통화하고 있는 사람은 제가 노무라연구소에 있을 때의 동기로, 지금 메릴린치 재팬의 아시아파트 부

문장을 맡고 있는 스즈키 씨입니다.

주주사들 모시고 있는 여기 상황을 얘기하자 자기들 하반기 잉여 펀드를 저희에게 태울 수 있다고 합니다. 인사들 나누시게 영상통화 어떠실까요?

영상으로 전환하면서부터 서로가 영어로 인사를 나누고 대화를 이어간다.

내심 걱정스러운 제임스.

'과연 통할까?'

핸드폰 화면 속, 도쿄의 스즈키 씨가 「H인베스트먼트」에 출자 의사를 밝히며, 민정엽은 자신이 가장 신뢰하는 사람이라며 덧붙인다.

스즈키 씨는 다음 주 내로 LOI Letter of Intent, 투자의향서와 NCNDA Non-Circumvention and Non-Disclosure Agreement, 비밀유지계약를 보내겠다고 한다.

긴장된 접대가 끝나고 제임스와 민정엽이 「뱀부가든」 정원에서 주주사 대표자들을 환송한다.

제임스가 민정엽을 안아 번쩍 든다.

― 우쭈쭈! 우리 민 대표. '와~ 세다!'가 다르네! 우쭈쭈!!

북한산

종로구 구기터널 삼거리 「구기치안센터」 앞. 다양한 연령대의 남녀가 열댓 명 모여 있다.

— 정엽아, 잘 지냈니?

— 제시카 누나, 오랜만이에요. 애리조나 출장은 어땠어요? 이번엔 길게 다녀오셨잖아요.

— 네가 붙여준 '부산형 컨소시엄 피닉스 데이터센터' 유치 잘됐어. 고마워. 아무리 내 국적이 미국이래도 난 역시 한국 사람인 걸 이번에 또 한 번 뼈저리게 느꼈지 뭐야. 매번 있는 출장인데도 얼마나 서울에 오고 싶었는지 몰라. 어? 저기 오는 거 명 대령 아냐? 의원님이 이번에 초대하신 모양이네.

어눌한 한국말투의 제시카와 대화를 나누는 민정엽에게로 다가오는 키 큰 남자가 손을 들어 인사를 건넨다.

— 누님, 형님 오랜만이에요.

민정엽이 치안센터 외부의 여자 화장실에서 나오는 뿔테 안경 낀 50대 초반의 중년 여성을 보고 반갑게 인사를 한다.

— 윤경이 누님도 오셨네요? 요즘 어떠세요? 의원님이

누님하고 그렇게 등산 한번 하셔야겠다더니…, 아, 맞다 누님 덕에 이번 책이 연합채널 선정도서 됐어요. 고마워요.

— 그래, 민 박사 오랜만이야. 나야 항상 나답게 살고 있지. 지난달 숙대 언정언론정보학부 특강 불러줘서 고마워. 후배들 참신한 질문 덕분에 좋은 인사이트를 받고 왔어.

*

"자, 오늘 등산 멤버들 성원이 되었으니 지금 출발 먼저하고, 소개는 하산해서 북한산의 맛집 「능금산장」에서 가을 산행 뒤풀이 막걸리 한잔하면서 하자고요. 그럼, 출발!"

남루한 등산복 차림의 이번 산행을 주최한 백발의 원현진 의원이 등반 개시를 알리고 앞장을 선다.

*

북한산 초입의 「능금산장」.

2열로 나란히 앉은 등산 뒤풀이 자리 중앙에서 원현진 의원이 일어선다.

― 오늘 처음 나오신 분들도 있어서 여기 산악회 소개부터 간략히 하겠습니다. 모임의 특별한 이름은 없고요, 제가 종로에서 4선 할 때부터 10년 넘게 두 번째 주말이면 좋으신 분들과 다니는 산행입니다. 저야 다들 아시니까, 저 빼고 제 왼쪽부터 각자의 소개를 앉아서 편하게 부탁드릴게요.

시계방향으로 자기소개가 시작된다.

― 반가워요. 주한 미국대사관에서 근무하는 제시카 김이라고 합니다. 즐겁게 식사하면서 얘기 나눴으며 해요.

― 반갑습니다. 저는 원 의원 OCS Officer Candidate School, 해군사관후보생 동기로 해군 제독을 하다 나와 지금 성우회 부회장과 군인공제회 상임감사로 있는….

외교관, 연합사 장군, 국립외교원 교수, 외신기자 등 직업군이 다양하다.

'띵― 띵―'

원 의원이 맥주컵을 쇠젓가락으로 두 번 울려 좌중의 시선을 모은다.

— 오늘 멤버 중에 이번에 처음 나오신 분들 소개 차례로, 여기 두 분이 나란히 앉아 계십니다. 먼저 이쪽에 계신 레이디께서는 강원TV의 조윤경 보도국장이십니다. 조 국장은 연합채널 특별재난취재팀 시절인 2011년 일본 후쿠시마 원전 폭발 때 방사능 보호복을 입고 근원지로 달려가 탐사취재를 주도한 재난특화형 베테랑 기자로 언론계에서 잔다르크로 불립니다. 제가 옥스퍼드에서 포스닥Post-doctor, 박사후연구원 할 때, 런던특파원으로 계셔서 그때부터 알고 지냈어요. 귀한 분 모셨으니 집중해 주세요. 자, 본인이 직접 한마디 해야지. 조 국장.

두꺼운 뿔테 안경을 쓴 지적인 중년 여성이 자리에 일어서 일행에게 인사를 한다.

— 안녕하세요. 조윤경입니다.

여성이 안경을 고쳐 올리며 강원도 특유의 악센트로 자기소개를 잇는다.

— 제가 당시 저희 회사 유일한 일문과일어일문학과 출

신이라 일본에 특파됐던 거고요. 그때 방사능 피폭으로 염색체 손상만 안 됐어도 오늘 등산을 날다람쥐처럼 뛰어다녔을 텐데요, 오늘 너무 좋은 산행이었습니다. 여기서 1차 하시고 같이 2차 가실 분들 계시면 더 많은 대화 나눴으면 합니다. 2차는 제가 쏘겠습니다.

'띵—'

원 의원의 맥주컵 종이 또 한 번 울린다.
— 다음으로 오늘 산행의 두 번째 뉴페이스인 여기 명철민 대령입니다. 명 대령은 육군사관학교 출신으로 재작년까지 방위사업청에서 우리 방산 기술의 글로벌 체계 기업 공급망 진입을 선두에서 진두지휘한 항공방산진흥국장이었습니다. 지금은 전역해 민간에서 군수軍需와 민수民需 모두를 챙기고 있답니다. 명 대령에게 직접 들어보시죠.

눈썹이 짙은 큰 키의 남성이 일어난다.
— 방금 소개받은 명철민입니다. 현재 '대화에어로스

페이스' 전무로 있습니다. 청에 있을 때부터 항공방산만 하다 보니 지금 조직에서도 드론 사업 총괄본부장을 맡고 있어요.

오늘 초대해 주신 원 의원님이 국회 외교통상위원장 시절에, 제가 지금은 형님으로 모시는 여기 민정엽 박사님이 맡고 있던 외통위 싱크탱크에 방산 수출담당관으로 파견 나가 모두 머리를 맞대서 빡세게 연구하고 일하면서 오늘 오신 제시카 누님과도 귀한 인연을 맺게 되었습니다. 민 박사님은 국방일보에 칼럼 쓰신 걸 계기로 제가 부회장으로 있는 대한국방기술학회 학술이사이시기도 합니다.

  끼어드는 민정엽.

  — 명 대령, 너랑 네 회사 소개만 해라. 우리 개인사 너무 길다.

  — 네, 알았어요. 형님!

제가 다니는 회사는, 총알을 만들어 팔아 시작된 저희 회사 사명을 선대 회장님께서 대한민국의 '대大'와 화약의 '화火'를 따서 '대화'로 지으실 정도로 딱딱하고 건조한 조직문화를 가지고 있습니다. 군 출신인 저한텐 오히려 그런 쪽이 잘 맞아서, 만족하며 회사 생활하고 있습니다. 이상입니다!

마지막으로 원 의원 오른쪽에 앉아 있던 민정엽이 일어서 자기소개를 한다.
— 안녕하세요. 민정엽이라고 합니다. 원현진 의원님은 저희 아버지 친구분이시고, 방금 명 대령이 말한 대로 외통위원장이실 때 저는 외통위 싱크탱크에서 미국과 일본 방위산업 JV_{Joint Venture, 합작투자}를 전담했었습니다. 지금은 투자사 대표를 맡아 하고 있고요. 이 모임에는 5년째 참여하고 있어 오늘 제시카 누나도 보고, 윤경이 누님도 뵙고, 명 대령도 있어, 아는 얼굴들이 많아 편한 자리네요.

원 의원이 웃으며,
— 아까부터 자꾸 모두들 저를 의원이라고 하시네. 저 이제 의원 아니고, 교수라고 불러주세요. 그리고 방금 민정엽 박사는 5년 전 국가유공자로 소천해 현충원 장군묘역에 잠든 제 친구 아들놈입니다. 민 박사는 회사 하면서 작가도 겸하고 있어요. 민 박사 요번에 쓴 번역서가 또

1. 대부(代父)

베스트셀러 됐다며? 여지껏 책을 몇 권이나 냈나?

— 별말씀을요. 졸필 몇 권인데요.

모두의 소개가 마쳐지고, 해물파전이 나오자 거국적으로 막소사막걸리+소주+사이다 잔들이 높이 치켜 들려진다. 원 의원이 건배를 제안한다.

— 오늘 모두 고생들 많으셨습니다. 역시, 가을 산행은 북한산이 최고네요! 자, 건배!

하산길에 있는 식당에 어울리지 않게 말끔하게 수트를 차려입은 남성이 「능금산장」에 들어서 원 의원 자리로 다가온다.

원 의원이 일어나 반갑게 맞으며 모두에게 소개한다.

— 여러분들, 잠시만요. 지금 오신 분은 오늘 식사 자리에 뒤늦게 합류하신 세 번째 뉴페이스로, 제가 한 번씩 특강을 나가고 있는 '한미글로벌포럼'의 박용출 이사장님이십니다. 이사장님, 자기소개 한번 하시죠.

— 안녕하십니까? 저번에 원 의원님께서 저희 특강 오셨을 때 말씀 들었는데 오늘 멤버 중에 저만 정치인 출신인 거 같아 쑥스럽네요. 소개해 주신 한미글로벌포럼 박용출입니다. 저는 송파구에서 시의원을 하다가 이번

에 잠실 샤롯데월드타워에 둥지를 틀고 저희 포럼 최고위과정을 열었습니다. 여기 등산 모임 나오면 훌륭하신 강사풀Pool을 얻을 수 있다고 원 의원님께 들어서 영업차 달려왔습니다.

원 의원의 소개가 덧붙여진다.

— 박 이사장님께서 겸손하시긴, 그러고 보면 저도 정치인 출신입니다. 사실 박 이사장님은 미국 메릴랜드주 주지사 부인이신 유진모건 퍼스트레이디의 친오빠로, 서울에 메릴랜드 무역사무소 개소도 준비하고 계십니다. 앞으로 우리 모임에서 많은 역할 기대합니다. 이사장님, 언제 한번 우리를 샤롯데타워에 초대해 주세요. 사무실이 얼마나 높은 데 있던지 거기선 서울이 훤히 다 내려다보이더라고요.

뒤풀이 자리가 무르익고 닭도리탕에 막소사를 걸쭉하게 들이켠 원 의원이 자신이 이번에 영입위원장으로 부임한 응급의료 체계 구축 범정부 TF에 대해 말한다.

— 2010년 내가 국방위원장하고 나서 외통위원장일 때 국가중앙의료원 소속의 팀장이란 사람이 일본의 닥터헬

기를 벤치마킹해 도입·운영하고 싶다며 나를 찾아왔었지. 근데 지금 그분이 국가중앙응급센터장으로 나한테 연락해 우리 학교 연구팀에 'GIS Geographic Information System, 지리정보시스템' 설계를 부탁하러 와서는, 이번에 만들어지는 범정부 TF에 거버넌스 전문가를 모시려 한다는 거야. 그러면서 나더러 영입위원장을 맡아달라고 했지. 필드에서 활약하는 거버넌스 설계자를 추천해 주실 수 있냐며…, 실전 경험이 없는 교수가 아니고 말이지.

목이 탔는지 원 의원이 막걸리를 입에 가져다 대며 말한다.

― 윤도한 센터장, 하여튼 대단한 사람이야. 센터장 직책 외에도 응급의료기획연구팀장, 응급의료평가질향상팀장, 재난·응급의료상황실장에 이번 TF팀장까지 5가지 보직을 한꺼번에 혼자서 다 맡아서 하고 있으니까 몸이 남아나겠나 싶어 걱정이야.

원 의원이 말하다 말고 자기 옆에서 조용히 막걸릿잔을 들려는 민정엽에게 눈이 멈춘다.

― 잠깐, 민 박사가 한국ESG경영학회 거버넌스 위원장을 겸하고 있지 않은가? 그러고 보니 우리 TF가 그렇

게나 찾던 거버넌스 권위자가 여기 딱 있었네! 대한민국 탑티어 거버넌스 실전 경영학자가 민 박사 자네지 않나?

― 커…, 컥. 아, 아닙니다. 의원님. 제가 뭐라고.

놀란 민정엽이 마시던 막걸리에 목이 걸려 가까스로 대답한다.

원 의원이 유레카를 외치듯 TF에 아직 채워지지 않은 거버넌스 분과 전문연구원으로 민정엽이 꼭 필요하다며 다시 한번 역설한다. 민정엽의 아버지가 늘 얘기하던 소명의식을 언급하며 필드의 일머리를 아는 이공계 출신 경영학자의 달란트를 나라와 민족을 위해 쓸 기회라며…, 옆에서 박용출 이사장도 원 의원을 거든다.

― 민 박사님 같은 분이 TF에 들어가야 대한민국이 바뀝니다!

겸연쩍게 사양하는 민정엽과 TF로의 합류를 재차 종용하는 원 의원과 박용출 이사장.

뒤풀이가 파할 즈음, 민정엽이 원 의원에게 묻는다.

― 의원님 다음 주 저와 식사 약속은 변동 없으신거죠?

― 그럼, 물론이지. 수요일이었나?

― 예, 일식 어떠세요? 제가 회사 근처에 괜찮은 집을 하나 알아놨습니다.

― 그래. 저번처럼 너무 비싼 데 말고 점심이나 간단하게 하지.

*

뒤풀이를 마치고 다음 차수로 갈 팀들이 거주하는 지역에 따라 나뉜다.

강남 방면팀으로 민정엽과 미대사관 상무관인 제시카 김, 명철민 대령, 조윤경 보도국장, 한미글로벌포럼 박용출 이사장 다섯 명은 민정엽의 개인 수행비서인 김 팀장이 모는 카니발을 타고 잠실새내에 있는 새마을시장의 「멸치집」으로 향한다.

민정엽이 옆에 앉은 명 대령 어깨에 손을 올리며 친근히 묻는다.

― 철민아, 오랜만에 보니 좋네. 회사는 어느 쪽에 있어?

― 판교요.

― 너희 집 분당이잖아. 집하고 가깝네.

― 네, 그게 너무 좋아요. 차로 애들 학교 바래다주고 출근하면 되니까요.

민정엽과 명 대령이 외통위 싱크탱크 시절, 비 오는 날이면 강제 회식을 하던 양재동 국립외교원 근처 「봉피양」 돼지갈비와 한라산 소주를 회상하며 카니발 안에서 즐거운 대화를 이어간다.

*

2차 멸치집 술자리 말미에 정년퇴직이 10년도 안 남았다며 넋두리하던 술에 취한 조윤경 국장이 양철 원탁 테이블을 두 손으로 부여잡고는 자신의 포부를 선포한다.

― 크~억. 난 말이야, 젊은 날 열혈기자이자 누군가의 아내였지. 그러다 나이 40에 싱글맘 되고 나서 지금은 고등학생 딸의 엄마로, 뉴스는 전하지만 내 삶의 뉴스는 감췄던… 지금은 그렇게 숨겨진 나 자신보다는 화면 저 너머를 믿게 해서 기억으로 만드는 사람으로밖에 남아 있지 않아.

― 왜요? 누님 기사랑 방송 추종자가 얼마나 많은데요.

민정엽의 격려에 생각에 잠긴 조윤경 국장.

― 그야, 뭐… 내가 고맙지. 그 덕에 사내외 정치에 한순간도 긴장을 놓을 수 없는 빡빡한 메이저 언론 생활 때려치우고, 지금 내 고향 케이블 방송에서 지역사회 봉사하듯 일할 수 있어서 너무 감사해.
나중에 우리 딸 대학 들어가면 회사에 허락받아서, 전원주택에 스튜디오 차려서 드론 띄워 찍는 여행 유튜버도 하고, 작가도 하고, 가수도 하면서 날 사랑해 주는 분들한테 보답할 거야!

술 취한 명 대령과 민정엽이 조윤경 국장을 동조하며 외친다.

― 조 국장님 파이팅입니다! 드론 띄우실 거면 강원도 영월에 드론특별자유화 구역에 있는 저희 회사 자폭 드론 시험비행장 오셔서 날리세요. 민간기관 어디서든 드론 조종면허만 따 오시면 돼요. 원 없이 날리시게 해 드릴게요!
― 누님, 가실 거면 저도 같이 가요. 영월에 꼭 한번 가 보고 싶었는데.

병맥주에 멸치회를 안주 삼아 이런저런 허심탄회한

얘기를 털털히 나눈 일행은 3차로 「멸치집」 옆 「잠실나그네」로 이동해, 그곳 사장님이 직접 치시는 기타 반주에 생맥주와 노가리로 입가심을 하고 잠실새내역 앞에서 다음 산행을 기약하며 헤어진다.

*

'띠링'

집으로 돌아가는 카니발 뒷자리에서 민정엽에게 문자가 뜬다.

「민 박사님 안녕하세요.
　오늘 인사드린 한미글로벌포럼 박용출 이사장입니다.
　원 의원님 덕분에 귀하신 분 뵙게 되어 반가웠습니다.
　다시 뵙기를 기원합니다.
　감사합니다.」

'일부러 문자도 주시고, 젠틀하시네.'

2. 거버넌스(Governance)

오크우드 호텔

H인베스트먼트 대표이사실로 들어온 수행비서 김 팀장이 백화점 상품권 다발이 든 금색 봉투를 마호가니 책상 위에 두며 말한다.

— 민 대표님, 큰 거 10장 하고 작은 거 10장으로 나눠 구입해 왔습니다. 오는 길에 보니까 봉은사로에 차들이 좀 많던데, 호텔 출발 차량 준비해 둘까요?

*

오크우드 호텔 2층 일식집 「마츠카제松風」 VIP룸.

원현진 의원이 신발을 벗고 미닫이문을 열어 다다미 룸으로 들어온다. 먼저 와 기다리고 있던 민정엽이 일어나 인사를 하다가 눈에 띈, 원 의원의 구멍 난 양말을 힐끔 쳐다본다.

항상 밝은 표정의 원 의원이지만 작년에 오랜 지병의 사모님을 여의고는 전보다 외향이 위축된 것 같아 민정엽의 마음이 안타깝다.

― 의원님. 지난 명절날 직원들 챙겨주고 남은 상품권이 있어서 몇 장 가져왔습니다. 저번처럼 사양 마시고 백화점에서 양복이라도….

― 받은 셈 치지. 직접 좋은 데 쓰시게나.

멋쩍은 민정엽이 상품권 봉투를 안주머니에 주섬주섬 다시 집어넣는다.

― 북한산에선 멤버들이 많아 심도 있게 대화를 못 나눴네만, 민 박사는 요즘 어떻게 지내나?

― 예, 의원님. 회사 생활하면서 열심히 살고 있습니다. 의원님은 어떠세요?

― 정계 나온 후로, 벌써 5년차 석좌교수한테 의원은

무슨. 난 올해부터 한미협회장과 한영협회장을 맡고 나서 좀 바빴지.

 미닫이문이 열리고 기모노 입은 종업원이 에피타이저를 들고 들어온다.
 ─ 이건 전체요리로 나온 우니ウニ, 성게알와 차왕무시 茶碗蒸し, 계란찜입니다. 어떻게, 반주는 준비해 드릴까요?
 ─ 술은 됐고 따뜻한 오차お茶, 차로 주세요.
 음식을 앞에 두고 원 의원이 식사 감사 기도를 하는지 조용히 눈을 감았다가 뜨고는,
 ─ 자, 드세.
 원 의원이 차왕무시 뚜껑을 열며 말한다.
 ─ 저번에 내가 부탁한 거 생각 좀 해 봤나?
 ─ 예, 의원님께서 영입위원장으로 계신 TF 말씀이시죠?
 ─ 응, 국가중앙응급센터라고….
 ─ 지난번 메르스 때 응급 재난 체계를 지휘한 데 아닌가요?
 ─ 잘 알고 있군. 그 사태를 총괄지휘한 윤도한 센터장

이라고 있네. 우리나라의 응급의료시스템 'NEDIS National Emergency Department Information System'를 만든 신화적인 인물이지. 그 친구가 이번에 국가중앙의료원 소속의 '응급의료 체계 지역화 구축' 범정부 TF를 구성한다네.

— 국가적 프로젝트네요. 그런 데를 제가 어떻게….

— 지금까지 복지부, 소방청, 소방본부, 중증외상센터, 대한외상학회, 대한응급의학회 등 10여 개 기관에서 연구원들이 차출됐는데, 가장 중요한 거버넌스 파트 연구원을 찾지 못하고 있다네.

— 거버넌스를 연구한 학자들이 좀 있을 텐데요.

— 그렇긴 한데…, 한없이 조용해 보여도 저돌적인 윤도한 센터장 스타일로 봐서는 경영학적으로 어프로치 해야 하는 거버넌스는 종합예술이라, 고리타분한 행정학적 접근이나 학교의 먹물 교수들 '에헴'이나 듣자는 게 아닌 거지. 경영학적으로 어프로치 해야 하는 거버넌스는 종합예술이라 실전형 경영 전문가가 필요한 거야.

— 그렇긴 하죠.

— 그래서 자네가 TF에 들어와야 하네.

— …….

룸으로 다시 들어온 기모노 여종업원이 정중히 회를 내려놓으며 원산지를 하나하나 설명해 주고 나간다.

― 자네, 강원도 원주 좀 아나?

― 예, 작년에 동계올림픽 개최한 평창 옆에 있는 데로 알고 있습니다.

― 그렇지. 평창동계올림픽 공식 병원으로 지정되었던 의료기관이 원주에 있는 세브란스기독병원이었거든. 거기가 TF의 베이스캠프가 될 거네.

― 강원도에요?

― 민 박사도 알겠지만 응급실을 갖춘 수도권 대형 병원에선 앰뷸런스에 실려 온 환자들의 기록을 정확하게 남겨 두지만은 않네. 자의로든 타의로든 바이패스환자 수용 불가를 이유로 은근히 전원轉院, 병원 간 이송 유도를 하기도 하는데, 그런 걸 기록에 남겨서 사회적으로 이슈가 되거나 정부 지원금 받는데 걸림돌이 될까 봐서지.

― 보통 그렇겠죠.

― 그런데 평창동계올림픽 때 지정병원인 원주의 세브란스기독병원에 일본의 교도통신, 영국의 로이터, 프랑스 AFP, 미국의 CNN, 우리나라 뉴스통신사 연합채

널 기자들이 출전 선수들의 부상을 체크하려고 24시간 '뻗치기'를 했었지. 여느 국제대회에서나 다 그렇듯이 말이야. 그러다 보니 응급실과 중증외상센터에서 일어나는 세세한 모든 일을 기록으로 남길 수밖에 없지 않겠나? 거기서 어떤 외생변수에도 오염되지 않은 응급의료의 로우데이터Raw data, 原資料를 A부터 Z까지 얻을 수 있었던 거네.

― 정말 그랬겠네요.

― 그렇게 TF의 베이스캠프로 강원도가 된 거고…, 그래서 말인데 자네가 원주로 좀 내려가야겠어.

― …….

― 왜 아까부터 띄엄띄엄 대답을 안 하나? 내 제안이 탐탁지 않은가? 내가 자네 대부로서 이 정도 얘기도 못하나?

엄숙하게 눈을 부라리는 원 의원.

― 그럴 리가요? 의원님! 그…, TF는 언제부터 시작이죠?

말을 돌리는 민정엽.

― 이번 달 말에 킥오프라니까 그전에 미리 가봐야 되

겠지? 그거야 민 박사 본인이 판단할 일이고.

— 알겠습니다. 의원님. 제가 정말 필요하다면 하겠습니다. 일단 구체적으로 어떤 거버넌스 연구인지 TF 실무진을 먼저 만나보고 말씀드리겠습니다.

원 의원이 회를 집으며 민정엽의 눈을 쳐다보지 않고 말한다.

— 자네가 언제부터 CEO 교수고, 박사며, 베스트셀러 작가인가? 민 박사 혼자 잘 먹고 잘 살라고 주어진 달란트가 아닐세. 주위를 살리고 세상에 빛을 발하라는 콜링 Calling, 소명인 게야. 안 그런가?

원 의원의 말 한마디 한마디가 민정엽의 가슴을 파고든다.

— 그럼요. 항상 제게 해 주신 말씀 깊이 새기고 있습니다. 의원님.

민정엽이 고개를 숙인다.

— 부여받은 재능은 특권이 아닌 사명감, 바로 책임일세!

— 예, 명심하겠습니다.

대답을 하는 민정엽의 눈이 감긴다.

민정엽의 머릿속 너머 끝방에 처박아 뒀던, 5년 전 겨울 강원도에서 사냥을 하다 실족 낙상사고를 당한 아버지의 기억이 떠오른다.

그때, 애타게 구조를 기다리던 아버지는 차가운 겨울비로 젖어 있는 땅에 홀로 덩그러니 쓰러져 계셨다.

'아! 닥터헬기….'

트라우마로 가슴이 옥죄어 온다.

외상후스트레스장애PTSD, Post Traumatic Stress Disorder를 겪는 민정엽이 떠오른 기억을 억지로 밀어내 회피하려 한다.

쥐고 있던 젓가락이 파르르 떨려왔다.

'드르륵'

룸 밖에서 무릎을 꿇고 문을 연 기모노 종업원이 코스의 나머지 요리들을 마저 내온다.

— TF에는 민 박사가 다음 주 정도 갈 거라고 얘기해 둘 테니 내가 주는 전화번호로 연락 먼저 드리고 찾아뵙게나.

― 예, 의원님 알겠습니다.

원 의원이 숟가락을 집어 맑은 도미 머리탕을 한술 뜬다.

― 얘기 그만하고 식사나 마저 하지.

― 맛있게 드십시오. 의원님.

기모노 종업원이 조용히 들어와 식기를 정리하면서 디저트 서빙을 준비한다.

― 입가심으로 차가운 말차抹茶와 하코네箱根 우유 소프트아이스크림 중에서 어떤 걸로 내어드릴까요?

5년 전, 홍천

5년 전.

어제 내린 차가운 겨울비가 채 마르지 않은 강원도 적막한 산골의 축축한 저녁.

빗물이 살짝 얼어붙은 비린 땅 냄새에 나뭇가지마다 아슬아슬하게 매달린 빗방울이 이따금 '똑똑' 하고 떨어지는 소리가 자연의 적막을 깨운다.

민정엽이 아버지와 가족별장이 있는 홍천 사유지 근

처 골짜기에 사냥을 나와 있다.

― 원 의원 잘 모시고 있냐?

― 네, 서울에서 한 번씩 찾아뵙고 좋은 말씀 듣고 있어요.

― 그래, 나랑 원 의원은 이북에서 넘어와 춘천에서 네 엄마 만나 천막 교회 개척하면서 지금까지 장로로 연결된 인연이야.

― 알고 있습니다.

― 너 2, 30대 철부지 시절 원 의원이 나 대신 뒤처리 해 준 게 몇 번이냐. 나 죽으면 네 대부되실 분이다. 잘 모셔라.

― 예, 명심하고 있어요.

부자가 높고 깊은 산길을 하염없이 거닐며 사냥 겸 산책을 하며 남자들만의 무뚝뚝한 얘기를 하고 있다.

'푸드득 푸득'

'그르렁… 그르르…'

두껍고 둔탁한 털이 수풀을 스치는 소리와 그 뒤로 들

려오는 멧돼지의 조심스러운 으르렁거림.

― 쉿!

민정엽의 아버지가 수풀에서 서서히 나타난 멧돼지를 발견한다.

아버지는 뒤로 맨, 아직 장전되지 않은 총을 조심스레 앞으로 가져오려 한다.

그때, 멧돼지가 전력으로 둘에게 달려든다. 기겁을 한 둘이 빠르게 뒷걸음질 친다.

'쿵―'

아버지가 뒤로 넘어진다.

'탕―!!'

넘어지면서도 그새 실탄을 장전한 육사 25기 출신의 아버지가 위협사격으로 하늘을 향해 총을 발사한다.

총성이 울리자 멧돼지가 놀라 달아나고⋯.

— 어, 어….

아버지가 비에 젖은 수풀에 미끄러져 낭떠러지 쪽으로 쓸려 내려가 떨어진다.

'터터턱'

두꺼운 나뭇가지들이 부러지는 소리.

'푹—'

심장도 같이 '쿵'하고 내려앉는 순간,

— *아버지!!*

절벽 저 밑으로 떨어져 정신을 잃은 아버지가 간신히 부러진 나무 그루터기에 걸쳐져 쓰러져 있다.
민정엽이 다급히 119에 전화를 건다.
— 여기 홍천 사냥터 정상인데요. 저희 아버지가 미끄러져 절벽에서 떨어지셨어요. 여기서 멀지 않은 곳에 헬

기 착륙장을 봤어요. 빨리 와 주세요. 부탁드립니다.

― 혹시 근처에 노란색 국가지점번호판이 보이시나요?

― 아, 저기 저…, 「다자 77381574」라고 적혀 있습니다.

― 걱정하지 마십시오. 바로 곧 출동하겠습니다!

그러나, 결국. 수천만 가지의 이유로 닥터헬기는 뜨지 않았다. 산악구조대가 왔을 때는 이미 아버지께선 소천하신 상태였다.

그때로부터의 트라우마….

민정엽은 그날로부터 시린 시린 겨울비 냄새만 맡아도 그날 절벽 아래 고요히 누워 있던 아버지의 얼굴이 떠오르게 됐다.

호무란(ホームラン)

민정엽이 자신의 집 아파트먼트 펜트하우스와 연결된 전용 엘리베이터를 타고 「SSG청담」 1층 「호무란」으로 내려간다.

창가에 자리를 잡은 민정엽이 밖에 부슬부슬 내리는 비를 바라본다.

'비 오는 날엔 따끈한 소바지.'

런치 메뉴에 있는 텐뿌라소바天ぷらそば, 튀김 메밀국수 정식 세트를 시킨다.

조용한 식당 안에 뭘 해도 촌스러운 40대 아줌마 네 명이 널따란 원목의 8인석 테이블을 점유해 앉아 있다. 각자의 빈 옆자리에 색깔과 크기만 조금씩 다른 고야드 클러치백을 고이 모셔두고, 네 명 모두의 엄지발가락에 간당간당하게 걸쳐져 있는 에르메스와 샤넬 샌들을 위태롭게 깔딱거리며 '무슨 헬리콥터' 얘기로 호들갑들이다.

*

수행비서 김 팀장이 「호무란」 문 앞에서 장우산을 들고 식사를 마친 민정엽을 맞는다.

— 대표님, 앞에 차량 대기해 뒀습니다.

커다란 우산이 펼쳐지자 흐릿한 날인데도 황금색 체크무늬 버버리 안감이 반짝인다.

민정엽이 카니발 뒷좌석에 올라타 「HOTEL bientôt 비앙또」라고 새겨진 푹신한 슬리퍼로 갈아 신는다. 김 팀장이 민정엽에게 수면안대를 건네며 말한다.

― 대표님, 원주 세브란스기독병원으로 이동하겠습니다. 조용히 모실 테니 오침으로 눈이라도 잠깐 붙이시지요.

― 얼마나 걸리지?

― 1시간 20분 정도 걸리니 4시경에 도착입니다.

*

고속도로.

민정엽이 카니발 안에서 도쿄와 싱가포르에 있는 거래처들과 일어와 영어를 섞어가며 컨콜을 하고 있다.

"シンガポールへの出張が延期されるかもしれないので、ご了承のお電話を差し上げました。"

제가 이번 싱가포르 출장이 미뤄질 수 있어 양해 전화를 드렸습니다.

"I called you for understanding because this business trip to Singapore could be delayed."

중증외상센터

비가 그치고 맑게 갠 강원도의 초가을 햇살이 따갑다.

세브란스기독병원 중증외상센터 앞에 의료 사고를 규탄하는 시위로, 3단으로 쌓아 올린 대형 스피커와 확성기가 '쩌렁쩌렁' 시끄럽다.

병원 외상센터 5층에 위치한 연구실로 찾아간 민정엽.

센터에 딸린 세 평 남짓한 방.

― 원 의원님께 연락처 전달받아 전화드렸던 민정엽이라고 합니다.

― 안녕하십니까? 국가중앙의료원 소속으로 여기 병원 연구교수로 있는 김진학입니다.

듬성듬성한 앞머리에 두꺼운 반무테안경을 쓴 학구적인 인상의 김진학 박사가 민정엽을 맞는다.

민정엽이 노트북과 연구자료를 챙긴 김진학 박사를 따라 연구실 건너편 회의실로 이동한다.

*

커피를 두고 마주 앉은 두 사람.

― 저는 연구교수를 하면서 이쪽 메디컬을 접하게 되었어요. 민 박사님께선 경영학 전공이시니 거버넌스, OB Organizational Behavior, 조직행동 뭐 그쪽은 전문가실 테고, 혹시…, 메디컬이나 소방, 응급 쪽으로 경험이…?

― 예, 북한 개성공단에 있는 YMCA 남북협력병원하고 대한결핵협회, UN연구사무소에서 의료행정하고 정책전문위원을 지냈습니다. 소방 쪽으로는 일본 소방청 방화관리자 수료하고, 대한적십자사 고급인명구조 자격이 있고요.

― 와! 한국의 거버넌스 전문가 중에 이런 글로벌한 분이 다 계셨네요. 의료정책·행정에 소방과 구급 자격까지 싹 다 갖추셨어요. 딱이십니다. 딱!

광대가 승천하고 화색이 돈 김진학 박사가 민정엽이 TF에서 설계를 맡을 '거버넌스' 파트에 대해 길고 긴 설명을 시작한다.

김진학 박사는 자신이 겪은, 응급의료계의 조직 간 폐쇄형 문화에 대해 얘기한다.

― 간호사 수련 과정에서 선배가 후배를 괴롭혀 '영혼

을 태워버린다Burnning'는 '태움'이라고 들어보셨죠? 거기에 사회적으로 이미 각인돼 버린 의사들 직역職域 이기주의와 철저한 위계 서열에, 그 프라이드는 어떻겠어요? 심지어 목숨 걸고 사람을 구하는 소방의 곤조こんじょう·根性, 근성는 두말하면 잔소리죠. 돈줄을 쥐고 있는 복지부의 관료주의는 뭐 이미 유명하고요.

김진학 박사가 넓은 이마에 흘러내린 몇 가닥 안 되는 얇은 머리카락을 쓸어올리며 이어서 말한다.

— 제가 경험한 첨예한 대립각만 해도, 외상외과와 응급의학과, 의사와 소방, 보건복지부와 소방청, 세종의 소방청과 지방의 소방본부, 119구조대와 응급구조사, 보건복지부와 국가중앙응급센터, 국가중앙의료원과 국가중앙응급센터, 중앙정부와 지자체, 마지막으로 '중앙'하고 지역응급지원센터… 헤헥.

줄줄이 연달아 내뱉아 숨을 헐떡이는 김진학 박사에게 민정엽이 묻는다.

— '중앙'이요?

— 네, 이쪽 업계에선 국가중앙응급센터를 줄여서 '중앙'이라고 해요.

김진학 박사가 「정부」라고 인쇄된 작은 투명 스티커가 붙은 노트북을 펴서 파일을 찾아 민정엽 쪽으로 모니터를 돌려 보여 준다.

― 이번 TF파트는 이렇게 5개 시스템으로 나뉘어 진행됩니다.

> 1. 응급의료거버넌스 구축
> 2. 외상지침(COG) 체계
> 3. 직접의료지도 체계
> 4. 닥터헬기 출동·인계점 체계
> 5. 응급·외상교육 체계

'흠…, 상호보완적이면서도 서로 이해 상충이 있을 수밖에…, 보이지 않는 날카로운 조직 간의 대립각!'

모니터를 유심히 보던 민정엽이 혼잣말처럼 말한다.

― 거버넌스 분과는 모든 분과들을 다 들여다봐야겠네. 의료, 소방, 복지부 정책 파트에도 관여할 수밖에 없는 구조겠어.

민정엽이 허락도 없이 없이 김 박사의 노트북을 자기 쪽으로 바짝 당겨와 마우스를 클릭해 모니터의 장표를 넘긴다.

― 김 박사님, 구도를 보니 조직 간 대립이 많아 화학적 융합이 먼저겠어요.

이건 분과별 미션을 파악해 연계하는 것도 중요하지만, 공동의 상호 운용 프레임워크 선상에서 관제, 관리하는 일이 쉽지 않겠는데요. 거버넌스 분과의 딱풀 역할도 역할이지만, 갈등과 반목의 용해제로서의 롤이 더 중요하겠어요.

그렇게 하려면…, 거버넌스 분과에 외상외과나 응급의학과 3년 차 이상 전공의하고, 닥터헬기를 타 본 경력자, 그리고 여기 강원도 출신의 응급실 간호사나 응급구조사 연구원이 필요하겠네요.

― 와, 정말 거버넌스 전문가 맞으시네요. 직관력이 대단하신데요! 어떻게 2년간 이 프로젝트를 기획한 저희 내부문서인 『연구용역보고서』 작성자처럼 말씀하세요? 민 박사님 말씀대로 '중앙' 소속 이곳 출신 응급실 간호사 연구원하고, 직접의료지도 분과에서 파견 나온 응급구조사는 이미 배정되어 있고요. 흠…, 외과나 응급의학과 레지던트에 항공의료팀 출신은 긴급으로 '중앙'에 요청하도록 하겠습니다. 만약 킥오프 전에 시간이 촉

박하면 다른 분과에서 차출을 해서라도 말씀하신 스펙에 맞게 합류시키도록 하겠습니다.

― 그렇게 하려면 분과별로 개별 거버먼트Government에 응용 SCM Supply Chain Management, 공급망 관리하고, 애자일Agile, 그리고 공진화Co-Evolution, 거래비용 경제TCE, Transaction Cost Economics… 정도를 접목하면 되긴 하겠는데…, 김 박사님, 오염되지 않은 원천 로우데이터가 있다고 들었는데 자세히 어떤 것들인지 자료 좀 부탁드려요.

― 예, 알겠습니다. 제 연구실에 있어요. 금방 다녀올게요.

얼마 뒤, 김진학 박사가 서류를 한가득 들고 회의실로 다시 들어온다.

자료를 설명하는 김 박사의 브리핑을 들으면 들을수록 민정엽은 원현진 의원 말대로 국내에 자기만 한 적임자가 없다는 걸 알게 된다.

하지만 아버지 낙상사고에 대한 트라우마와의 충돌. 김 박사가 가져온 자료들 속의 '닥터헬기'란 단어만 봐도 아버지 구조를 애타게 기다리던 그때 그 절벽의 싸늘한 냄새가 몰려온다.

― 김 박사님. 사실은 제가 본업이 따로 있습니다. 그래도 이번에 TF 합류하려고 해외출장 스케줄을 순연했어요. 제가 TF에 집중할 수 있는 기간이 한정적이긴 하지만 최선을 다해 TF 미션에 충분히 기여할 만한 아웃풋을 내겠습니다.

민정엽이 넘쳐 솟아오르는 아이디어를 억누르고 김진학 박사에게 내년 설날 연휴까지만 연구할 수 있겠다며 선을 긋는다.

구차한 변명으로 조건부 승낙을 한 것이다.

― 바쁘실 텐데 그마저도 너무 감사하죠. 거버넌스 파트에 정말 든든한 힘이 됩니다. 고맙습니다. 민 박사님.

'TF 합류 전에 국내외 거버넌스 관련 논문하고 자료들 좀 찾아봐 놔야겠네.'

문창모 기념관

김진학 박사가 중증외상센터 4층 연결 통로를 통해 민정엽과 수행비서 김 팀장을 다음 주 TF 킥오프 미팅을 시작으로 거버넌스 연구소로 배정되었다는 「문창모 기념관」으로 안내한다.

낡은 건물의 긴 통로를 지나자 세련된 인테리어 공사가 한창 진행 중인 널찍한 현장 입구에 '데스커'와 '퍼시스' 사무용 가구들이 즐비하게 쌓여 있다.

민정엽이 들어가 보려 한다.

— 김 박사님 여긴가요? 건물 외관과 달리 인테리어와 가구를 고급지게 하셨네요.

김진학 박사가 민정엽을 막아선다.

— 어, 어. 민 박사님 거기 아니에요. 거긴 이번에 새로 들어온 가족행복부 소속의 「민들레센터」예요. 저희가 쓸 연구소는 저기 끝 구석이고요.

남자 셋이 창가 없는 침침한 통로 끝 쪽으로 계속 걸어 들어간다.

— 여깁니다.

연구소로 쓰일 거라는 곳의 문이 열린다.

깜빡거리는 누런 형광등이 간헐적으로 '*지지직*'거리는 소리를 낸다.

눅눅한 공기, 축축하고 오래된 벽지 곰팡이와 지하실 냄새가 민정엽의 코끝을 관통한다.

책상이며 의자며, 서랍장까지 딱 봐도 전부 80년대 빛바랜 비둘기색의 철재로 된 가구들이다.

미간을 찌푸리는 민정엽.

'내가 여길 왜…?'

― 안녕하세요.

김 팀장의 눈이 번쩍인다.

일행에게 인사를 건네는 동그란 안경 낀 여자 연구원에게 김진학 박사가 대충 끄덕이고는, 손가락으로 연구소 제일 구석을 가리킨다.

― 저쪽이 민 박사님께서 쓰실 연구실 자리에요.

맨 귀퉁이. 휑하다.

'이건 박사과정 때 공동연구실보다 더 후지네.'

민정엽이 마음에 들어 하지 않는다.

― 민 박사님. 천천히 둘러보고 계세요. 저는 '중앙'에 보낼 금일 업무 보고하러 방에 좀 들렀다 오겠습니다.

다녀와서 박사님 지내실 숙소를 보여 드릴게요.

여자 연구원이 기다란 비둘기색 철재 사물함에서 가방을 챙기며 퇴근 준비를 하고 있다.
― 먼저 퇴근해 보겠다고 김 박사님께 전달 좀 부탁해요.
민정엽을 빤히 쳐다보며 당돌하게 말하고는 연구소를 나가는 동글이 안경 연구원의 뒷모습. 민정엽이 걸음걸이가 살짝 이상한 연구원의 오른 다리를 힐끗 쳐다본다.
출출해진 민정엽이 식사나 하고 서울로 올라갈 생각에,
― 저기요, 여기 근처에 혹시 맛집 있을까요?
여자 연구원이 근처 원주시장에 보쌈집을 알려준다.

*

업무 보고를 마치고 연구소로 돌아온 김진학 박사가 민정엽과 김 팀장을 병원 옆 엘리베이터가 없는 4층짜리 낡은 건물로 데려간다.
3층으로 걸어 올라가 전공의들이 쓰는 숙소라는 작은 방들이 곰살맞게 다닥다닥 붙어있는 방을 보여준다. 방에는 2층 침대가 두 개씩 놓여 있다.

"여기 기숙사에 세탁기는 없으니까 집에 가실 때마다 빨랫감 챙겨 가셔서 세탁해 오셔야 합니다."

엔터그룹 자회사의 투자사 대표인 민정엽의 라이프스타일에 비해 너무나 열악한 환경. 민정엽 옆에서 연구소와 숙소를 같이 둘러본 김 팀장이 씰룩이며 불편한 표정을 감추지 못한다.

'대표님께서 강남 하이엔드 라이프에서 생뚱맞은 지방 연구원 생활이 내킬 리 없으시겠지. 원주로 내려오시겠다고 하면 미리 연구실 인테리어 새로 하고, 숙소는 다른 데로 알아봐 둬야겠네!'

수행비서 김 팀장도 자신의 보스가 지낼 열악한 여건에 못마땅해한다.

*

민정엽이 카니발 뒷좌석에 올라타 여자 연구원이 알려준 맛집을 검색한다.

― 김 팀장, 아까 물어서 알아봐 둔 병원 근처 식당에서

같이 식사하고 고속도로에 오르자고.

— 예, 대표님.

원주시장

원주시장 초입에 카니발이 멈춰 선다. 민정엽이 먼저 내려 아까 추천받은 맛집을 찾는다.

시장상가 2층에 테이블이 4개밖에 놓여 있지 않은 보쌈집에 민정엽과, 주차를 하고 온 김 팀장이 들어선다. 만석이다.

'이러니까 맛집이지.'

둘이 다른 곳으로 가려는 순간,

— 저기! 여기요, 여기!

손을 번쩍 치켜든 여자.

'아까 연구소의 동글이 안경 연구원이다.'

민정엽이 다가간다.

4인석 테이블에 여자 혼자 앉아서 보쌈 대大자에 막걸리를 시켜 먹고 있다.

― 저 혼자에요. 두 분 합석하세요. 여긴 6시 넘으면 자리 없어요.

민정엽과 김 팀장이 여자 연구원 앞에 앉는다.

― 민정엽 박사님이시죠? 이번에 TF 거버넌스 분과에 합류한 이주현이라고 해요. 김진학 박사님께 말씀 들었어요. 같이 먹어요. 원주시장하면 보쌈에 메밀로 빚은 막걸리죠. 근데, 박사님 혹시~, 결혼은 하셨어요?

민정엽을 빤히 쳐다보고 묻는 당찬 그녀의 입가에 기대 섞인 미소가 번져 있다.

*

민정엽은 서울로 돌아오는 카니발 안에서 아까 본 연구 환경과 조악한 숙소가 뇌리에서 잊혀지지 않는다.

여러 이유로 TF 연구원 생활이 아무래도 내키지 않는 민정엽.

원현진 의원에게 전화를 건다.

― 의원님, 통화 괜찮으신지요?

― 그래 민 박사. 아, 오늘 원주 내려갔겠네?

― 예, 미팅 마치고 지금 서울로 올라가는 중입니다.

― 그래 잘 생각했네. 자네가 학계에서 힘들게 얻은 지식과 경험, 그리고 타고난 융화력과 비즈니스를 하면서 갖추게 된 친화력이 국가 응급의료시스템 개혁에 반드시 이바지할 거네. 참으로 귀하게 쓰일 거야.

민정엽은 자신을 믿는 원현진 의원의 기대에 차마 하고 싶은 말을 입에서 떼지 못한다.

*

국내 3대 엔터테인먼트 그룹, 「사이먼HQ」 사옥 5층의 H인베스트먼트 대표이사 민정엽의 방.

민정엽이 자신의 방 책상 정면으로 보이는 데 걸려 있는, 원현진 의원이 친필로 적어준 액자를 응시하고 있다.

> 복 있는 사람은 악인의 꾀를 좇지 아니하고
> 죄인의 길에 서지 아니하며
> 오만한 자의 자리에 앉지 아니하오
> ― psalm 1:1 ―

'의원님 말씀을 따르긴 따라야겠는데….'

통창으로 다가가 헤드라이트들이 쏜살같이 달리는 르네상스 사거리를 내려다본다.

풍경 끄트머리에 마천루 사이로 일본식 선술집의 빨간색 초롱이 눈에 들어온다.

오뎅야

「사이먼HQ」 대각선 건너의 「오뎅야」.

붙박이 오뎅통이 앞에 놓인 'ㄷ'자형의 바에 깡소주를 한 병 시켜 놓고 혼술과 수심에 빠져 있는 민정엽.

어느새 요코하마에 친척이 살아 거기서 몇 년간 지낸 적이 있다는 가게 사장과 공허한 대화를 나누고 있다.

― 사장님, 안녕하세요!
― 오랜만이에요.

새하얀 피부에 금발 머리를 한 남자 아이돌 그룹 두 명이 오뎅야로 들어온다. 가게 안의 손님들이 연예인들

등장에 눈이 휘둥그레진다.

― 두 분이시면 여기 신사분 옆자리에 앉으시면 되겠네요.

민정엽은 자신의 옆자리에 합석한 주주사 「사이먼 HQ」 소속 아이돌들과 자연스럽게 대화를 나누게 된다.

― 아! 저희 회사 5층에 투자회사 대표님이시군요! 반갑습니다.

주위에서 민정엽을 부러운 눈으로 바라본다.

공명심과 술기운에 아까의 수심을 잊고 자신의 사회적 지위에 대한 만족감에 흠뻑 젖은 민정엽.

'내가 있는 지금 이 자리에선 내가 누군지 굳이 설명하지 않아도 다들 나를 알아본다. 이게 난데, 민정엽 in the house 여기가 내가 있을 자리인데….'

민정엽의 작은 객기가 작동한다.

― 사장님. 여기 위스키 콜키지 되죠?

― 네, 그럼요.

민정엽이 수행비서 김 팀장에게 전화를 건다.

― 김 팀장, 차에 실린 술이 뭐가 있으려나? 음~ 와인

말고, 조블조니워커 블루라벨이나 발삼발렌타인 30년 있으면 아무거나 가져와 봐요.

오뎅야 앞으로 '에스컬레이드' 블랙 롱바디가 미끄러지듯 진입한다. 가게 통유리창으로 비치는 차체의 웅장함이 손님 모두의 시선을 끈다.

'피식'

민정엽 입가에 썩은 미소가 묻어난다.

에스컬레이드 뒷좌석에서 담배를 문 채로 내린 제임스가 가게 문 앞에서 손가락으로 담배를 탁탁 털어 꺼 하수구로 날려 던지고는 팔자걸음으로 가게에 들어선다.

― 나 여기 있는 거 어떻게 알았냐?

― 항상 네 옆을 지키고 있는 김 팀장한테 물어봤지. 꺼~억.

거나하게 술을 마시고 온 제임스가 민정엽 옆에 앉아 왼팔을 들썩들썩한다. 손목에 시계가 번쩍인다.

― 롤렉스 금통 샀냐? 나이가 몇 갠데, 아직도 꼬마들 사는 거 차고 다니냐? 촌스럽긴…, 비즈니스 할 거면 그냥 안 튀는 스마트워치 차라. 아니면 나 30대 때 차다가 안 하고 다니는 파텍이나 피아제 줄까?

오뎅야에서의 시간이 흐르면서 민정엽 옆자리에 나란히 앉은 아이돌들과 통성명을 하고 스스럼없이 반말을 섞어가며 말을 튼 제임스.

― 잘 나가는 아이돌한테 계약조건이 그게 뭐야? 너흰 언제쯤 좋아지냐?

― 제임스 사장님, 그래도 저희 이번에 CF 들어와서 재계약 조건이 괜찮아진대요.

― 그래서, 재계약하면 「사이먼HQ」에서 어떤 차로 뽑아주냐고? 밑에 내려가서 내가 얘기해 줄까?

제임스가 아이돌들 소속사 「사이먼HQ」의 실세인 회사 대표의 큰형 방이 H인베스트먼트 밑 4층에 있으니 내려가 민원을 얘기해주겠다며 거들먹거린다.

― 강남의 그랜저는 '마세'나 '파나'지, '마세라티'나 '파나메라'. 조블, 발삼의 승용차 버전이랄까?

술에 취해 설레발을 계속 쳐대는 제임스.

아이돌과 양주를 한 병 다 까고서는, 따뜻한 사케를 담은 도쿠리를 입가심으로 자리를 파하려는 민정엽이 제임스에게 조심스럽게 말을 건다.

― 나 원주 내려가서 길게 일 좀 하고 와야 할 거 같은데.

─ 원주? 나 한국 잘 몰라. 어딘데?

─ 강원도에 있어.

─ 너 지금 미쳐가는구나. 이 와중에 시골로 내려가겠다고? 얼마나?

─ 4, 5개월?

─ What? half a year?뭐? 반년? 뭔 소리야! 지금이 회사에 얼마나 중요한 시긴데.

─ …그게.

─ 몰라 몰라, 말하지 마. 나 이거 막잔하고 들어갈래. 저기, 사장님. 우리 계산 주세요. 그리고 여기 아이돌 후배들 계산서도 저희 테이블 거에 같이 얹어주시고요.

민정엽의 갑작스런 통보에 생각조차하기 싫은 제임스가 손을 설레설레 흔들더니 앞에 놓인 사케를 원샷 해 버린다.

3. 킥오프(Kick off)

 # 선행학습

아침 8시, H인베스트먼트 대표이사실.

기다랗고 널찍한 마호가니 책상 위에 영어, 일어로 된 서적들과 논문들, 각종 자료들이 장르별로 나뉘어 수북이 쌓여 있다. 민정엽이 국회도서관에서 빌려온 응급의료 관련 책과, 밤을 새워 가며 RISS학술연구정보서비스와 KISS한국학술정보에서 골라 뽑아 출력한 논문과 자료들이다.

제임스가 들어와 책상 위의 쌓여 있는 자료들을 본다.

― 이게 다 뭐야? 어라? LSE런던정경대 MBA 나온 내가

아는 영어가 하나도 없네, 'Minor blunt head trauma?' 뭐야, 의학용어야? 어, 『중증외상센터: 코드블루』? 이건 저번에 우리 회사 시나리오 공모전에 당선된 메디컬 드라마잖아? 왜, 투자사 대표라는 좋은 직업 놔두고 이젠 의사해 보려고?

― 말했잖아. 강원도에 갈 일이 있다고.

― 그때 얘기가 메디컬 관련이었어? 네가 의사냐? 뭔 소리를 하는 거야?

― 이유가 있어서 그래.

― 진짜 가게?

― 언제 길게 얘기 좀 하자.

― 그래 얘기 한번 찐하게 해보자. 이 중차대한 시기에 네가 정말 뭔 생각을 하는지 나는 도대체가 하나도 모르겠다. 네가 날 비즈니스 파트너로 인정한다면 냉정하게 듣고 나도 얘기 좀 해야겠어. 당장 내일 어때?

킥오프

2018년 9월 27일 세브란스기독병원 중증외상센터 2층 컨퍼런스룸, '지역외상체계구축 범정부 TF' 킥오프 겸 착수 보고회 행사장.

십여 명의 의사들은 하얀 가운을, 예닐곱 명의 소방관들은 검은색 제복을 입고 앉아 있다.

산학협력단장이 축사와 함께 TF 발족을 선포하고, TF의 구성과 연구 배경, 취지를 설명하는 착수 보고가 시작된다.

― 반갑습니다. 이번 TF의 책임연구원이자 여기 의대 학장을 맡고 있는 이현강입니다. 오늘 저를 포함한 23명의 전문가들이 이곳에 모인 이유는, 수도권과 대도시에 집중된 응급의료 자원을 지역에 분산 배치해 지방에서도 응급환자의 최종적인 치료를 완결할 수 있는 응급의료의 지역화를 이뤄내기 위함입니다.

다들 아시는 바와 같이, 중증·외상을 포함한 응급의료의 선진화는 지역 완결형 대응 체계를 구축하는 것으로 귀결됩니다.

응급의료계에서 우문현답이라고 자주 들어보셨죠? '우

리의 문제는 언제나 현장에 답이 있다'는 뜻입니다. 우리는 지금 그 현장의 센터에 섰습니다.

아무쪼록 이기적인 공급자 중심에서 이타적인 환자 중심으로 패러다임을 전환시켜 저희 손으로 지역 완결형 응급의료 체계 구축을 이루어냈으면 합니다.

여러분 모두 한국의 응급·외상 의료진과 대한민국 소방과 관계기관의 대표라는 생각으로 이번 프로젝트에 임해 주시길 바랍니다. 감사합니다.

다음으로 파트별 소개.

단상에 오른 중증외상센터장 심선홍 교수가 인사를 한다.

─ 안녕하세요. 외상지침COG 분과를 맡은 심선홍입니다. 저희는 중증·응급환자가 골든타임 내에 병원에 이송되도록 중증도 분류기준을 정하고, 지역별 응급환자 이송 지도地圖와 체계 파트를 맡고 있습니다.

대형 스크린에 표가 띄워진다.

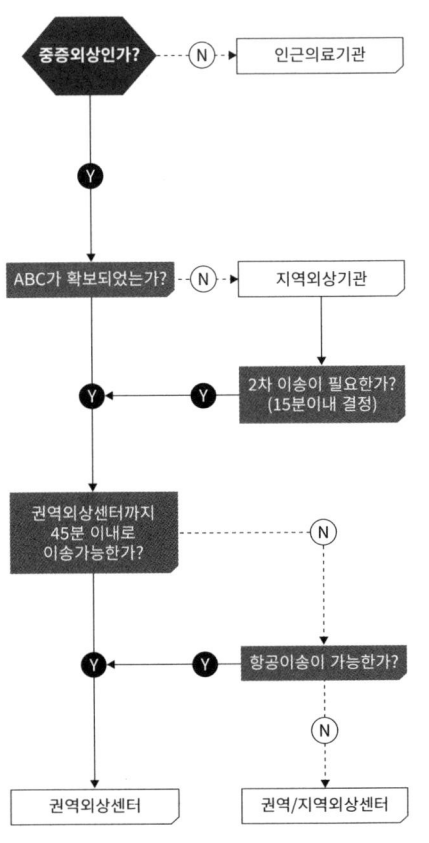

중증외상을 시사하는 신체검사 소견	
두경부	· 관통상 · 두개골 골절 (개방성 또는 함몰)
흉부	· 관통상 · 흉곽의 불안정 또는 변형
복부	· 관통상 (내부장기 유출 포함) · 심한 통증 또는 압통 · 골반 골절
사지	· 관통상 (상완 또는 대퇴부) · 골절: 개방성 골절, 2개 이상의 근위부 긴뼈 골절 · 절단: 손목 또는 발목 상부 절단 · 압궤: 으스러짐, 벗겨짐, 짓이겨짐, 무맥박 · 출혈: 심한 동맥성 출혈 · 외상성 마비
화상	· 성인(20%이상), 소아(10%이상) · 흡인화상

중증외상을 시사하는 생리학적 소견				
나이	의식	GCS	수축기 혈압	산소 포화도
< 3M			< 50	
4~11M			< 60	
1~4Y	≤ V	≤ 14	< 70	< 90%
5~11Y			< 80	
12~15Y			< 90	
성인 (≥16Y)	≤ P	≤ 12	< 90	< 90%

중증외상을 시사하는 신체검사 소견	
낙상	· 성인 (6m 이상) · 소아 (3m 이상 또는 키의 2~3배 높이)
고위험 교통사고	· 자동차에서 튕겨져 나감 · 동승자의 사망 · 차량전복 · 차체가 45cm 이상 찌그러짐 / 30cm 이상 안으로 밀림
임산부	· 충돌 후 나가 떨어짐 / 치임 / 30km/hr이상 속도
기타	· 그 외 구급대원 판단

― 현재 대한민국 응급실의 과밀화 원인은 급성 심근경색, 뇌졸중 등 몇몇 경우를 제외하고는 대부분 응급실에 걸어 들어올 수 있는 경증, 비응급 환자가 중증 응급환자와 분류되지 않은 채 혼재되어 있기 때문입니다.
우리나라에서 응급실에 온 환자를 경증 환자라고 다른 병원으로 가보라고 했다가는, 보호자가 의료진 멱살을 잡고 '진료 거부'로 고소하겠다고 협박하는 일이 왕왕 있습니다.
심지어 응급실에서의 의료진 폭행에, 재난의료지원팀인 디맷DMAT, Disaster Medical Assistance Team은 '디지게 매 맞는 팀'이라 호신술이 자격 요건이라는 웃지 못할 농담까지 회자되고 있는 실정입니다.
의료기관과 119구급대의 중증도 분류체계 기준이 하나가 되어야 골든타임 안에 환자를 살릴 수 있는 확률이 높아집니다.
거기에 정부의 정책 지원 등으로 의료 전달 체계를 확고히 하고 시민의식을 고양해 이를 해결하면 경증 환자는 인근의 의료기관으로 보내지고, 중증·외상 응급환자는 적시에….

직접의료지도체계 파트 이현태 교수가 단상에 선다.

— …'이송 현장-안전센터-이송 예정 병원'을 잇는 직접의료지도체계를 구축하기 위해서는, 지역별 중증·외상 수요 맵핑Mapping이 필요하고 'NEDIS'와 '구급활동일지'를 머지Merge, 병합해야 합니다. 그리고…

이후로 닥터헬기, 응급·외상교육, 안전센터, 응급의료기관 파트가 이어진다.

마지막 거버넌스 분과.

수트를 말끔히 차려입은 민정엽이 단상에 올라 마이크를 잡는다.

— 지역외상거버넌스 파트를 맡은 민정엽입니다. 저희의 캐치프레이즈는 '현실은 분절, 해법은 거버넌스'입니다.

응급의료의 두 개의 큰 축인 119구급대와 응급의료기관만 보더라도, 소방청은 행안부 소속이고 의료기관은 보건복지부의 관리, 감독하에 있습니다. 당연히 법도 '119구조·구급에 관한 법률'과 '응급의료에 관한 법률'로 나눠져 있고요. 소방은 '의료 없는 구조', 응급의료센터는

'현장 없는 의료'로 따로국밥인 거죠.

그런데 저희의 최종 목표인 지역 맞춤의 완결형 응급의료 체계 구축을 위해선, 소방과 의료기관은 물론 보건복지부와 국가중앙응급센터, 지자체까지 최소한 5개 조직의 분절을 하나로 엮어야 하는 실정입니다.

이러한 분절 구조의 병폐인 '응급실 뺑뺑이'의 최종 피해자는 환자입니다.

행사장이 웅성웅성 댄다.

— 따로국밥? 뺑뺑이? 저 사람 뭐 하는 사람이야? 첫날부터 너무 쎄게 나오는 거 아냐?

양옆으로 응급의학과 후배 의사들을 양 날개 마냥 대동해 앉아 있던, 빳빳하게 다려진 하얀 가운을 입은 응급의학과 김현호 교수가 민정엽의 불편한 발언에 입이 툭 튀어나와 한마디 던진다. 민정엽이 바로 맞받아친다.

— 왜요? 뺑뺑이를 '응급실 미수용 사례'라고 고즈넉하게 표현해 드릴까요?

— 뭐, 뭐, 뭐라구요? TF 상견례 날부터 너, 너무 지나치게 자극적인 바, 발언 아닙니까?

대꾸를 안 하는 민정엽이 단호하게 마무리에 들어간다.

― 법적으로 국가가 전쟁 상황일 때 응급실 뺑뺑이의 책임은 응급환자를 받는 병원에 있고, 평시엔 환자를 보낸 병원이 책임을 지게 됩니다. 그런데 환자는 전시든 평시든 본인 자체가 전쟁 상황 속에 놓여 있습니다.

응급실 과밀화와 장기 대기 환자, 구급차 이송의 혼란을 막기 위해선, 119와 응급실, 응급실과 최종 치료, 보건복지부와 소방청, 중앙정부와 지방정부의 분절을 정무적으로 연결하고 각 기관의 역량을 결집시킬 수 있는 독립적인 거버넌스를 구축해 부처 간의 협업을 이루어 낼 수 있어야 합니다.

응급의료 정책은 빌딩풍風과도 같습니다. 각 부처와 기관의 '정책'이라는 마천루 블록에 빼곡히 흔들림 없이 우뚝 들어선 빌딩 사이로 서로 배타적인 빌딩풍이 생길 수 있지만, 그 간극에 야외 수영장을 만들면 항시 그늘지고 선선한 바람 드는 근사한 휴식처가 만들어지는 것처럼요. 이상입니다.

'웅성웅성'

맨 뒤에 앉아 진행 상황을 삼색펜으로 노란색 옥스퍼드 노트에 필기하면서, 간혹 태블릿PC로 모니터를 확인하던 안경 낀 남성이 앞으로 걸어 나온다.

남성은 마이크를 잡지 않고 조용히 말한다.

— 이번 범정부 TF의 팀장 윤도한이라고 합니다. 현재 국가중앙응급센터장을 맡고 있습니다. 먼저 이번 국가적인 프로젝트에 책임연구원을 맡아주신 이현강 학장님께 감사의 말씀을 드립니다. 개인적으로 이 학장님과는 아주대 이국현 교수와 함께 2011년 닥터헬기를 국내에 처음 도입한 인연이 있습니다.

지금까지 산발적인 응급의료 체계 거버넌스에 대한 논의는 있었지만, 우리 대한민국 응급의료 역사상 이렇게 중앙과 지방, 의료와 소방에 거버넌스 경영 전문가까지, 부처와 직능을 막론하고 모인 지역 특화형 응급·외상체계 구축 TF는 우리나라 최초입니다.

이번 TF가 환자가 자신의 육신을 믿고 의탁할 수 있는 대한민국 응급의료의 기본 모델을 만들어 주셔야만 합니다.

입술에 힘을 준 윤도한 센터장이 이어 말한다.

― 지역외상체계 구축이 응급의료 체계 구축의 시발점이 됩니다. 사회적 약자인 노동자와 일반 서민들 그리고 활동성이 높은 청년층과 농어민에게 대체적으로 발생하는 '외상'은 응급의료와 샴쌍둥이와도 같습니다.
이러한 응급의료는 중증외상, 심뇌혈관, 소아응급, 정신응급 그리고 세월호 참사 같은 재난이 주를 이룹니다.
응급의료의 최선단에서 자리를 굳건히 지키고 있는 중증외상센터는 중증외상환자에게 최종 치료를 제한된 시간에 제공하는 인프라로, 중증외상, 심정지, 심근경색, 뇌졸중의 4대 중증질환자를 응급치료하고 있습니다.
외상과 응급의료, 중증질환을 삼위일체로 잇는 지역외상체계 구축이 대한민국 지역 응급의료의 기본 모델로 반드시 바로 서야 하는 이유입니다.

여기 모이신 TF 23명의 연구원분들에게 국가가 온전히 기대고 있습니다. 앞으로 현장형 연구에 매진해 주실 것을 간곡히 부탁드리겠습니다.

윤도한 센터장의 뒤를 이어 나머지 연구원들이 자신

들의 파트가 지향하고자 하는 바를 여과 없이 개진한다. 킥오프 첫날부터 왠지 모를 팽팽한 긴장감이 감돈다.

이현강 학장이 클로징 멘트를 한다.

― 다음 주 회의까지 분과별 선행연구들 마치시고, 지역 기반 사례 수집과 현장 인터뷰를 통한 정책 제언도 준비해 주세요. 정례적인 1차 공식회의는 코디네이터 파트인 거버넌스 분과 주관으로 열릴 겁니다.

*

킥오프 미팅이 끝나고 병원 정문 건너편 2층 식당 「보리밭」.

의사는 의사끼리, 소방은 소방끼리, 복지부, 도청, 학회… 다들 따로 앉아 자기네 식구들끼리 모여있다.

민정엽 맞은편 자리에 윤도한 센터장이 앉는다. 둘의 첫 대면. 분절된 테이블끼리의 소소한 대화와 함께 식사가 마쳐질 즈음, 민정엽이 식당 입구에 놓인 믹스커피를 타서 윤도한 센터장 앞에 내려놓으며 인사를 건넨다.

― 아까 말씀 잘 들었습니다. 민정엽이라고 합니다.

― 제가 믹스커피를 좋아하는데, 고맙습니다.

가볍게 목례를 하며 윤 센터장이 민정엽에게 명함을 건네며,

― 어렵게 강원도 원주까지 와 주셔서 감사합니다. 민 박사님. 원현진 의원님께 이쪽 분야에서의 명성도 명성이시지만, 인맥이 상당하시다고 들었습니다. 게다가 모시기 어려운 분이라고 소문이 자자하셔서…, 여기 제 명함입니다.

민정엽이 윤 센터장의 명함을 받는다.

― 센터장님 의사셨어요? 그래서 응급의료 현장을 간파하고 계시는군요. 근데…, 여기 묻어 있는 거, 혹시 피

아닌가요?

— 아, 미안해요. 다른 거 드릴게요. 요즘 들어 코피가 자꾸 흘러나와서.

— 아니 괜찮습니다. 말라 있는데요, 뭘.

민정엽이 받은 명함을 명함집에 넣으면서 자신의 명함을 윤 센터장에게 건넨다.

— 민 박사님의 아까 속 시원한 사이다 스피치 정말 임팩트 있었습니다. 우리 같은 의사나 늘공늘 공무원, 어공어쩌다 공무원 집단들이 못 하는 그런 말씀 계속 좀 부탁드릴게요.

— 별말씀을요. 제 파트에서 당연히 해야 할 말인데요.

— 나중에 일본 케이스 서베이Survey 부탁드릴 거도 있고…, 자주 뵙고 이 프로젝트에서 거버넌스가 얼마나 중요한지 따로 얘기 나누고 싶은데, 언제 서울에서 저녁에 맥주나 한잔 하면서 편하게 식사 어떠실까요?

— 그러시죠, 언제쯤이 괜찮으세요?

*

식사 자리가 마쳐지고 오후에 이현강 학장, 심선홍 교수와 티타임을 가진 민정엽은 거버넌스 연구소로 올라가 앞으로 같이 할 팀원이라며 항공의료팀 출신으로 이번 '거버넌스 연구원 긴급 공고'를 보고 응급·외상교육 분과에서 합류한 응급의학과 3년 차 전공의 박지혜와 국가중앙응급센터의 강원응급지원센터 소속 이주현을 보조연구원으로 소개받는다.

육군 군의관 출신이라는 박지혜는 단정하게 자른 짧은 단발머리 스타일 때문인지 뭔가 경직돼 보이고, 지난번 봤던 동글이 안경 연구원 이주현은 평창의료원 응급실 간호사 출신으로 통통 튀는 느낌이다.

김진학 박사가 비어 있는 자리를 가리키며 민정엽에게 말한다.

― 여기는 '중앙'에서 파견된 직원 자리인데 지금 육아휴직 중이라, 나중에 응급구조사 한 명이 대체해 합류할 겁니다.

 # SOKO(석호)

그날 밤 서울에 올라온 민정엽.

자신의 중학교 후배가 오너로 있는 한남동 BAR 「SOKO」에서 제임스와 TF 합류 얘기를 하기로 한 날이다.

― 민 대표. 이 시국에 강원도? 우리 지금 100억 자본금을 300억으로 펀드레이징 중이야. 자그마치 자본금만 300개 증자라고. 그럼 AUM_{Asset Under Managementm, 운용자산} 2천 개 메이드하는 건 일도 아니야!

― 나도 아는데, 그렇게 됐다. 그런 줄로 알아라.

― 네가 주주들 앞에서 쏼라쏼라 태양계 언어로 요술 부려서 증자 부러뜨린 거잖아. 네가 있어야 한다니까, 민 대표!

제임스는 노발대발하며 민정엽의 TF 합류를 극구 반대한다.

민정엽이 제임스에게 원현진 의원과 자신과 돌아가신 아버지의 관계를 길고, 깊게 설명한다. 그러면서 TF에 합류하더라도 시간을 조정해 업무 미팅 관계자들을 주말에 자신이 회원인 「그랜드인터」로 한꺼번에 불러 모아서 만나고, 약속된 TF 기간이 끝나고는 런웨이 해외 출장도 다녀오겠다고 한다.

제임스는 결국 체념하듯 받아들인다.

― 에라, 나도 모르겠다. 네 마음대로 해! 너 강원도 내려가는 거 주주사들이 우리가 경영에 소홀하다고 '짹짹' 거리고 '징징' 댈 텐데, 그땐 그냥 네 이름 팔 테니까 그런 줄로 알아!

― 알았다.

― 진짜 어쩔 수 없네. 대신 인수인계랑 교통정리는 깔끔하게 해두자. 너 없는 동안엔 조합 결성 안 하고, 기존의 관리보수 피Fee나 받으면서 모태펀드나 몇 개 돌리고 있을게.
단, 김 팀장도 원주에 같이 내려가는 조건이야. 1호 차량하고 같이. 김 팀장은 프로페셔널 프리랜서니까 '노무' 이슈도 없고…, 우리 회사 보스인 네 절대 안전을 24시간 지켜야 하니까!

제임스는 기분 전환이나 하자며 자기가 투자해 지분이 있다는 「프레스티지 호텔」 라운지바에 가자고 한다.

민정엽의 후배 샤롯데 홈쇼핑 전무 손가영도 올 거라며.

*

신사동 「프레스티지 호텔」 라운지바. '아르망디 Room'.
민정엽과 제임스가 H인베스트먼트 조직의 내외부 가르마Empowerment 타는 얘기를 마무리한다.

제임스가 민정엽에게 차갑게 칠링된 샴페인을 따르며 묻는다.

― 가영이가 너 바쁜 거 같아서 나한테 연락했다던데, 요즘 한 번씩 안 봐?

― 걔나 나나 시간이 어딨냐?

― 이 참신하신 초짜 비즈니스맨을 어떡하냐? 손가영이 일반인이냐? 샤롯데 그룹 지분 5.2%를 보유한 창업주 외손녀인 로열블러드야. 경제 기사도 안 봐? 그룹사 광고대행사 기획실장 하다가 작년에 샤롯데 홈쇼핑 전무로 영전하신….

― 걔 남편 있다. 이 미친놈아!

― 누가 남녀 관계래? 가영이가 대학원 때 너 따라다

녔다며? 그 정을 생각해서라도 선후배로 돈독하게 지내라는 거지.

― …….

― 잠깐 나 화장실 좀 다녀올게. 가영이 오면 간만에 담소나 나누고 계셔.

제임스가 룸을 나가는데 때마침 정장을 입은 굵게 웨이브 진 긴 머리의 손가영이 들어온다.

― 오…, 손 전무님 오늘 홈쇼핑 매출은 어때?

제임스의 농담에 손가영이 대꾸를 안 하고 자연스럽게 민정엽 옆으로 가 앉아 인사를 건넨다.

― 정엽 오빠 오랜만이야.

― 응, 그렇네. 명절 때 회사로 보내준 신제품들 잘 받았어. 그래도 적당히 보내지. 어떻게 2톤 트럭으로 보내냐? 우리 총무팀에서 몇 박스만 탕비실에 쟁여 두고 거의 다 '사랑의 밀알'에 기부했대.

― 우리 할아버지 유일한 접대가 명절날 라면하고 과자, 껌 잇빠이 보내는 거셨거든. 그걸로 그룹을 이렇게 키우신 거야.

화장실에 다녀온 제임스가 룸에 들어온다.

― 남편은 잘 지내? 부군께서 너희 그룹 카드사랑 리조트 사업 맡아서 하고 있다며?

― 그 새끼랑 작년에 이혼했어.

제임스가 호기심 가득한 눈을 반짝이며 묻는다.

― 왜?

― 아빠가 오냐오냐해 주니까 미국에서 깨작 아이비 Ivy league 나왔다고 주접떨고 슬슬 기어오르다가 바로 까인 거지 뭐.

민정엽이 샴페인 잔을 들며,

― …넌 귀한 집 딸이 왜 이렇게 입이 걸걸하냐?

― 집안 내력이래.

제임스가 잔을 든다.

― 마음 고생했겠네. 자, 이혼 축하 건배! 난 손 전무가 이혼한 거 처음 들어서 여태 몰랐네.

손가영이 잔을 안 들고 눈 둘 곳을 찾는다.

민정엽이 어이없어 제임스에게 되묻는다.

― 그럼 이혼을 옥외광고라도 하고 다니냐?

민망해하는 손가영에게 일부러 질문을 던지는 민정엽.

― 우리 선배 회장님 건강은 어떠셔?

― 아직 병원에 계셔.

― 선배?

갑자기 끼어들어 묻는 제임스에게 손가영이 앞에 놓인 샴페인으로 목을 축이며 말한다.

― 우리 할아버지가 와세다 화공과 나와서 사업 시작을 식용 고무에 설탕 묻혀 껌 만들어서 지금의 샤롯데 그룹이 된 거야.

오랜만에 만난 셋이 샴페인 잔을 기울이며 이런저런 얘기를 나눈다.

― 근데 손 전무는 정엽이 어디가 좋아서 학교 다닐 때 따라다닌 거야?

뜬금없이 묻는 제임스.

― 학교 다닐 때 계곡에 MT 갔다가 물에 빠진 나를 정엽 오빠가 구해주고 나서부터야. 정엽 오빠 덥수룩한 수염 땜에 지저분하긴 했어도, 그때 좀 개멋있었지.

― 내가, 너를? 언제? 기억 안 나는데….

― …….

몇 잔의 술이 돌자, 제임스가 TF에 들어가는 민정엽을 다시 못마땅해하기 시작한다.

― 손 전무, 민 대표께서 곧 강원도 내려가시겠다네.

손가영이 민정엽의 TF 합류 얘기를 듣는다.

― 오빠 원주 내려갈 때, 내가 운전해줘도 돼?

4. 코드블루(Code blue)

돈쭐

조수석에 민정엽을 태우고 손가영이 운전하는 흰색 '르반떼Levante' SUV 뒤로, 수행비서 김 팀장이 모는 '카니발'이 따른다.

― 가영이 운전 잘하네.

― 내가 좀 하지. 왜 내가 오빠 수행할까? 나 취직시켜 줄래?

― 끼 부리지 마라. 대학원 연구실 생활같이 했으면 우린 가족이야, 가족. 가족끼리 사귈 순 없잖냐?

― 칫!

*

원주 시내.
— 고생했네. 아점 먹고 가라. 여기 시장 안에 가게들 많더라.

민정엽이 원주시장 입구에 세워진 입간판에 적힌 메뉴를 가리킨다.
— 저거, 돈쫄? '돈까스+쫄면' 세트 어때?
— 돈쫄? 원주시장에 할머니가 하시는 칼국수 맛집 있다고 들었는데?
— 나 이 동네 잘 몰라.
— 그래, 좋아. 돈쫄 먹자.

둘이 식사를 마치고 병원 앞까지 바래다준 르반떼에서 민정엽이 내린다.
— 오빠, 나 서울 올라간다. 잘 지내고 있어~.

호수산장

2018년 10월 3일 개천절.

아침 일찍 민정엽이 연구소에 들어선다.

김 팀장이 민정엽을 맞는다.

― 좋은 아침입니다. 대표님, 책상하고 개인용 복합기, 블라인드 먼저 들여놨습니다. 조명이랑 다른 집기들은 주말에 마저 세팅해 두겠습니다.

민정엽은 김 팀장이 미리 인테리어를 리뉴얼해 놓은 자신의 연구실 6인석 마호가니 책상을 쓰다듬으며 적당히 자족自足한다.

― 안녕하세요. 민 박사님.

응급교육 분과에서 합류한 박지혜 전공의가 연구소로 들어오며 반짝이는 눈과 떨리는 미소로 민정엽에게 인사한다.

― 빨간 날인데 왜 나왔어요?

― 내일부터 온에어 들어가는데 연구소 세팅해 둬야죠.

― 고생하네요. 마치고 식사라도 할까요?

― 네, 좋아요.

― 김 팀장도 같이 먹지.

― 예, 대표님.

― 지혜 샘 어디로 갈까요? 제가 이 동네를 잘 몰라서요.

― 저녁에 민물매운탕 잘하는 「호수산장」이란 집이 있는데 어떠세요? 제가 점심때 해부학 교실 절개술 보강 수업에 들어가야 해서요.

― 민물매운탕 좋죠.

'턱!'

"아얏!!"

둔탁한 물체가 부딪히는 소리와 짧은 외마디 비명이 동시에 울린다.

― 어? 어디서 나는 소리죠?

김 팀장이 주위를 두리번거린다.

'부스럭'

마호가니 책상 쪽에서 소리가 난다.

동글이 안경을 쓴 이주현이 갈색의 긴 머리카락을 쪼매 바짝 올린 머리를 만지며 책상 밑에서 엉금엉금 기어

나온다.

— 거기서 뭐 해요?

— 저…, 민 박사님 복합기 선하고 PC 케이블 좀 정리해 드리려고요.

— …….

이주현이 민망해할까 봐 바로 말을 돌려 묻는 김 팀장.

— 대표님, 육아휴직 직원 대체로 우리 팀에 오는 응급구조사도 참석하라고 할까요? 오늘 휴일인데 병원에 와 있다고 해서요.

해부학 교실

해부학 강의가 있는 병원 장례식장 지하 4층 B402로 전공의 박지혜가 들어선다.

아직 아무도 안 와 있다.

"어, 내가 1빠따네. 딴 애들은 벌써 적응됐나?"

비위가 약한 박지혜는 매번 해부학 수업 도중에 몇 번이나 오바이트를 했어서 아예 공복으로 일찍 강의실에 도착했다.

 이번 학기 들어 벌써 세 번째 전공 수업이라 다른 학생들은 익숙해져서인지 점심 먹고 들어오느라 아직 와 있지 않은 모양이다.

 짧은 단발머리 때문에 한기가 느껴지는지 박지혜가 하얀 의사 가운 깃을 잡아 올려세우고는 강의실 앞뒤 문을 활짝 열어 차가운 기운을 빼려고 한다.

 언제나 을씨년스러운 이곳 지하 강의실에 사시사철 냉랭함이 도는 건 어쩔 수 없다. 괜한 기분 문제일 수도 있겠지만.

 수술대 위에 녹색의 수술포 두 겹이 얼굴 위까지 가려진, 중앙 부분이 불뚝 솟아올라 있는 '카데바Cadaver, 해부용 시신' 형체가 뉘어져 있다.

 '저 뚜렷한 중간 지점 실루엣이면 건강한 남자였겠네.'

 호기심이 동한 박지혜가 수술대에 다가가서 수술포를 '휙' 제친다.

 건장한 몸을 가진 남성의 얼굴에 반투명의 하얀 가아제가 덮여 있다.

 박지혜는 뚫어져라 수술대 위 전라의 남성의 몸을 위

4. 코드블루(Code blue)

아래로 세심하게 훑어보다가 자신도 모르게 혼잣말을 한다.

"젊은 분이 실하고 둔탁하게 살아 서 있는 채로 죽어 계시네."

— 야! 너 거기서 뭐 해?

복도를 지나던 4년 차 정명섭 치프Chief, 최고 선임레지던트가 박지혜를 보고 큰 소리로 말을 건다.

— 네? 선배님, 오늘 여기서 해부학 보강 수업 있잖아요.
— 뭔 소리야? 옆방이잖아. 강의 시작해. 빨랑 와!

수술포를 다시 덮어 두지도 않고 시신을 나체로 만들고는 허겁지겁 나가 옆 교실로 향하는 박지혜.

우연(?)

「호수산장」의 팔각정.

메밀전병과 원주막걸리가 에피타이저로 먼저 나오고, 잠시 후 주인아주머니가 끓여 나온 메기매운탕을 부르스타에 올려 불을 켜고는 그 자리에서 냉면 사발 안의 밀가루 반죽을 조물락거려 즉석에서 만든 수제비를 퐁당퐁당 하나씩 냄비에 담가 준다.

잘생긴 건장한 청년이 인사를 한다.

― 안녕하십니까! 직접의료지도 분과에서 거버넌스 분과로 파견 나온 응급구조사 곽영찬 보조연구원입니다. 여기서 대학을 나왔고 지금은 야간 경영전문대학원에 다니고 있습니다.

― 반가워요. 전 이주현이에요.

― 민정엽입니다. 앞으로 잘 부탁해요. 다른 분들도 처음이실 텐데 인사들 나누시죠.

곽영찬이 박지혜 전공의를 바라보며,

― 아뇨, 이미 얼굴 뵌 분도 계세요.

― …….

이주현이 먼저 민정엽의 잔을 가득 채워주고는 김 팀장에게는 사이다를, 나머지 잔들에 막걸리를 그득하게 따른다.

모두 잔을 들고 가볍게 건배를 하고는 막걸리에 메밀전병 한 조각씩을 입에 넣는다.

― 김진학 박사님도 같이 계시면 좋았을 텐데.

민정엽이 혼잣말처럼 말한다. 순간 박지혜가 인상을 찡그린다.

― …….

― 사실 김진학 박사님이 여기서 살짝 왕따셔서…, 민 박사님도 좀 겪어 보시면 알아요. 다분한 개인주의에 지극히 이기적이신 정도?

이주현이 모두를 대신해 답한다.

곽영찬이 받는다.

― 이전 연구용역 사업에서 김 박사님이 밑에 일을 떠넘기고 공적 가로채서 말썽이 났던 적이 있었어요.

― …….

곽영찬이 박지혜에게 묻는다.

― 박지혜 샘은 어떻게 군의관 하시다가 여기 TF에 오셨어요?

― 대학 때 저희 학교 교수님 에세이에 쓰인 '미친 꿈은 없다'라는 말에 빠져서 숙정여대 ROTC 1기로 입대해 군의관으로 삼성도곡병원 항공의료팀에 있었어요. 그때 중학교 운동장에서 표류한 환자 두 명을 잃고 상심

했다가, 이곳 TF 공고를 보고 지원했어요.

김 팀장이 이주현에게 묻는다.

─ 그날 우연히 원주시장 보쌈집에서 합석해서 놀랐어요. 혼술하고 계시길래….

─ 풋, 그날이 정말 우연이었을까요?

─ …….

수제비가 익자 민정엽이 매운탕 밑바닥을 휘휘 저으며 국자로 한 명 한 명에게 퍼 준다.

─ 민 박사님 어쩜 이렇게 스윗하세요? 오늘 개천절 날, 박사님 만나 저한테 하늘이 열렸네요. 풋!

식사 자리에서 적극적인 성격의 이주현이 민정엽에게 관심을 보인다.

식사를 마친 민정엽은 김 팀장이 모는 카니발을 타고 전공의 숙소가 아닌 장기 숙박으로 걸어둔, 병원에서 한참 떨어진 5성급 인터불고 호텔 스위트룸으로 향한다.

인터불고 앞에서 알딸딸한 민정엽과 커다란 직사각형 투미TUMI 트렁크가 함께 내려진다.

TF 1차 회의

TF 첫 공식 전체회의.

이현강 학장이 모두발언을 한다.

― 저희 TF의 목표는 지속가능한 지역완결형 거버넌스 운영 및 확산을 위해 실질적이고 유효한 인적, 물적 노하우의 텐션Tension을 유지한 연결형 협업체인 'GOG Governance of Guideline' 개발입니다.

이번 사업은 교육자료 및 평가지침 개발, 사업 운영에 필요한 조직체의 실제적인 구성과 지자체별 계획 수립과 동시에, 응급의료의 ABCAirway-Breathing-Circulation처럼 전국 지자체 단위로의 확산을 위한 복제, 수정, 환류로 연동됩니다.

마이크를 넘겨받은 사회를 맡은 응급의학과 김현호 교수가 회의 아젠다Agenda를 공유하자 각 분과 별 회의에서 다룬 내용들의 발표가 시작된다.

먼저 직접의료지도 분과. 이현태 교수가 대형 모니터에 '원격의료를 위한 알고리즘'을 띄운다.

― 저희 분과는 기존의 '심정지 의료시범사업'을 토대

로 스마트 의료지도에서 활용할 수 있는 것들을 알아봤습니다. 여기서 의료지도의사의 영상 지도를 통한 현장 처치와, 디스패치Dispatch, 네트워크 트래픽 관리의 역할 범위 결정이 필요할 것으로 보이며, 소방대원, 의료지도의사, 의료기관 담당자 간의 3자 통화로 소방본부 상황실에서 지체되지 않게 세세한 정보를 파악하지 않아도 되는 방안을 고려하고 있습니다.

이 지점에서 거버넌스 협의체를 통한 복지부, 119상황실장, 방호구조과장, 항공의료팀장, 지역최고응급위원회의 합의 도출이 필요합니다.

다음으로 마이크를 다시 잡은 항공의료팀장 김현호 응급의학과 교수가 닥터헬기 동시 출동 알고리즘과 외상교육 가이드라인을 발표한다.

— …, 이를 시행함에 있어 지속적인 고도화를 위해 평가와 오딧Audit, 감사으로 장기적인 피드백을 개선할 수 있는 장기 지표를 마련해야….

— 질문이나 의견 없으십니까?

소방본부가 닥터헬기 인계점까지의 외상환자 이송지침 알고리즘과 이송환자 알림 애플리케이션을 소개한다.

'그놈의 인계점…'

회의 중 닥터헬기 얘기만 나오면 아버지 낙상 사고 트라우마에 생리적으로 알러지를 일으키는 민정엽.

— 코멘트 있으신 분 말씀 주십시오.

이후로 거버넌스 분과와 응급·외상교육 분과, 안전센터, 응급의료기관 파트가 GOG, COG Clinical Operation Guideline, 프로토콜 Protocol 순서로 발표한다.

다음, 의료진과 소방의 공통 영역인 닥터헬기의 '인계점'. 헬기동시 출동 COG분과 소속으로 소방청 특수구조단에서 관제총괄을 담당하는 배상영 소방위가 마이크를 넘겨받는다.

— 소방헬기 인계점 중에 호이스트 Hoist, 인명구조인양기로만 가능한 곳이 있는데….

인계점의 관제 관련 발표가 마무리되려 한다.

— …, 이상으로 발표를 마치고요. 마지막으로 당부드

리고 싶은 건 소방업무에 대한 의료기관과 의사의 안이한…, 아니 솔직히 인계점에 대해서는 의료진의 현실적 인식이 전혀 없이 몰상식, 몰이해에 가깝다는 말씀을 드리고 싶습니다.

회의장이 술렁거린다.

― 개진할 의견 있으신 분 있으십니까?

닥터헬기 인계점을 두고 의료진과 소방 쪽 연구원들의 날카로운 공방의 시작.

― 뭐라고? 의료진이 현실 인식 없이 몰상식하다? 그러면, 인계점 정비하러 의사가 수술방에서 튀, 튀어나와 헬기 착륙할 장소의 돌 치우고, 흙바닥에 물 뿌리고, 푸, 풀 베야 합니까? 응급하고 외상은 예방이 안 됩니다. 모두 돌발이에요. 도, 돌발!

흥분한 항공의료팀장 김현호 교수가 소리를 지르다가 말을 살짝 더듬는다.

회의장 구석에 팔짱을 끼고 이를 지켜보던 강원소방본부 종합상황실 소속 소방경 이호상 통제관이 즉각 반발한다.

― 아니, 그럼 우리 소방은 닥터헬기만 따라다니다가, 건조한 날씨에 불나고 사람 갇히면, 불은 누가 끄고 도끼로 문짝 부숴서 사람은 누가 빼내 오냐고!

중증외상센터장 심선홍 교수가 발끈한다.

― 이봐요, 이호상 통제관님! 여기 우리가 어렵게 모인 이유가 뭔데 파토를 내려고 하는 겁니까?

'어? 이호상 통제관이란 사람 어디서 분명 본 거 같은데….'

민정엽이 잠깐 기억을 되살려 본다.

소방본부 방호구조과 쪽 사람들이 이호상 통제관을 지원 사격한다.

― 뭐요! 파토? 통제관님께 말버릇이 그게 뭐요? 보자보자 하니까. 이대로 끝내자는 거야 뭐야?

복지부 함예슬 사무관까지 강경한 목소리를 낸다.

― 정말이지 뭣들 하자는 거예요? 오늘 아침부터 세종에서부터 올라온 우리 앉혀놓고는!

회의장에 고성들이 한참을 오간다.

'탁!!!'

― 이래서 안 되는 거야, 이래서! 이러면 탁상공론밖에 안 된다니까!

이호상 통제관이 내려친 회의 탁자의 둔탁한 소리와 함께 회의가 멈춰버린다. 파국으로 치닫는 1차 전체회의. 40대 후반의 노련한 이호상 통제관 측과 중증외상센터의 장長인 심선홍 교수 진영과의 묘한 기싸움의 시간이 흐른다.

이때,

"코드블루, 코드블루, 외상센터 소생실!"

회의장 스피커에서 '코드블루CODE BLUE, 환자 심정지 상황 발생'가 외쳐진다. 회의하던 하얀 가운들이 순식간에 뛰쳐나간다.

*

중증외상센터 3층 'C레벨' 수술실.
네 명의 전공의들이 긴장한 채 심선홍 교수의 손끝만

을 응시하고 있다.

지금의 이곳 시공간에는 '수술방 영혼 탈곡기'라 불리는 심선홍 교수의 읊조리는 듯 조용하고 굵직한 목소리만 있다.

"3mm만 잘못 건들면 어떻게 되는지 다들 알지? 정신 똑바로들 차려!"

심선홍 교수의 카리스마가 수술방 구석구석을 옥죄듯 제압한다.

'사각사각, 스르…, 스르륵'

수술방에는 프로의 암묵지暗默知가 흐를 뿐이다.

*

피가 흥건히 묻은 초록색 수술복의 의사들이 TF 회의장으로 돌아와 앉아 모두가 팔짱을 끼고 있다.

그리고 침묵에 더한 긴장감이 흐른다.

봉합

'코드블루'가 해제되고 모두들 다시 회의실에 모였지만, 결국 TF 첫 번째 공식회의는 더 이상 속개되지 못한다. 어정쩡하게 회의가 마쳐지려는 찰나, 민정엽이 일어선다.

― 저기, 다음 전체회의 준비로 제가 제안을 하나 드려도 될까요? 킥오프 때 책임연구원이신 이현강 학장님께서 말씀하셨듯 우문현답, 답은 현장에 있으니 저희 거버넌스 파트가 직접 여러분들의 현장으로 찾아가 보고 싶습니다.

민정엽이 연구원들에게 다음 회의 전까지 자신과 거버넌스 연구원들이 파트별 현황 파악을 위해 기관마다 찾아뵙고 인터뷰를 해도 되겠냐며, 살벌한 회의 분위기를 가까스로 봉합하려 애써 나선다.

묵묵부답의 끄덕임으로 어렵사리 승낙을 받아내고서야 모두에게 불편했던 회의가 마쳐진다.

*

연구소로 돌아온 거버넌스 분과 팀원들.

김진학 박사가 혀를 끌끌 차며 말한다.

─ 민 박사님, 제가 말씀드린 대로죠? 오늘 목도하신 장면이 바로 조직 간 폐쇄 문화의 끝판왕인 응급의료계의 리얼 현실입니다.

하여튼 다들 잘 나셨어, 정말. 보셨죠? 물과 기름 같은 이놈의 폐쇄주의와 배타주의. 소방은 소방끼리 뭉쳐 있고, 의사는 의사들대로 팔장 끼고 관망하고, 관료는 관료대로…. 사람 구하는 게 결국엔 누구 손에 달렸는지 알고 있냐며 서로 냉대하는 그 눈빛들.

이주현 연구원이 민정엽에게 묻는다.

─ 박사님, 그런데 파트별 인터뷰가 효과가 있을까요?

─ 이거라도 해 봐야죠. 뭐라도 하지 않으면 모든 게 멈춰지는 게 순식간에 일어나는 건 일도 아니니까요.

─ 근데, 여기 모인 연구원들은 서로 믿지도 않고 미워하기만 하면서 어떻게 TF 동료로서 같이 만들 시스템에 사람들을 기대게 하려는 거죠?

앞으로의 연구 진행이 막막한 거버넌스 연구원들이지만, 그래도 머리를 맞대 앞으로의 대책 논의를 시작한다.

5. 외교관

리스너(Listener)

다음 날부터 2주간에 걸쳐 민정엽과 이주현, 박지혜와 곽영찬 2개 조로 나눠 보건복지부, 소방청, 강원도청, 소방본부, 도내 직능단체, 의료기관을 교차로 방문한다.

각 기관마다 들러 낮은 자세로 읍소해가며 조직 자체 내의 거버넌스 현안, 새로운 아이디어를 접목할 개선점, 정책 현황 의견을 청취해 간다.

*

세종시 보건복지부 본관 4층 영상회의실.

"지역의 공공의료를 특화하기 위해서는 상위법인 '응급의료에 관한 법률' 수정이 선결되야 합니다."

— 최지연 정책관

"저희 복지부에서 인계점 발굴 사업을 하고 있는데, 소방 쪽이 공유를 해줘야 효율적으로 운영, 관리를 할 수 있다고요."

— 함예슬 사무관

*

세종시 소방청 2층 119종합상황실 회의실.

"거버넌스라는 개념이 모호할 수 있어요. 아직 완성된 조직도 아니고, 콘텐츠를 묶긴 묶는데 왠지 느슨한 바인딩의 말랑말랑한 모임 같은 느낌? 여러 관계기관하고 조직이 모여 하나의 목표를 가지고 일사천리로 움직인다는 물리적인 모형 이미지 구축이 필요해요."

— 김아령 소방령

"구급헬기 소음 인식 전환 대국민 홍보 예산은 별도 배정되어야 할 텐데 재원은 어디서 마련하죠?"

— 나경식 소방교

*

강원도청 3층 '설악관' 공공의료과 중회의실.

"거버넌스에 대한 상호 신뢰의 핵심은 지자체에서 지역 상황에 맞춰 조직 체계를 조율하며 만들어 가고 있다는 절차적 공정성입니다. 그러려면 지역 특성에 맞게, 수도권에 집중된 인프라를 지역으로 이양, 이동시키기 위한 질적, 양적 통계분석을 통한 논리적 근거가 마련돼야 하겠죠."

— 오현정 국장

*

"저도 순환보직으로 지난달 여기 부서로 와서 아직 업무 파악이 안 되었지만…. 저희는 과장님께서 현행법

내에서 조례 개정이 가능하다는 말씀만 하시네요."

— 최민혁 주무관

*

강원소방본부 방호구조과 전략회의실.

"소방청하고 우리 본부소방본부도 서로 소속이 달라 공유가 매끄럽지 않은데, 하물며 외부하고서야…."

— 백승관 소방장

"연구사업이 종료될 즈음 소방을 아우르는 법적 전문 관리기구로서의 거버넌스가 구축되었다고 칩시다. 그러고도 통제를 따르지 않는 기관과 조직에 대한 패널티로는 뭐가 있지요? 페널티도 페널티지만, 지속성을 위해선 페이버Favor, 호의, 프라핏Profit, 이득, 리워드Reward, 보상가 있어야 한다고 생각합니다"

— 김희경 소방위

*

한국의사회 강원지부.

"국가중앙응급센터 산하의 지역응급지원센터는 거버넌스의 주체로 임무 수행이 어렵습니다. '응급의료관제센터'라면 모를까. 인적, 물리적 한계도 그렇고…, 그냥 서포터나 코디네이터의 역할이지요. 그러기보다는 우리같이 의학적 권위를 가진 의료 조직이 주체가 되어야 하지 않을까요?"

— 최석우 대변인

"의료지도의사의 교육대상자 관리에 대한 방안은 마련되어 있나요?"

— 이소희 교육국장

인터뷰를 마치고 늦은 밤이 다 돼서야 자신의 연구실로 돌아온 민정엽.

모든 부처와 파트의 보고서를 취합한 내용이 담긴 PC 모니터를 응시한 채 혼잣말로 중얼거린다.

"도대체 이제부터는 또 뭘 먼저 해야 하지? 아니야, 뭘 해야 하나?"

외교관_1

다음날.

민정엽이 마지막으로 방문한 세브란스기독병원에서 인터뷰를 마치고 나오는데 심선홍 교수가 말을 건다.

― 민 박사님, 제 방에서 커피 한잔 어떠세요? 드리고 싶은 말이 있어서요.

심선홍 교수 방에 들어선 민정엽.

책상에 모니터 3대와 의자 뒤에 한 사람이 눕기에는 짧아 보이는 작은 침대가 놓여 있다.

― 외상센터장님 연구실 겸 숙소치고는 생각했던 거 보단 많이 작네요. 우풍이 심한지 한기도 있고….

― 아뇨, 문 밑으로 바람이 슝슝 들어오긴 해도 이것도 벅차요. 제 방 넓히느니 응급환자 베드를 하나 더 들여야죠.

'진짜 의사네.'

커피를 두고 마주한 두 남자의 응급의료 현장의 공허하고 안타까운 얘기가 한참을 오갔다.

심선홍 교수가 조심스레 묻는다.

― 민 박사님이 서울에서 엄청난 인적 네트워크를 가

진 마당발이라고 들었어요.

— 별말씀을요. 투자회사 하는 사람들이 다 그렇죠. 뭐.

민정엽의 눈치를 보던 심 교수가 한참을 뜸을 들이다가 어렵사리 말을 꺼낸다.

— 그래서 말인데요. 저… 민 박사님. 제가 부탁이 좀 있는데요.

— 예? 교수님께서 제게 무슨….

— 아, 예… 그게요. 실은 제 중학생 딸아이 겨울방학 숙제가 '나의 미래 만나기'라는 자기 장래 희망인 직업을 가진 사람을 인터뷰하는 건데요…, 딸 애 꿈이 외교관이라서…, 그냥 여의사라고 했으면 제가 아무나 데려오면 되는 건데.

— 그거야 뭐…, 그러시면, 잠시만요.

민정엽이 원현진 의원 북한산 등산 멤버인 미국 대사관 소속 상무관 제시카 김에게 전화를 건다.

"어, 누나 난데…."

*

그로부터 일주일 뒤, 심선홍 교수의 아내와 딸은 신청 후 4개월 이상 걸리는 주한 미국대사관 일반 견학 코스가 아닌, 외교관 특별 '아그레망Agrément 코드'인 '페르소나 그라타Persona grata, 충족된 사람' 신분으로 분류돼 미국 대사로부터 특별 초청을 받는다.

대사관 보안검색대를 지키는 총을 찬 군복 입은 근육질의 커다란 흑인 경호 특수요원들 옆을 통과하는 딸아이가 무서워 엄마의 손이 터져라 꼭 잡고 있다.

흑인 특수요원들이 로비에 등장한 백인 할아버지를 향해 경례를 한다. '아그레망 코드' 특별 초대 VIP를 마중 나온 존 스미스 미국 대사는 엄마 옆에서 주눅 들어 있는 한국인 꼬마 소녀를 환한 미소로 반기며 큰소리로 외친다.

"Welcome to the United States. A beautiful princess! All troops, salute the princess!"

미국에 온 걸 환영해요. 아름다운 공주님! 전 부대원 공주님께 경례!

군복 입은 특수요원들이 소녀에게 일제히 올린 칼 같은 경례와 함께, '성조기여 영원하라!Stars and Stripes Forever!'가 대사관 로비에 웅장하게 울려 퍼진다.

"와! 엄마, 정말 멋져요!"

미 대사관 방문 웰컴 세레머니로 대사관 로비에서 심선홍 교수의 딸은 카우보이 모자를 쓰고 대형 성조기 앞에서 존 스미스 대사와 함께 기념사진을 찍는다. 딸아이는 핸드폰 카메라를 향해 초롱초롱 빛나는 눈동자로 환한 미소를 지어 보였다.

"여기가 정치의 중심지 워싱턴이고, 저쪽이 경제의 메카 뉴욕이에요."

대사관에 들어와서부터 연신 눈을 반짝이는 심선홍 교수 딸에게 대사관 홍보담당관이 방문기념관에 걸린 커다란 미국 지도를 가리키며 친절히 설명해 준다.

모녀가 '대사관 특별 초대 프로그램' 투어를 마치자, 제시카 김이 소녀에게 아까 사진 촬영 때 썼던 카우보이 모자와 성조기 그리고 독립선언문 기념 액자와 자신의 명함과 함께, 경기도의 '캠프 험프리스Humphreys' 미군기지 해병대 파견관 소피아 대위의 명함을 건넨다.

"미국 아직 안 가봤다고 했지? 이 명함은 평택 미군 기지에 있는 내 친구 소피아 건데, 이곳 대사관처럼 여기도 한국 안에 있는 미국 영토야. 이곳 스테이크는 크기랑 두

께가 빕스의 세 배로 유명해. 소피아한테 얘기해 뒀으니까 언제라도 가고 싶으면 전화하고 엄마랑 아빠랑 꼭 놀러 가보렴. 근데 소피아는 금발의 미국 아가씨라 영어 공부 미리 열심히 해둬야 해. 오케이? 파이팅~!"

'띠링'

같은 시간 민정엽의 카톡이 울린다.
거버넌스 연구실에서 현장의 인터뷰를 정리하던 민정엽이 제시카가 보내온 카우보이 모자를 쓰고 세상을 다 얻은 웃음을 활짝 띤 소녀의 사진을 보며 흐뭇해한다.

6. 조블결의

강원한우

초겨울비가 억수같이 오는 날 심선홍 교수가 거버넌스 연구소로 찾아온다.

― 민 박사님 계시나요?

― 네, 교수님. 박사님 회의실에서 웨비나Web+Seminar 중이세요. 안쪽 박사님 연구실에서 기다리시죠.

이주현이 심선홍 교수를 맞아 민정엽 방으로 안내한다.

민정엽이 세미나를 마치고 연구실에 들어서자 심선홍 교수가 반가워하며 벌떡 일어나 말을 건다.

― 민 박사님, 오늘 제가 오프Off, 휴무라 혹시 괜찮으시면 비도 오는데 탁주 한잔 어떠실까 해서요. 병원 앞 시장 골목 끝에 아주 끝내주는 메밀전병집이 있는데….

연구소를 나와 우산을 각자 받쳐 든 심선홍 교수와 민정엽이 전병집으로 향한다.

*

심선홍 교수는 탁주를 마시며 딸아이의 '외교관 인터뷰 미션' 완료로 학교에서 방학 숙제 전교 최우수상도 받고, 집에서 자신의 위상이 반려견 '돌프'보다 높아졌다며 민정엽에게 진심으로 감사를 표한다.

기러기 아빠인 자기를 모텔 투숙객 보듯 하던 딸애가, 이제는 일주일에 한 번 빨랫감 잔뜩 싸 들고 서울 목동의 집에 들어가는 자신을 현관에서부터 카우보이 모자를 쓰고 성조기를 휘날리는 미국식 웰컴 세레머니로 맞아준다며 너스레를 떤다.

취기 오른 심선홍 교수.

― 민 박사님 우리 TF 연구원 인사파일 레쥬메에서

봤는데, 토끼띠시죠?

― 예, 교수님.

― 우리 동갑입니다. 민 박사님. 흐흐….

심선홍 교수의 숨은 의도를 담은 미소가 동갑내기 친구로 트자는 말이 생략되어 흘러나온다.

― 근데… 그게, 심 교수님. 제가 군번이 좀 빠르긴 할 텐데….

― …….

― 오케이! 까짓거 친구 합시다. 친구. 자 그럼 이 잔 원샷하고 반말 트는 걸로!

― 콜!

민정엽이 웃음을 삼키고 잔을 들어 올린다.

탁주 사발을 연거푸 들이킨 민정엽이 심선홍 교수에게 묻는다.

― 선홍아 넌 왜 많고 많은 편한 과 놔두고 외과 전문의가 됐냐? 내 주위에는 다들 강남에서 피부과, 성형외과 하는, 뭐 그런 전문의들 형, 동생들뿐인데.

― 응, 우리 아버지가 고등학교 선생님이셔서 나도 처음엔 학교 선생님 하려고 교대에 진학했었어. 그런데 대

학교 1학년 때 내 동생이 심장외과 수술을 크게 받고 살아났어. 그때 나도 사람을 살리는 외과 의사가 돼야겠다고 결심했지. 그래서 학교 자퇴하고 재수해서 의대에 들어가 신촌 세브란스에서 병원 생활을 시작했어.

— 아… 사연이 있었구나. 하여튼 훌륭하다, 훌륭해.

— 처음엔 병원 생활이 쉽진 않았지. 이쪽 바닥이 부서 이기주의가 워낙 심하거든. 같은 응급·외상 환자를 보는 데도 심혈관은 내과 소속, 응급실은 응급의학과 소속, 외상은 외과 소속으로 진료과마다 장벽을 쌓아 놓고 있는 데다가, 응급의료센터와 외상센터는 이상하게 경쟁 관계고….

탁주로 목을 축이며 서로 반말을 쓰며 새로 생긴 동갑내기 친구에게 이런저런 하소연을 해대는 것만으로도 행복한 심선홍 교수가 민정엽에게 약속을 받아내려 한다.

"정엽아, 나 오프 끝나고 모레 출근해 저녁에 우리 스탭들 회식 있는데, 너도 참석해 줘. 그날 회식 오야붕親分, 우두머리이 나오거든. 꼭 나와 줘야 해. 그래야 네가 설계하는 거버넌스에 나도 힘을 실어줄 수 있어서 그래."

다음 날 거버넌스 연구소 조찬 회의 일정으로 1차까지로만 술자리를 마무리한 둘이 헤어지는 길에 심선홍 교수는 민정엽에게 모레 있을 TF 외과와 응급의학과 합동 회식 참석을 재차 확답받는다.

*

세브란스기독병원 근처 「강원한우」. TF 스탭의료진 합동 회식.

TF 연구원으로 참여하는 외과, 응급의학과 전문의와 레지던트 8명이 앉아 있고, 김현호 교수 맞은편 상석에 중증외상센터장 심선홍 교수 앞을 자리가 하나 비어 있다.

가게로 심선홍 교수가 들어서자 스탭들이 일제히 기립해 정중하게 인사를 한다.

테이블 중앙 자리에 앉는 심선홍 교수.

― 내 옆자리 하나 비워 두지. 모실 손님이 있으니.

소맥이 몇 순배 돌자 민정엽이 뒤늦게 회식에 합류한다.

― 어, 민 박사 여기야 여기. 이리로 내 옆에 앉아.

심선홍 교수가 민정엽과 스탭들의 서열을 정리하려 든다.

─ 다들 알지? TF 거버넌스 설계자 민정엽 박사. 내 친구니까 앞으로 나한테 하듯이 깍듯하게 대해들.

의사들이 서로 곁눈질을 해가며 서먹해한다.

미묘한 분위기를 감지한 심선홍 교수가 민정엽이 어색해할까 봐 후배 의사들에게 큰 소리로 주문한다.

─ 그럼 본격적으로 시작해 볼까? 자, 어서 외과 샘들이 고기 팍팍 올려봐. 원래 고기는 외과가 구워야 제맛이니까.

이 상황이 내키지 않는 김현호 교수가 건너편 민정엽에게 피식 웃어 보이며 혼잣말처럼 내뱉는다.

─ 내가 민 박사하고 나이가 한 바퀴 차이 나는 것도 아니고…, 수술방 짬밥이 얼만데 그냥 뭉개고 묻어 타게 하기가 좀 그렇네?

심선홍 교수가 도발하는 김현호 교수를 의아한 표정으로 멀뚱히 쳐다본다. 이때 김 교수 옆의 응급의학과 레지던트 4년 차 정명섭 치프가 거든다.

─ 네, 김 교수님 말씀이 맞습니다. 심 교수님. 그래도

병원엔 수술방 짬이라는 게 있는데.

다른 스탭들도 고개를 가볍게 끄덕인다.

계속 삐딱선을 타는 의료진 넘버2 응급의학과 김현호 교수와 그의 추종자들. 믿는 구석이 있는 김 교수가 민정엽에게 다시 한번 도발한다.

― 이봐요. 민 박사, 서로 나이 차이도 적정한데다가, 살아온 장르도 다른데 꼭 내가 형으로 대해야 하겠어요?

'민 박사? 말이 짧네?'

민정엽의 표정이 굳어진다.

― 민 박사, 지금 나한테 인상 쓴 거예요? 허, 참. 정 꼬우면 남자답게 술로 가르마를 타시든지.

분위기를 파악한 민정엽이 김 팀장에게 전화를 한다.

― 김 팀장, 트렁크에 있는 위스키 대★자짜리 좀 가져다줘 봐요.

삐딱한 김 교수의 두 번째 피식거림이 민정엽을 쏘아붙인다.

― 어이, 민 박사? 저 매일 닥터헬기 타고 피 보는 의사에요. 술로 저 감당 못 하세요~.

가게에 들어선 김 팀장이 1리터짜리 '조니워커 블루

라벨'을 민정엽 앞에 두고 나간다.

　민정엽이 맥주잔 두 개에 조블을 가득 담는다.

　― 김 교수님, 러브샷으로 가시죠.

　― 좋지, 민 박사. 바라던 바야.

　'어라? 말이 계속 짧네.'

원샷,

그리고 다시 원샷,

그리고…

　필사적으로 정신줄을 잡고는 있지만 이미 볼이 벌게진 김현호 교수가 마지막 명분을 잡는다.

　― 원래 우리 응급의학과 소속의 응급실하고, 꺼어억! 외과 소속의 심 교수님이 관리하는 외상센터는 라이벌 관계라 말도 잘 안 섞는데…, 꺽! 나랑 같은 이유로 환자 생명과 직결된 바이탈과를 선택한 존경하는 진짜의사 심선홍 교수님 친구분이시라니까 제가 봐 드린 거예요. 알죠? 민 박사님, 끄~어억~.

김 교수는 의대 인턴 시절 같이 공부하던 동갑내기 아내와의 사이에서 난 딸아이가 극심한 호흡장애를 일으켜 새벽에 응급실에 안고 뛰어 들어가 살아난 걸 계기로 응급의학과를 선택하게 됐다고 했다.

김 팀장이 위스키를 두 병 더 가져왔고, 3차까지 이어진 회식에서 민정엽은 참석한 의사들 모두와 형동생이 되어 도원결의, 아니 이름하여 '조블결의'를 맺는다.

제2차 세계대전

TF 2차 전체회의.

연구원들 중 유일하게 수트를 입고 있는 민정엽이 1차 공식회의 리뷰에 붙여, 분과별 인터뷰한 내용에서 도출된 토론할 이슈를 정리해 발표한다.

거버넌스 분과의 보고가 끝나고, 자유토론 시간.

분과별로 작심이라도 하고 온 듯, 모두가 팔짱을 끼고 아무 말도 안 한다. 토론 시작부터 전혀 진행이 안 되고 있다.

민정엽이 의료분과부터 힘겹게 입을 트게 했건만, 모두가 자신들 조직의 지대한 역할과 애로사항만 얘기해대다가 예견된 전쟁이 다시 시작된다.

― 찢어지고 부서져 피 흘리는 환자를 수술대 위에 올려놓는 게 누군데?

빈정대며 말하는 이호상 통제관이 첨예한 분위기를 주도한다.

― 마, 말 잘했네요. 그럼 그 수, 수술방에서 환자를 최종적으로 사, 살리는 건 누구고요? 닥터헬기가 이착륙할 때 소방이 토, 통제, 유도해 줄 수 있는 거 아닙니까?

통제관에게 맞받아치는 항공의료팀장 김현호 교수. 서로의 입장이 충돌되는 상황에 흥분해 말을 또 더듬는다.

이호상 통제관이 김현호 교수를 노려보며 말한다.

― 그나저나 닥터헬기 이착륙 때와 장소 어레인지랑, 그놈의 시끄러운 헬기 프로펠러 소음, 흩날리는 먼지 민원은 어떻게 할 거요? 프로펠러 바람으로 등산객 김밥에 모래 튀었다고 민원 거는 마당에…, 생각이란 걸 좀 가지고 말을 하든가!

― 근데 말은 왜 더듬더듬해? 저렇게 어버버해서 환자 진료나 제대로 볼 수 있겠어?

인신공격. 김현호 교수가 자신의 떨려오는 오른손을 왼손으로 단단히 붙잡고 있다.

― 아, 또 왜들 이럽니까? 회의 좀 하자고요. 회의 좀! 우리의 적은 이곳이 아닌 밖에 또아리를 틀고 있다고요!

이현강 학장이 어떻게든 중재해 보려고 끼어들어 말한다. 2차 전체회의에서도 서로의 접점을 못 찾고 평행선만 달리는 TF. 회의는 또다시 파국으로 치닫는다.

앞으로 있을 회의에 원초적인 걱정이 앞선 민정엽이 앞으로 나가 낮은 목소리로 말한다.

― 여러분 이대로 가다가는 지역완결형 체계고 뭐고 서로에게 씻지 못할 상처만 남기고 TF는 공중 분해될 게 뻔합니다.

어쨌든 우리는 여기 모여 다 같이 달성해야 할 목표가 있고, 반드시 그것을 관철해 내야만 합니다.

저는 특단의 조치로 다음 회의는 좀 텀을 두더라도 같이 먹고 자면서 얼굴 맞대고 서로의 입장을 수렴하는 워크숍을 제안합니다.

고요함 속, 심선홍 교수가 고개를 크게 끄덕이며 손을 든다.

― 찬성입니다.

민정엽의 친구가 된 심선홍 교수를 따라 의료진 응원군들과 거버넌스 분과 연구원들이 빠르게 손을 들었고, 과반수 찬성을 넘겼다.

거버넌스 연구소가 워크숍 진행 사무국을 맡는다.

*

연구소로 올라온 민정엽과 팀원들이 워크숍 계획을 짜기 시작한다.

― 지혜 샘하고 주현 샘은 2차 회의 리뷰하고 나서, 워크숍 일정 수렴하고 집체교육 아이디에이션 Ideation 과 보도자료, 예산 시뮬레이팅하세요.

2주 후에 병원과 가까운 원주의 「샤롯밸리 *Hotel & Resort*」로 가기로 하고 박지혜와 곽영찬이 예약 겸 답사를 다녀온다.

7. 사람이 사람을 살린다!

787호

여의도 국회의원회관.

윤도한 센터장과 '중앙' 외상체계관제팀 나선혜 주임이 1층에서 신분증을 맡기고는 검색대 앞에서 정정인 의원실 양 보좌관을 기다리고 있다.

― 2시 약속되신 국가중앙응급센터장님 일행이시죠? 의원님이 지금 회의 중이시라 올라가셔서 좀 기다리셔야 합니다.

둘은 양 보좌관의 안내를 받아 7층 787호실로 향한다.

― 이제 들어오시지요.

약속 시간이 한참 지난, 2시 50분이 되어서야 국회의원을 만날 수 있었다.

자다 깬 얼굴로 맞는 정정인 의원.

― 정정인입니다.

― 안녕하십니까? 전 국가중앙응급센터 윤도한이고, 여긴 나선혜 주임입니다. 의원님 방 뷰가 엄청 좋네요.

― 그죠? 여기가 로얄층이죠. 잔디밭, 분수 다 보이는 럭키세븐. 7층, 보잉 787 드림라이너Dreamliner랑 같은 787호니까요. 여당 3선 이상들한테만 주어지는 방입니다. 핫하하. 그건 그렇고, 어쩐 일로 센터장께서 나를 찾아왔나요?

정정인 의원이 말을 할 때마다 낮술을 했는지 술 냄새가 진동하지만 앞에 앉은 둘은 티를 낼 수 없다.

― 예, 의원님. 내년에 닥터헬기 도입 예산 건으로 찾아뵙게 됐습니다.

― 뭐, 그런 어려운 부탁을 하러 여기까지 오고…. 어디에, 몇 대를요?

― 전국에서도 응급실 표류가 가장 심한 곳은 전남, 경북, 충남입니다. 그중에서도 중증응급환자 타 시도他

市道 유출 유출 현황을 보면 전남이 64.6%, 경북이 54.7%, 충남이 49.4%로, 먼저 전남부터…

― 센터장님 고향이 그쪽 아닌가요? 어디죠?

― …해남입니다.

― 해남? 거기 전라남도죠? 하핫, 역시 고향부터 챙기기는…, 너무 편파적인 거 아니에요? 나랏돈 받는 공무원이 그래서 되겠습니까?

― 뭐라고요!?

― 일단 우리 양 보보좌관한테 내용 보내줘 봐요. 전 다음 미팅이 있어서. 어이, 양 보! 이 양반들한테 이메일로 내용 받아둬. 그리고 나 강남으로 이동할 거니까 차 빼두고.

― 네, 알겠습니다. 의원님!

윤 센터장의 목젖이 씰룩거린다. 호흡을 고르며 천천히 숨을 골랐다. 말도 안 되는 억지와 모함에 기침처럼 치밀어오르는 분노를 삼키는데 온 힘을 다한다. 현장의 절실함과 권력의 무책임 사이에서 나선혜 주임의 얼굴이 씁쓸하다.

둘이 쫓겨나듯 방에서 나오려는데, 정정인 의원이 말을 건다.

― 아, 센터장님. 범정부 응급의료 TF인가 뭔가를 쓸데없이 만드셨다던데, 그게 왜 필요해요? 그런 거 해산시키고 그냥 '중앙' 센터장 직속으로 구겨 넣어서 높은 분들 모셔두면 될 걸 괜히 만들어서는… 쯧! 그리고 그 TF에서 전국 소방, 구급대원 바디캠하고 구급차 태블릿 연결해서, 뭐…, 병원에 무슨 시스템 까는 사업 선정평가도 한다고 들었는데, 그 내용도 같이 보내봐 줘요. 내가 확인해 볼 게 있으니….

― …, 예….

― 그래요. 잘 가보시고.

샤롯밸리

2018년 12월 5일. TF 워크숍 첫날 오후.

연구원들은 단체버스 안에서 편의점 도시락으로 점심을 때우고는, 「샤롯밸리 *Hotel & Resort*」에 도착해 배정된 각자의 방에 짐을 푼다.

3박 4일 동안 렌트한 리조트 대회의장.

거버넌스 분과 연구원들이 24인용 대형 회의 탁자에 3색 볼펜과 줄 쳐진 노란 옥스퍼드 노트, 포스트잇 23세트를 선에 맞춰 가지런히 놔두고는, 이동식 컬러 레이저 복합기를 설치해 테스트하고 있다.

워크숍 첫 프로그램으로 서울에서 모시고 온 강사의 조직 리더십 특강과 팀워크 집체교육, 분과별 토론으로 초반 열기가 살짝 달아오른다.

하지만 물과 기름이 섞이듯, 따로 도는 응급의료 거버넌스의 세 축인 의료와 소방, 관료 조직 간의 소통 장벽이 어느샌가 스멀스멀 창궐의 조짐을 보이기 시작한다.

워크숍 첫날 일정이 꾸역꾸역 마쳐지고, 저녁 뷔페에선 조직별로 따로 앉아 데면데면하게 단체 식사가 마쳐진다.

하루의 온전한 일정이 끝나고 숙소로 들어가는 민정엽이 호텔 앞에 도열해 주차된 샤롯데 홈쇼핑 버스 대열을 보고는 손가영에게 전화한다.

― 어, 오빠. 웬일이야? 먼저 전화를 다 주고?

― 응, 우리 워크숍 왔는데, 여기 너희 회사 단체버스가 보여서 혹시나 하고.

― 우리? 회사 사람들?

― 아니, 나 원주에서 응급의료 프로젝트 TF에 들어간다고 했잖아.

― 아, 그랬지~. 지금 샤롯밸리야? 우리도 워크숍이라 당연히 내가 직원들 인솔해서 같이 여기 와 있지. 오빠 지금 어딨어?

*

워크숍 2일 차 아침 8시, 1부 행사 대회의장.

민정엽이 마이크를 잡고 어제의 썰렁한 분위기를 타파하려고 목소리 톤을 높여 안간힘을 쓴다.

― 연구원님들, 잘들 주무셨는지요?

팔짱 낀 무정한 남정네들의 대답이 있을 리 만무하다.

민정엽은 예상했던 리액션이라 별일 아니라는 듯 담담하게 PPT를 켠다.

대형 모니터에 이번 워크숍의 모토가 띄어진다.

적절한 환자를, 적절한 시간에, 적절한 병원으로

― 이 문장이 오늘 이틀 차 워크숍의 주제로, 지역 특화형 외상, 응급, 중증의 교집합 키key입니다.

민정엽의 주제 발표에 무덤덤한 연구원들은 모두 팔짱만 낀 채로 시큰둥하게 모니터를 응시할 뿐이다. 의사는 의사대로, 소방은 소방대로, 관료는 관료대로 반응이 뜨뜻미지근하다.

재차 목소리를 가다듬어 주의를 집중시키려는 민정엽.

― 지방 국립대 병원에 힘을 실어줘 거점화함으로써 공공의료를 확충하고 필수의료를 강화할 수 있는데, 그러기 위해선 의료 전달 체계를 적시, 적소, 적정 오퍼레이팅수술으로 TPOTime, Place, Occasion 개념에 맞게 시스템적Systematic으로 작동시켜야 합니다.

…그래서 저희가 이 자리에 모여 응급의료 전달 체계 개편과 병원 간 연계·협력을 통해 한국형 지역별 상황을 반영한 지역완결적 응급의료 체계로 개편, 구축하려는 것입니다.

― …….

― …….

워크숍 둘째 날 오전 1부 회의는 민정엽 혼자만의 설파만 있었다.

'이대로는 죽도 밥도 안 되겠다!'

민정엽이 2부 시작 전 브레이크타임에 워크숍 사무국인 거버넌스 팀원들과 김 팀장을 자기 방으로 불러 모은다.

― 주현 샘, 오전 2부 진행하고, 점심 이후 오후 일정이 어떻게 되지?

― 2부는 11시 반부터 식약처 벤치마킹한 '응관처_{응급의료관리처}' 신설 법안 회의하고 나서 비빔밥 도시락 점심 주문해 먹으며 이어나가고, 오후 아젠다는 내일 있을 복지부와 지역최고응급위원회의 중간보고 대비한 닥터헬기 오픈 미팅이에요. 저녁은 분과별로 자율 식사 예정이고요. 박사님.

'이런, 아무 의미 없다. 이 판을 뒤집지 않으면 TF는 끝장이다.'

골똘히 생각에 잠긴 민정엽이 입을 뗀다.

― 김 팀장, 이미 예약한 런치 도시락 주문은 내 개인 카드로 결제하고, 양로원, 경로당? 지역 어르신들 계신 곳에 보내드리도록 해요. 그리고 점심은…, 여기서 횡성이 얼마나 걸리지?

김 팀장이 핸드폰으로 검색해 본다.

TF 연구원 단체 카톡에 변경된 점심 식사와 오후 일정 안내 공지가 띄워진다.

「11시 30분 예정되었던 도시락 미팅 겸 '응급의료관리처' 법안 회의는 하기에 올린 식당에서 13시부터 오후에 있을 닥터헬기 관련 토론과 병합해 하기로 하였습니다. 12시까지 저희가 타고 온 단체버스 앞으로 집결 부탁드립니다.」

복지부동

횡성시장 내 「대흥정육식당」.

사전 답사를 위해 20분 먼저 식당에 도착한 이주현이 민정엽에게 카톡으로 묻는다.

「박사님 좌석 배정은 어떻게 할까요?」

「어차피 자기네 조직들 끼리끼리 앉을 테니까 편하게 놔두고…

아니다 의사들하고 함예슬 사무관 쪽 복지부랑 도청 쪽 자리는 일단 붙여둬요

소방 쪽 테이블은 자리 하나만 비워 놔주고요

왜 비워 두냐고 물어보면 혹시 오실 분이 있을지 몰라 예비로 그런다고 얼버무리고」

「네 그렇게 할게요」

먼저 식당에 도착해 있던 심선홍 교수가 들어오는 민정엽에게 너스레를 떤다.

― 오~ 민 박사 횡성에서 한우로 점심을 먹게 됐네. 오면서 찾아봤는데 여기가 바로 옆 도축장에서 직접 받아오는 한우 원조 맛집이던데, 우리 예산 얼마 되지도 않는데 괜찮겠어?

식당 앞에서 박지혜가 복지부 함예슬 사무관과 도청 최민혁 주무관을 안으로 안내하자 이주현이 둘의 좌석을 지정해 준다.

― 사무관님은 저기 심 교수님 건너편이시고 주무관님은 민 박사님 앞 좌석에 좌정하시면 됩니다.

워크숍 참가자들 자리가 얼추 정리되고 에피타이저로 육사시미가 테이블마다 깔리자 심선홍 교수 옆에 앉은 민정엽이 일어나 아나운스를 한다.

― 어제와 오늘 오전까지 우리 연구원님들 너무나 고생들 많으셨습니다. 금일 일정이 조금 바뀌어서 식사하시면서 자유롭게 사안들 논의하는 시간을 가지기로 했으니 지금부터는 태스킹보다는 네트워킹 위주로 진행하도록 하겠습니다.

민정엽의 아나운스 중에 테이블마다 갈비살, 등심, 살치살, 제비추리, 치마살, 토시살이 넓은 은쟁반에 수북이 담긴 특모듬 세트가 놓인다.

소방 쪽 테이블에서 이호상 통제관이 큰 목소리로 입맛을 다시며 민정엽에게 반말로 묻는다.

― 이봐, 민 박사. 한우에는 모름지기 알코올이 있어야 하는데, 낮술 좀 시켜도 되려나?

― 예, 그럼요. 오후에 예정되었던 법안이든 닥터헬기 관련이든 여기서 마음껏 드시고 마시면서 자유롭게 대

화들 나눠주시면 오늘 일정은 다 소화하는 거니까 그 이상 없지요. 분과 통합 네트워킹도 거버넌스 프로그램에 포함된 중요한 일정이니까요. 아, 그리고 여기 가게에서 나오는 술 먼저 드시다가, 제 차 트렁크에 선물로 받아둔 양주 한 박스 있어서 입가심으로 테이블당 한 병씩 올릴 테니 맛 한번 봐주십시오.

 소맥으로 시작해 특모듬 한 접시가 싸그리 비워진 다음, 추가 세트와 함께 소방 쪽에서 한우와 궁합이 좋다며 백세주와 산사춘을 주문한다.

 민정엽 맞은편에 앉은 함예슬 사무관이 묻는다.
 ― 민 박사님은 어디서 공부하셨어요? 저도 경영학과 나왔는데….
 ― 연대에서 했습니다.
 ― 어? 그럼 제 학과 선배 되시는데?
 심선홍 교수가 급急 끼어든다.
 ― 오, 우리 다 연대네.
 ― 민 박사님, 지도교수님은요?

― 박성열 교수님이요.

― 어머나, 대박. 저도 박 교수님 랩에 있었어요. 국제경영론 가르치셨잖아요.

― 어, 맞아요. 새삼 반갑네요. 사무관님.

― 족보 다 깠는데 그냥 편하게 이름 불러주세요. 정말 반가워요, 선배님. 그럼, 아카라카 한잔 저랑 하시면서 연대延大의 연대連帶를 다져야죠!

함예슬 사무관이 5대5로 소맥을 말아 민정엽에게 건네면서 눈빛으로 박자를 맞추다가, 둘이 동시에 외친다.

"아카라카칭! 아카라카쵸! 아카라카칭칭! 쵸쵸쵸!
랄랄라 시스붐바 연세선수 라플라 헤이 연세 야!"

잔을 들어 뒤늦게 응원구호에 합류한 심선홍 교수와, 함예슬 사무관과 민정엽이 다시 한번 승리의 독수리 '아카라카'를 외치며 원샷을 한 번 더 한다.

적당히 취기가 오른 함예슬 사무관이 민정엽에게 성토한다.

― 정엽 선배, 사실 제가 학뽕이라 모교 사랑이 개빡

세요. 이번 프로젝트를 연세대 산학협력단에서 주관한다고 복지부 정책관실 공고 보고 제가 자원해서 왔어요. 그러니까 선배! 응급의료 체계 지역화 한번 뽀대나게 만들어서 우리가 복지부동하게 해줘야 할 거 아니에요!

― 예슬 후배님 취했어? 복지부동이라고? 아무리 그래도 관료 집단인 그쪽 조직이 복지부동服地不動하면 안 되지.

심선홍 교수도 정색을 하고 한마디 한다.

― 그래요. 그건 너무한 얘기죠.

― 아뇨, 아뇨. 낙하산 타고 내려오신 분들하고 그 똘마니들이 검토해 보겠다는 말만 하고 파일링해서 캐비넷에 넣어 뭉개다가, 근지러울 때 잠깐 효자손 빌려 쓰듯 하는 그 복지부동 아니고요.
저희 복지부가 동動할 수 있도록 이번처럼 전문가들이 차출된 TF에서 명분과 논리를 실어주면 실리는 차치하더라도 나머지는 우리가 헤쳐 나갈 수 있으니까, 어떻게든 일이 되게 해달라는 뜻의 저희 부서 건배사에요.
세종시 사투리, 복지부동福祉部動! 제발 복지부가 움직여서 일하게 해주세요. 정엽 선배님, 선홍 선배님!

취해서 두서없이 길게 설명하는 귀엽게 취한 후배를 보며, 동시에 살짝 미소를 띠는 토끼띠 두 마리.

함예슬 사무관이 잔을 들어 외친다.

― 복지부여, 동動하라!!

복지부 세종 사투리 구호에 맞춰 두 토끼가 잔을 들어 동시에 늘공의 술잔을 맞부딪친다.

그러고는 쌩뚱맞게 셋이 박수를 쳐댄다.

소백산맥

민정엽이 술 취한 함예슬 사무관 자리를 뒤로 하고, 소주잔을 들고는 이호상 통제관이 앉아 있는 소방 쪽 테이블로 간다.

― 통제관님 제가 소주 한잔 올려도 될까요?

민정엽이 처음으로 보이는 갑작스러운 가벼운 도발에 살짝 갸우뚱해하는 이호상 통제관.

호스트인 민정엽을 마다하지는 않지만 은근히 전해져야 하는 소방 곤조와 텐션감感.

― 흠…, 역시 민 박사님은 서울 샌님이시네. 횡성에서 한우 먹으면서 술을 권할 거면 소주가 아니라 우리 강원도를 따라 흐르는 몸에 좋은 소백산맥으로 석 잔은 지르고 시작해야 하는데.

― 네? 소백산맥이요?

통제관이 배상영 소방위에게 잔 세팅 눈치를 보낸다.

민정엽과 통제관 앞에 빈 맥주잔이 놓이고, 이호상 통제관이 소주, 백세주, 산사춘, 맥주를 4분의 1씩 섞어 두 잔 제조에 들어가면서 주문같이 읊는다.

― 소주 쭉, 백세주 한 번, 산사춘 톡, 마지막 맥주로 덮는다. 네 종류의 술이 4계층을 이루니, 이름하여 소백산맥!

통제관이 잔을 들어 제안한다.

― 자, 민 박사. 원샷 석 잔! 콜?

둘은 안주도 없이 숨도 안 쉬고 순식간에 소백산맥 세 잔을 원샷으로 마셔 버린다.

― 오… 박사님 정신력이 좀 있으신데?

― 예, 제가 이래 봬도 부산서 학교를 나와 대한적십자사 부산지사 인명구조원 출신입니다. 통제관님.

― 인명구조? 몇 년도에? 부산에서?

― 95년도요. 구덕체육관에서….

― 이런 난 90년도, 구덕체육관!

통제관의 말투가 경상도 사투리로 변하고, 옆의 배상영 소방위가 거든다.

― 통제관님이 김해 분이신데, 거기 고급인명구조 라이센스 따서 SSU해군해난구조대 나와 소방관 특채로 임관하셔서 지금 '제8 특수소방대' 리더세요.

으쓱한 이호상 통제관.

― 흐흐, 내가 좀 전장戰場형 인간이긴 하지.

자기 칭찬에 어줍지 않은 셀프 추임새를 넣으며 기분 좋아진 이호상 통제관에게 민정엽이 묻는다.

― 제8 특수소방대요? 소방 편제에서 그런 조직은 처음 들어보는 거 같은데….

배상영 소방위가 친절하게 설명하기 시작한다.

― 그러니까, 우리나라 8대 특수부대인 산악특임대, UDT, SSU, HID, 해병대 수색대, 707, 특전사, SART특수탐색구조대 출신 소방관 비정규 조직인 '8대 특수부대 연합소방대'라고, 줄여서 '제8 특수소방대'라고 해요. 저

도 해병대 항공특수수색대 나왔고요.

흥분한 통제관이 배상영 소방위의 말을 끊고 민정엽에게 묻는다.

― 부산지사 훈련받았으면 군대는?

― 예, 저도 라이센스 따서 가산점으로 UDT나 SSU 가려다가 할머니가 3대 독자라 너무 위험하다고 반대하셔서….

민정엽이 추억을 소환해 말한다.

― 라이센스 따고 진해에 SSU 훈련 교관으로 갔었는데….

통제관이 민정엽의 추억을 받아 말한다.

― 그렇지. 그때는 적십자 인명구조자격 가진 민간 교관들이 특전사랑 SSU 교육을 맡았었지.

통제관과 민정엽 둘이 서로를 지긋이 쳐다보며 말을 잇지 못한다.

― 인명구조는 역시 대한적십자사 부산지사에서 따야 오리지널이죠!

민정엽이 핸드폰으로 자신의 페이스북에서 고급인명구조 자격증을 찾아 통제관에게 보여 준다.

민정엽의 폰을 건네받은 통제관이 엄지와 검지로 자격증을 확대해 보며 말한다.

― 와… 진짜네, 맞다. 우리 땐 자격증에 타이핑을 안 치고 이렇게 손글씨로 적었었는데…, 마지막 훈련 날 해양경찰하고 합동으로 구조작전하고 받았던 그 자격증…. 정말 추억이네 추억이야. 옆에 이건 뭐꼬?

통제관 옆에서 핸드폰을 같이 보던 배상영 소방위가 알아본다.

― 어? 이건 제가 한일 협력 프로그램으로 도쿄 연수 가서 땄던 일본 소방청 방화관리자 자격증인데요. 민 박사님도 취득하셨어요?

― 예, 그건 제가 도쿄에 있을 때 수료한 거예요.

― 뭐꼬? 그럼 민 박사도 우리 같은 소방인이었네! 소방인!

통제관이 식당에 앉은 모두가 들으라는 듯 고개를 180도로 고개를 '휙휙' 도리도리치며 큰소리로 외치자, 만땅 満タン으로 취해 흥분한 민정엽의 황망한 헛소리가 식당 전체에 울려 퍼진다.

― 맞습니다!! 제 생일이 며칠인지 아세요? 119, 11월

9일, 119입니다!!! 심지어…, 강원소방본부가 춘천에 있잖아요? 저희 어머니가 춘천여고, 춘여고 24기, 아니 24회 졸업생이세요!

'어 쪄 라 고'

— …….

어쨌든 간에 민정엽을 그윽한 눈으로 쳐다보는 통제관. 무언가가 둘을 휘감아 뜨끈하고 끈끈한 브로맨스가 흐르고, 민정엽이 김 팀장에게 톡을 보낸다.

김 팀장이 카니발에서 가져온 조블 1리터짜리 12병이 테이블마다 세팅된다.

이호상 통제관이 위스키를 따며 민정엽에게 묻는다.

— 민 박사님이 투자사 대표라꼬? 나보다 토실토실 살이 오른 내 쌍둥이 동생이 요즘 AI 미용기기 투자받으러 강남 테헤란로를 돌아다닌다 카던데.

— 그럼, 서울에서 동생분이랑 저를 한번 만나게 해주세요. 제가 돕도록 하겠습니다.

— 근데, 내가 금마랑 별로 안 친해서. 어릴 때 말 더듬는다고 내가 구박을 하도 많이 했어서…, 지금도 많이

미안하지. 그러고 보니 일전에 흥분한 김현호 교수 말 더듬는다고 내가 실수한 것도 미안했고.

― 그럼 사과하시면 되죠. 김 교수님이 오셨나? 아까 좀 늦으실 거라고 다른 차로 온다고 했는데…

민정엽이 식당을 둘러보다 심선홍 교수 옆에 앉아 있는 김현호 교수를 발견한다.

― 야, 심 교수! 아니, 선홍아. 김 교수님 모시고 일루 좀 와 봐!

타이밍을 놓칠세라 함예슬 사무관이 손을 번쩍 들며 외친다.

― 정엽 선배, 저도 가도 되죠?

소방본부 테이블로 이동하는 심선홍 교수 뒤를, 늦게 도착해 후래삼배後來三杯로 볼이 빨개진 김현호 교수와, 모교 선배들과 술을 마셔 좋아라하며 방긋방긋 웃고 있는 함 사무관이 총총걸음으로 따른다.

헤롱한 김현호 교수가 머리를 조아리며 먼저 사과한다.

― 통제관님, 어린놈이 저번에 공식 석상에서 목소리 높여 경솔했습니다. 죄송합니다.

― 김 교수님, 무슨 말씀이세요. 저도 괜한 곤조가 나

와서 미안합니다.

― 그렇게 말씀 주셔서 감사해요. 통제관님. 제가 사과주 한 잔 올리겠습니다.

훈훈하게 1차 회식이 마쳐질 즈음 심선홍 교수가 민정엽의 손에 자신의 손을 얹고는 눈을 똑바로 쳐다보며 말한다.

― 정엽아, 이번 TF에서 네가 맡은 거버닝Governing이 정말 중요하다. 우리 같은 의사야 리얼타임으로 수술방에서 한 명씩 살려내지만, 너 같은 실전형 학자는 이번 연구로 몇백, 몇천 명을 단번에 살릴 수 있잖냐, 부탁이다. 네가 중심을 잡고 거버넌스를 잘 좀 설계해 줘라.

이날 민정엽은 TF의 화합을 위해 상대를 무장 해제시키는 자신의 비즈니스 무기인 무한친화력을 연발로 발산해댔다.

덕분에 테이블 위엔 고기와 술병들이 쌓였고, 서로의 마음과 마음 사이의 경계선은 지워져 가기 시작했다.

― 민 박사님. 식사비가 207만 8천 원 나왔는데요? TF 예산으로는 두당 식사가 만 2천 원까지라서….

― 김 팀장한테 내 개카개인카드 받아서 결제하세요.

*

 TF가 단체버스로 숙소로 향하고, 남자들은 도착해 리조트 안에 있는 「치킨 & 호프집」으로 2차 이동 중이다.
 민정엽에게 손가영으로부터 전화가 온다.
 ― 오빠 어디야?
 ― 밖에서 식사하고 호텔 들어가는 중이야.
 ― 맥주 한잔할까?
 ― 나 일행들하고 같이 있어.
 ― 나도 회사 메인 쇼호스트들하고 있어. 여기 여자들만 득실거려서 우리 너무 심심해. 거기 몇 명이야? 같이 조인하자.
 손가영과 샤롯데 홈쇼핑 쇼호스트 일행들이 호프집에서 TF에 합류하기로 한다.

 호프집으로 샤롯데 팀이 등장하자 TF 남성들이 긴장하며 만져봐야 별 볼일 없는 머리 스타일과 옷매무새를 고친다.
 3차는 리조트 지하에서 한국 성인들의 전형적인 노래

방 문화로 모두가 흥겨운 시간을 보낸다.

시끄러운 노랫소리 사이로 손가영이 민정엽에게 귓속말을 한다.

― 오빠네 여기 언제까지 있어?

― 모레 점심 먹고 출발해.

― 그럼, 그날 식사를 업그레이드해 둘게.

― 그게 네 맘대로 되냐?

― 여기 리조트도 우리 그룹 자회사라서 엑스전 남편가 여기 맡아서 하다가, 무슨 똥배짱인지 이혼하고도 여기는 자기가 맡아 하면 안 되겠냐고 개소리를 하면서 끝까지 등기 대표이사에서 안 나가겠다고 지랄 옆차기하는 거를, 기어코 쫓아내 여기도 이제 내가 관리해.
우리도 오빠네 같이 나랏일 하는 성분 좋은 팀들 일부러라도 디스카운트해 주고 유치하는 게 나아. 어차피 세일즈 에이전시 커미션 25% 떼주는 거나 업그레이드 시켜 주는 거나 매한가지라서.

개싸움_교란자들

셋째 날 워크숍 '중간보고회'.

1부 '응관처응급의료관리처' 관련 회의.

민정엽이 레이저포인트로 스크린을 가리키고 있다.

― 국가중앙응급센터는 국내 응급의료 컨트롤타워로서 200명 가까운 직원에도 불구하고 위탁기관인 국가중앙의료원의 원오브뎀One of them 일개 하나의 부서로 편제돼 존속되고 있을 뿐입니다.
이젠 국가중앙응급센터를 재정적, 물리적, 정책개발, 지시체계의 독립성을 확보할 수 있는 국무총리실 직속의 '중앙응급의료관리처'나 복지부 장관이 직접 지휘하는 '중앙응급의료본부'로 승격을 검토해야 할 때입니다.

회의실 끄트머리에 양반다리를 하고 바닥에 주저앉아 취재하는 기자들이 노트북으로 타이핑 치기에 바쁘다.

― 식약청이 '식약처'로 승격한 변곡지점에서의 체크포인트는 뭐니뭐니해도 예산이었습니다.
공급은 수요에서 비롯되고, 수요는 재원財源의 이유가 됩니다. 합법적인 도박으로 돈을 버는 마사회는 도박중독퇴치센터를 전국에 운영하고 있고, 미국 CIA 같은 해외 전담 공작기관이 별도로 없는 우리나라의 대테러, 산업스파이 등 국제범죄는 외국인 전용 카지노의 수입을 재원으로 하는 국정원에 특화되어 있습니다.

한국의 응급의료기금의 재원은 도로교통법상의 과태료와 범칙금의 20%입니다. 경제 성장과 함께 자동차 수요가 급격히 증가하면서 '교통사고=외상환자 발생'의 등식이 성립되었기 때문이죠.

누적 금액만 2조 원에 매년 2,000억 원 이상 투자되고 올해 가용 예산이 2,400억 원에 달하는 응급의료기금의 집행권을 국가중앙응급센터가 주도해야 합니다.

이상으로 발표를 마칩니다.

작게나마 박수 소리가 들린다. 어제의 단합 때문이었을까? 12월 한겨울 오전 회의 분위기가 훈훈하다.

1부가 마쳐지고 휴게 시간을 갖는다.

*

2부 회의가 김현호 교수의 발표로 시작된다.

― 전국의 닥터헬기 인계점은 총 809곳. 하지만 제초除草의 책임과 의무가 모호해 수풀 더미 관리나 운동장 같은 모래 위 착륙 전에 물 뿌리기 작업 부실로 이착륙이 실제로는 불가한 곳이 많습니다. 특히 야간 운항에 필수적인 불빛, 즉 등화 시설이 없는 곳은 87.4%나 됩니다. 게다가 민원에 대한 부담도 있고요.
다음 표를 보시면서 소방, 도로공사, 경찰, 해경, 군, 병원, 고속도로 휴게소, 지자체의 인계점 데이터 공유 실태를 같이 살펴보겠습니다.

장표 슬라이드가 넘어가는데 방청석 뒤에 서 있던 한 중년 남성이 손을 번쩍 든다.

― 저기, 저 질문이요. 질문!

― 발표 후반부 Q & A에서 질문을 받으려고 했는데, 일단 저분 질문 먼저 받고 진행하도록 하겠습니다.

이주현이 질문자에게 다가가 정중하게 마이크를 건넨다.

― 아니, 그래서 지역에 저명하신 분들을 주축으로 최고응급위원회와 외상혁신위원회도 뻔히 있는 데다가 협의체도 빵빵하게 잘 구성해 잘하고 있는 걸로 알고 있는

데, 계속 무슨 문제다, 숙제다라며 부정적인 얘기로 괜히 선동만 하는 이유가 뭡니까?

공격적인 질문에 갑자기 긴장된 김현호 교수가 살짝 말을 더듬기 시작한다.

― 시, 실례지만 질문 주신 분은 소, 소속이나 하고 계신 일이 어떻게 되시죠?

― 내 개인사는 알 필요 없고 어서 대답이나 해 봐요!

― 네, 그럼 일단 질문에 대한 다, 답변드리고 다음으로 넘어가도록 하겠습니다.

지역의 최고응급위원회와 혀, 협의체 말씀하셨는데요. 여기에는 여러 이해관계와 정치적 레토릭Rhetoric, 修辭이 얽혀 있을 수밖에 없습니다. 지각 변동을 원하지 않는 지역의 수구守舊 권력자들부터 저, 정치인, 병원 조합 관계자, 지역 언론, 사설 앰뷸런스 등 기득권층의 텃세가 심각한 겨, 경우도 있고요.

실제로 협의체 회의 마치면 사진 찍고, 밥 먹고, 커피 마시고, 회의록 남겨서 지역 언론에 보도하고, 사, 상부에 보고하고… 사, 사실 이게 답니다.

― 그럼 위원회와 협의체 노력이 지역 텃세들의 공수표

란 말이야? 그 말에 책임질 수 있어?! 똑바로 대답해 봐!

질문자 옆에 서 있는 사람이 더 강하게 몰아붙인다.

― 맞소, 그런데 말은 왜 더듬고 난리야? 자신 없는 답변이라 그런 거 아니야?

문 쪽에 선 검은 마스크 쓴 남자와 그 주위의 남성들이 김현호 교수를 향해 고함을 친다.

― 똑바로 말해!

― 말더듬이야? 제대로 하라고!!

소방본부 이호상 통제관이 벌떡 일어서 마스크 남자에게 삿대질을 하며 들이받는다.

― 뭐야? 당신들! 왜 질문 같은 질문은 안 하고, 우리 교수님한테 인신공격질이나 하고 난리야! 당신 뭐 하는 작자야?!

배상영 소방위도 일어서며 검정 마스크에게 소리를 지른다.

― 아주 여기 판 깨려고 팀으로 작정들 하고 왔어? 김교수님 저런 쓰레기 같은 소리에 신경도 쓰지 마세요!

어디선가,

― 맞는 말이네! 그따위로 사진 찍어 언론에 내보내 국

민들 현혹시키는 협의체 팔이 공수표 그만 좀 날립시다!

주위가 어수선해진다. 이곳저곳에서 고성이 오간다.

회의장이 혼란에 휩싸이자 실시간 중계 중이던 유튜브 카메라들이 미친 듯이 널뛰고 있었고, 이때를 노린 듯 검정 마스크 쓴 남성과 그 주위의 손끝들이 격렬하게 반응한다.

'찰칵'
'차라락'
'찰칵찰칵'

조직적 교란 집단의 핸드폰 카메라 셔터 누르는 소리가 일제히 터져 나온다.

장렬한 함포사격의 포성이다. 사진을 찍는 것이 아니라, 프레임이 조작되는 소리다.

누가 봐도 사전 각본처럼 짜여 있는, 지방 권력을 대변하는 그들의 반격과 지역 보건계 기득권이라 불리는 이들의 몸짓은 예상보다 노골적이었다.

개싸움.

TF 연구원들은 따뜻한 우물 안에서 익어가는 개구리처럼 관성에 젖은, 응급의료 체계 지역화에 미온적인 사람들과 그들을 따라온 기자들의 뒤이은 질의 공세에 똘똘 뭉쳐 대항한다.

회의장 맨 뒤에서 이를 지켜 바라보던 안경 낀 남성이 조용히 앞으로 나가 마이크를 잡는다.

아침에 서울에서 이곳에 도착해 있던 윤도한 센터장.

그의 존재가 드러나는 순간, 모두의 시선이 일제히 그에게 고정된다.

누구도 그가 워크숍에 와 있다는 걸 알지 못했다.

"TF를 맡고 있는 윤도한이라고 합니다. 워크숍 첫날부터 오려고 했는데 세종하고 여의도 미팅과 행사로 지금 왔습니다. 죄송합니다. 먼저 건강한 토론이 오가는 귀한 이 자리에 오신 분들께 감사의 말씀을 전합니다. 이번 TF의 팀장으로서의 제 소회를 간단히 말씀드리면, 아이러니하시겠지만 이질감 심한 조직끼리 뭉친 저희 TF의 융화가 시작된 거 같아 개인적으로 기쁩니다."

정적이 휩싸인다. 모두의 숨소리조차 멈춰져 있다.

"오늘 처음 말합니다. 하지만 그동안 가장 많이 지켜봤습니다. 이건 형식을 만드는 제도가 아닙니다. 사람이 사람을 살리는 시스템입니다.

그러기에 이즈음에서 저희 TF의 취지를 명확히 짚어 '방향과 속도'라는 두 마리 토끼를 다 잡아야 하겠습니다. 저희가 이곳에 모인 첫 번째 목표는 지속가능한 지역 응급·외상 거버넌스의 수립과 운영입니다.

저희가 만들어 내야 하는 거버넌스는 학계에서 언급하는 추상적인 개념이 아닙니다. 다기관 전문인력으로 구성된 법제적 필터링을 거친 관리·감독기구로, 지원 차원을 넘어 의학적 권위와 행정적 집행력을 가지고 기관 간 응급의료 체계 협력 운영 및 중재 역할을 합니다.

거버넌스는 지역 내에서 분류된 환자를 어느 의료기관으로 어떻게 이송할지를 코디네이팅할 어시스턴트가 아닌 컨트롤타워이자 헤드쿼터로, 이를 위한 재정 확보와 협력체계 구축이 관건입니다. 또한…."

윤도한 센터장이 눈빛을 민정엽에게 고정한다.

"거버넌스는 제도의 논리보단, 사람을 살리는 시스템이어야 합니다. 이 시스템은 생명을 지키는 약속입니다. 우리 모두가 반드시 지켜야 하는…. 누군가는 이 시스템을 공문으로 보고 말겠지만, 우리는 그것이 생명의 보루라는 것을 너무나도 잘 알고 있습니다. 거버넌스는 제도가 아닌 약속, 생명을 위한 시스템이기 때문입니다."

숨을 고르고 말을 잇는 윤 센터장.
"…그런데 바로 그 '생명'이 오늘, 여기서 누군가, 특정 세력으로부터 위협받고 있는지도 모릅니다. 감사합니다."
센터장의 말이 끝나고도 회의장 안에는 그대로의 정적이 흐르고 있다. 유튜브 실시간 카메라는 이미 꺼져 있었고, 그 누구도 셔터를 누를 수 없었다.
정정인 의원실 787호의 집사 양 보좌관이 검은 마스크를 벗고 데리고 온 지역 기자들과 대회의장을 나간다.

기드온의 용사들_남겨진 자들

그날 저녁, 호텔 총괄지배인이 민정엽에게 방으로 인사를 온다.

― 안녕하십니까? 민 박사님. 손가영 전무님께 연락받았습니다. 내일 런치는 번거로우시겠지만 일정 동안 드셨던 퍼블릭 레스토랑 건너에 있는 별채 「오디움」에 준비하겠습니다. 저희 계열사 압구정 「코리아하우스」 전담 쉐프들이 야외 텐트에서 시그니쳐 꼬냑등심 바비큐를 해야 해서요. 양해 부탁드립니다. 메뉴는 저희 '런치 VVIP 한우'와 무제한 알코올 포함 음료 코스로 업그레이드해 두었습니다.

*

2018년 12월 8일.

워크숍 마지막 날, 오찬을 먹고는 복귀다.

TF 연구원들은 리조트 오너 손가영이 업그레이드해 내어 준 거나한 한우 코스를 대접받는다.

― 살다 보니 즉석에서 구운 무제한 한우 꼬냑등심에

옥돔구이라니, 참.

― 무제한 꽃등심에 연포탕이라! 캬~ 기름기가 여기서 마신 술을 다 잡아먹어서 술이 또 들어가네.

― 이런 게 리조트 가진 오너들의 플렉스야, 촌스럽긴.

마지막 날인데다가 내일이 일요일이라 그저께 마신 해장술을 마다하지 않는 연구원들.

「오디움」 레스토랑에서 곽영찬 연구원이 피아노가 놓인 단상에 올라 주의를 집중시킨다.

― 잠시만요! 지금 드시고 계신, 저희 워크숍 마지막 런치를 성대하게 장식해 주신 이곳 오너를 소개해 드리겠습니다. 손 전무님 부탁드립니다.

총괄지배인의 에스코트에 청록색 셀린느 트위드 투피스에 토즈 단화를 신은 손가영이 단상 앞으로 나온다.

― 안녕하세요. 여기 「샤롯밸리 *Hotel & Resort*」를 맡고 있는 손가영이라고 합니다. 그저께 뵈었던 분들을 다시 뵈니 좋네요. 별건 아니고 식사를 조금 업그레이드해 내어 드렸어요. 아무쪼록 맛있게 드시고 저희 리조트의 감사한 마음을 담아 작은 선물도 준비했으니 편하게 받아주셨으면 감사하겠습니다.

손가영이 단아하고 격조 있게 인사를 한다.

맨 뒤에서 배상영 소방위가 싱글벙글해하며 손을 번쩍 치켜들고 묻는다.

― 작은 선물이라는 게 뭡니까? 전무님.

― 보리굴비에요.

우물쭈물하는 최민혁 주무관이 조심스레 손을 든다.

― 저기, 전무님 얼마짜리 보리굴비지요? 여기 테이블 스탠드에 꽂혀 있는 선물 세트 안내지에 보리굴비가 1세트 35만 원에 VAT 별도라고 적혀 있는데….

― …아, 3만 5,000원인데 안내지 인쇄가 잘못돼 '0'이 하나 더 붙었나 봐요…. 3만 5,000원에 VAT 별도라 3만 8,500원이에요. 오늘 수정할 겁니다. 그렇게 할 거 맞죠? 지배인님!

눈빛으로 레이저를 쏘는 손가영의 말귀를 알아챈 총괄지배인이 얼떨결에 고개를 끄덕인다.

― 네, 보셨죠? 지배인님이 맞다고 하시네요. 여기 총지배인님께서 친히 맞다고 하셨습니다. 김영란법 때문에 그러시는 거 같은데 저도 사업하는 사람으로 왜 위험한 짓을 하겠어요? 즐거운 식사 되시고 대한민국 응급의

료를 위해 고군분투 부탁드려요. 감사합니다.

곽영찬이 손가영의 이 모습을 보며 넋을 잃고 중얼거린다.

"저게 말로만 듣던 재벌가 여자의 아우라구나…."

잠시 멍해 있다가 가까스로 정신을 차린 곽영찬.

— 여러분, 손가영 전무님께 감사의 큰 박수 부탁드립니다.

TF 모두가 여걸의 호의에 감동한다.

손가영이 사업가 집안의 DNA를 가동해 순발력 있게 대응하고는 레스토랑을 우아하게 빠져나간다. 버스에 선물세트 세팅을 마친 이주현과 박지혜가 그 옆을 스쳐 레스토랑으로 들어온다.

복귀하는 TF 단체버스 모든 좌석에는 <코리아하우스 특제 보리굴비> 10마리 선물 세트가 실려져 있다.

*

노을이 지는 동해안을 지나는 중간에 TF 연구원들이 버스에서 내린다.

파도가 견고하게 스크럼을 짠 바위들을 세차게 부딪히며 하얀 포말을 흩날리고, 붉게 물든 겨울 해는 푸른 바다 위로 찬찬히 내려앉고 있다.

TF 모두가 어깨동무를 하고 외치는 구호가 탁 트인 바다를 넘어 몇 번이고 울려 퍼진다.

"사람이 사람을 살린다!"
"사람이 사람을 살린다!"
"사람이 사람을 살린다!"

차가운 바닷바람도 그들의 구호를 따라 넘실대고, 구호와 파도 부서지는 소리가 겹쳐져 마치 바다 전체가 외치고 있는 듯하다. 핸드폰으로 영상을 찍던 누군가가 울컥해서 촬영을 멈춘다.

이호상 통제관이 혼잣말을 한다.

"대한민국 응급의료 체계의 남겨진 자들, 기드온의 용사들 결성이네."

챔버(Chamber)

2018년 12월 12일.

세브란스기독병원 대회의실.

TF 안전센터COG 분과 장상구 교수와 외상지침COG 분과 심선홍 교수가 주도한 팀이 두 달여에 걸친 집중연구 끝에 완성한 테스트베드Test bed와 『GTS Gangwon Trauma System, 강원외상체계 진료지침』 점검 보고를 보건의료 전문 언론사 기자들에게 중간 발표한다.

200장이 넘는 슬라이드에는 강원도 내 응급의료기관의 종별種別 체계 구축과 고압산소 치료설비 같은 특수 의료장비 보유현황, 직접의료지도, 전원傳院 및 인계점을 비롯한 닥터헬기 인프라와 운영, 지역 맞춤형 이송지침 제안 자료들로 빡빡히 채워져 있다.

김현호 교수가 마이크를 잡았다.

— 천조국 미국의 닥터헬기가 1천 대인 건 그렇다 쳐도, 8천만 명이 사는 독일이 100대, 당장 옆 나라 일본도 50대인데, 그런데 5천만 명이 사는 선진국 대한민국에는 닥터헬기가 한 자리 숫자인 단 7대뿐이라는 부끄러

운 현실…. 여기 모인 우린 대한민국의 이러한 문제들을 타개하기 위해 각 분야에서 차출된 전문가로서….

우리나라의 현실을 브리핑하다가 절패감을 느낀 김현호 교수가 물을 한 모금 마시고 마음을 가라앉히려 한다.

말을 못 잇는다. 말을 더듬어서 멈춘 게 아니다. 흥분이 아니라 체념이기 때문에.

민정엽 차례다.

― 영국의 범정부 응급대응 유관기관 거버넌스인 <JESIP제십, Joint Emergency Service Interoperability Programme>은 비상사태 발생 시에 가용한 헬기의 정보를 병원, 소방, 지자체, 경찰, 군, 교통기관, 심지어 시민단체와 지역의 자원봉사 단체를 막론하고 분기별로 공유합니다. 그런데 우리 한국의 지금 현실은 어떻습니까? Ground지상 이동가 어려워 헬기 이송을 준비하려 해도 소방청, 산림청, 지자체 소속의 소방본부, 닥터헬기를 운용하는 상급병원, 고속도로 순찰대, 항공대대까지 헬기 착륙 장소인 인계점 정보가 모두 제각기 따로 놀고 있습니다.

기자들이 고개를 끄덕이며 깊이 공감한다.

발표가 순탄히 진행되고, 마지막으로 TF 안전센터 COG 분과 장상구 교수가 마이크를 받는다.

— 저희는 이번에 강원도 내 고압산소챔버와 특수 의료장비 보유 및 운용 실태를 조사한 내용을 보고드립니다. 먼저 말씀드리자면 이번 저희 TF의 실태조사가 강원도 최초의 통합연구입니다. 다음 장표를 보시면….

*

2018년 12월 18일.

강릉의 펜션 타운 앞 골목을 쏜살같이 가로지르는 날카로운 구급차 사이렌 소리가 멈추자 앰뷸런스 5대가 '끼—익' 하고 급정거를 한다. 곧이어 들것에 실려 나오는 아이들의 입가엔 거품이 흘러내렸다.

강릉중앙병원 당직폰으로 긴급전화가 걸려온다.

— 네, 의료지도의사 장상구입니다. 말씀하세요.

— 강릉소방서 119구급대 1급 응급구조사 김진호입니다. 응급의학과 장 교수님이시죠? 예전에 응급실 이송하

면서 뵌 적 있습니다.

― 맞습니다. 상황 설명해 주세요.

― 옙! 이번에 수능을 마친 고등학교 남학생 10명이 가스 누출로 일산화탄소에 중독된 사고입니다. 발견 당시 모두들 거품을 물고 구토를 하고 있었고, 현재 의식은 없고 통증 자극에 반응이 없습니다. 활력징후 Vital signs는….

장상구 교수는 재빨리 노트북을 펴 지난주 열렸던 TF 회의에서 발표한 강원도 내 고압산소챔버 보유 및 운용 실태조사 자료를 열어 보고는, 응급구조사에게 질문을 쏟아내며 분류표를 작성한다.

― …, 김진호 응급구조사님! 방금 제가 중증도에 따라 분류해 보낸 대로 A, B, C 그룹을 지금부터 저의 의료지도에 따라 침착히, 신속하게 이행해 주세요. 산소를 공급해 혈액 속에 가득 찬 일산화탄소와 결합한 헤모글로빈을 풀어줘야 하는 촌각을 다투는 일입니다.

― 알겠습니다. 교수님.

응급구조사가 눈앞에 사경을 헤매는 아이들을 보며 결연한 목소리로 답한다.

― 자, 그럼 먼저 강릉중앙병원 고압산소치료센터에 지난주 가동이 확인된 다인용多人用 멀티챔버가 있습니다. 우선 A그룹 5명의 학생을 제가 있는 여기로 보내세요. 그리고 B그룹 2명은 지금 닥터헬기를 띄울 테니 원주 세브란스기독병원으로 이송해 주시고요.

다음으로 그나마 중증도가 덜한 C그룹 3명 학생들은 한국폴리텍대학 강릉캠퍼스로 이송 부탁드릴게요. 폴리텍 강릉캠의 산업잠수학과의 감압병 수업실습용 챔버가 저희 강릉중앙병원과 기능과 성능이 똑같고 챔버 운용인력도 동일합니다.

― 뭐라고요? 대학교에 있는 챔버는 의료법상 의료용 챔버가 아니지 않나요? 그거 불법 아닌가요? 법적 검토가 있어야⋯.

― 그건 법적 검토가 아니라, 책임 회피에요! 현장에서 아이들이 질식해 죽고 있는데 장비는 실험실에 갇혀 있습니다. 지금 그게 중요합니까?

― 아니, 그래도⋯.

― 내가 100% 책임질 테니까 제 지도에 따라주셔야 우리 아이들을 살릴 수 있습니다. 김진호 응급구조사님!

망설일 수 있는 시간도 잠시.

― 예, 교수님 알겠습니다. 그렇게 조치토록 하겠습니다.

범정부 TF의 프로젝트가 진행 중이던 때, TF 연구원인 장상구 교수의 의료지도로 강릉 펜션 일산화탄소 누출 사고를 당한 학생 열 명의 소중한 생명이 전원 구해진다.

*

연합채널에서 장상구 교수를 인터뷰한다.

― 교수님 이번에 일촉즉발로 위험천만했던 아이들이 모두 살아날 수 있었던 거에 대한 감회 한 말씀 부탁드립니다.

― 긴급 이송이 필요한 응급환자들을 챔버_{고압산소챔버}가 실제 운용되고 있는 병원과 대학교로 분산 이송해서 학생들 모두가 살 수 있었습니다.
이번 펜션 사고가 있기 일주일 전쯤 제가 소속된 범정부 지역응급·외상체계 TF에서 강원도 전역을 커버하는 '강원외상체계GTS, Gangwon Trauma System' 점검 보고를 하면서 고압산소챔버의 강원도 내 보유 및 가동 현황을 정확하게 파악하고 있었어요.

사고 당시 그날의 당직 지도의사가 우연히 TF 소속의 저였던 건 우리들과 아이들 모두에게 기적이었습니다.

기자가 인터뷰의 마무리 멘트를 한다.

— 네, 이번 우리 아이들을 살린 기적은 응급의료TF 연구의 일환으로 강원외상체계 진료지침, GTS를 점검하던 중, TF소속 연구원이 거버넌스 시스템을 통해 귀중한 생명 모두를 구하게 된 것입니다. 이상으로 연합채널 백승미였습니다.

이날부터 대한민국 응급의료 체계의 역사가 조용히, 그러나 분명히 움직이기 시작한다.

*

국무총리가 영상회의에서 TF 연구원들을 직접 치하

하고, 보건복지부가 서훈을 거론하며 공적조서가 작성된다. 이에 복지부 김해숙 장관이 강원도 원주로 TF를 찾아와 지역외상체계구축 추진보고를 받고 닥터헬기를 시승하겠다는 공문이 TF로 온다.

공문 내용을 공유하고 일정 조율과 롤Role, 역할을 나누는 TF 회의에서 신경외과 전문의 최혁 연구원이 무릎을 '탁' 친다.

— 잘됐네요. 우리 TF 연구 결과를 현장에 바로 적용할 수 있게 복지부 장관과 '스톡홀롬 증후군Stockholm syndrome'을 만들자고요. 높은 고도에서 폐쇄된 공간에 옆에 있는 사람에게 심신을 의지하게 만들어 신뢰를 높이는 심리술로요.

닥터헬기 안에서 김해숙 장관을 민정엽이 맨투맨 마크하기로 한다. 헬기 탑승을 위한 김해숙 장관과 민정엽, 그리고 국회 보건복지위원회 정정인 의원의 항공의료팀 유니폼이 급히 맞춰지고 가슴 명찰에 이름이 영어로 오버로크Overlock 된다.

「Hae Sook Kim」
「Jung In Jung」
「Jung Yop Min」

*

헬기 안에서 민정엽의 설명을 들으며 닥터헬기 레펠 시범까지 보며 흡족해하는 김해숙 장관이 회의장에 들어와 감평을 말한다.

― 오늘 정말 닥터헬기 안에서 저희 복지위 간사이신 정 의원님과 함께, 정 박사님의 핵심을 관통하는 응급·외상체계 거버넌스 내용을 들으며 뜻깊은 시간을 보내게 되어 감사했습니다.

"정 박사? 우리 TF에 정 박사가 있었나? 그게 누구지?"

민정엽의 작은 혼잣말에 옆에 앉은 심선홍 교수가 무릎을 치며 키득대며 말한다.

― 네 가슴 명찰에 「Jung Yop MIN」보고 민 박사가 정 박사로 된 거네. 크크. 정정인 의원 스펠링으로는 「Jung In Jung」이니까 이러나저러나 마찬가지로 정 의

원으로 보였을 테고. 크흐~ 그러게 그냥 「Min Jung Yop」이라고 오버로크 치지 그랬냐?

― 박지혜 연구원이 오버로크 쳐 온 건데….

― 그럼, 김해숙 장관 자기는 「Hae Sook Kim」이니까, 뭐 '해 장관'인가? 크크.

요가천사

장관 방문 이후 '복지부 응급의료 공로상'을 받은 TF의 책임연구원 이현강 학장은 닥터헬기 안에서 복지부 김해숙 장관을 능수능란하게 마킹(?)한 게 큰 몫을 한 거라며, 민정엽에게 감사를 표하면서 퇴근 전 학장실에서 차를 마시며 얘기를 나누고 있다.

― 우리 TF가 이례적으로 프로젝트 진행 중에 복지부 장관상을 받는데 이번에 민 박사님 노고가 크셨어요. 연구가 끝나고 지역 적용이 전국적으로 확산되면 복지부도 적극적으로 나설 거라는 장관님의 확언을 받았습니다.

― 별말씀을요. 학장님. 이번 복지부 시찰 때 고생한

거라곤 닥터헬기 탈 때 엄청 떨렸는데 장관님 앞에서 티 안 내려고 했던 거뿐입니다.

― 뭐 다들 똑같죠. 저도 몇 번을 탔는데도 아직도 떨리니까요. 민 박사님 TF 연구기간이 이번에 돌아오는 명절까지라고 들었는데, 아쉽지만 계시는 동안 잘 부탁드립니다.

― 예, 학장님. 23명 연구원 모두가 한마음으로 하고 있으니까 저도 더 잘 해내려고 합니다.

― 그래서 저도 더 힘이 납니다. 아, 그리고 이번 시범사업에 소방과 구급대원들에게 지급될 바디캠하고 구급용 태블릿 수의계약 건은 거버넌스 분과에 부탁드릴게요. 저번에 장관님 모시고 민 박사님이랑 같이 닥터헬기 탔던 여기 근처 지역구의 정정인 의원이 소개한 업체인데요. 저희 같은 의사들은 그런 계약, 뭐 이런 거에 좀 약해서요. 민 박사님.

― 예, 교수님. 그렇게 하도록 하겠습니다.

*

이현강 학장과 담소를 마친 민정엽이 학장실을 나와 행정팀을 지난다.

저만치 원내 게시판 앞에서 이주현이 압정으로 무슨 포스터를 붙이고 있다.

― 여기서 뭐 하세요?

민정엽이 질문과 동시에 눈으로 포스터 내용을 확인한다.

「실버요가 무료 강좌(주 2회) /

장소: 본관 2층 환우돌봄센터 / 강사: 이주현」

이주현의 새초롬한 눈빛.

민정엽이 묻는다.

― 밥이나 먹을까요?

둘은 병원 근처 냉삼집으로 향한다.

*

대패삼겹살 2인분하고 소주 한 병을 시킨다.

― 주현 샘, 요가 강사도 하세요?

― 원래 오른쪽 안짱다리가 심해서 고등학교 때부터 주민센터에서 요가를 배웠었는데, 띄엄띄엄하다가 작년에야 강사 자격을 땄어요.

민정엽은 이주현을 처음 본 날을 떠올린다.

'그러고 보니 오른쪽 다리가 살짝 안쪽으로 쏠려 있었다.'

― 근데 퇴근하고 나서 알바를 하시지 왜 공짜로 병원에서 할아버지, 할머니들한테 요가를 가르쳐요?

― 어르신들이 요가하시면 얼마나 귀여우신지 모르죠?

― 그래서 이 피곤한 병원생활하면서 자원봉사를 한다고요?

― 풋!

고기와 술이 세팅된다.

민정엽이 집게를 잡아 불판에 고기를 얹히고, 이주현이 소주를 회오리로 말아 한 잔씩 따른다.

― 박사님, 일단 짠~

원샷한 이주현이 얇아서 금방 구워진 대패삼겹살을 파절이에 얹어 한입 베어 물고는 씹다만 입으로 말한다.

— 어르신들은 항문의 조이는 힘이 약하셔서 자세 잡으시라고 골반 눌러드리면 방귀를 '뽕 뿌—웅 푸쉭' 뀌실 때 젤로 귀여우세요.

반주로 한 잔 두 잔 하던 술에 이주현이 주절주절 말이 많다.

어릴 때부터 소녀 가장이었다는 그녀는 다리가 불편해 걷지 못하시는 평창에 홀로 계신 할머니 간병을 하다가 간호사를 꿈꾸게 되었다고 한다.

재작년 돌아가신 할머니가 연로해지시면서 집안의 유전인 안짱다리가 심해지셨는데, 요가 스트레칭만 하셨어도 건강히 걸어 다니면서 더 오래 사셨을 거란 생각에 지금의 요가 무료 강좌 봉사를 하고 있다고.

이주현이 환한 웃음을 짓다가 커진 입 끝을 한껏 올리고는 씩씩하게 말한다.

— 그래도 이게 어디에요. 박사님 덕분에 응급실 나이트야간 근무할 땐 시프트 때문에 강습을 못했는데, 여기 TF 거버넌스 분과에 들어와 할 수 있게 됐으니 너무너무 감사하죠. 우리 할머니가 살아계셨으면 지금 제 모습

을 가장 좋아하실걸요!

'단단하다. 자기 삶을 지탱하던 이야기로 다른 이를 위로하려는 사람, 그것도… 활짝 웃으면서.'

민정엽의 머릿속에서 병원 복도 어딘가에서 한없이 반짝이게 빛나는 미소 지은 천사가 요가매트를 어깨에 매고 통통 걸어가는 모습이 자연스레 그려졌다.

그날 이후, 알게 모르게 민정엽은 자신을 일관되게 바라보고, 사사로운 일상에 감사해하는 이주현이 새롭게 보이기 시작한다.

하지만 정작 민정엽은 이주현에게 다가가지 않는다.

이주현은 그걸 알고 있지만 모른 척한다.

수의계약

민정엽에게 전화가 걸려온다.

— 민 박사님. 안녕하세요. 바디캠하고 구급용 태블릿 수의계약 건으로 연락드린 「AK 쉴드」의 김의성 부사장

이라고 합니다.

― 이현강 학장님께 얘기 들었습니다.

― 예, 박사님도 메인 로케이션이 강남 쪽이라고 들었는데, 저희 회사가 판교테크노밸리라 멀지 않아 그러는데 제가 다음 주 편하실 때 그쪽으로 넘어가 인사드려도 될까요?

― 그러시죠. 다음 주면 제가 주말에 서울로 올라가야 해서 미팅들을 호텔에 잡아놨는데, 괜찮으시면 「그랜드인터」 라운지 어떠실까요?

― 네 좋습니다. 그리로 찾아뵙겠습니다.

*

약속된 날. 그랜드인터컨티넨탈 파르나스 1층.

민정엽이 직접 몰고 온 신형 검정 컬리넌 SUV에서 내린다.

로비 입구에서부터 호텔 VIP인 민정엽을 기다리던 지배인이 직접 맞이하며 인사한다.

― 안녕하세요. 민 대표님. 미팅하실 분들은 다 오셔

서 기다리고 계십니다. 말씀 주신 3개 테이블에 마실 거와 식사 세팅해 두었고요. 나중에 티타임 가지실 거라고 알려주신 2인석 소파 자리도 마련해 뒀습니다.

*

호텔 1층 라운지 이곳저곳 드문드문 떨어져 있는 테이블들을 오가는 분주한 민정엽. 주말에 미팅할 때면 자신을 만나고 싶어 하는 사람들을 이곳에 죄다 한꺼번에 불러 모은다.

민정엽이 중앙의 소파 테이블에서 탄산이 중력의 반대 방향을 따라 흐르는 차갑게 칠링한 샴페인에 '프로슈토 코토Prosciutto cotto'와 멜론을 안주로 미팅을 하고 있다.

민정엽을 오매불망 기다리는 건너편 너머 테이블에 호텔 시그니처 하우스 맥주인 '아트 페일에일Art Pale Ale'에 '클럽 샌드위치'를, 그 옆 테이블에는 레드와인에 '나폴리 스파게티'를 시켜 주고 기다리게 한다.

가장 중요한 미팅이 있는 칸막이가 쳐져 있는 메인테이블에서는 민정엽이 좋아하는 스모키향 가득한 몰트위스키에 양갈비 스테이크로 식사를 겸할 팀이 대기 중이다.

토요일 낮인데도 말끔한 수트에 넥타이를 맨 중년 남성이 라운지에 들어서 주위를 두리번거린다.

민정엽이 약속된 시간에 나타난 남성을 알아보고는 손을 들어 보인다.

― 김의성 부사장님? 여깁니다.

민정엽이 샴페인 테이블에서 일어나 미리 예약해 둔 2인석 소파로 남성을 데리고 자리를 옮겨 앉아 마실 걸 주문한다.

― 전 홍삼 슬러쉬 주시고요. 부사장님은 뭘로….

― 아이스커피로 하겠습니다.

남성이 민정엽에게 명함을 건넨다.

― 전화드렸던 김의성이라고 합니다.

― 예, 민정엽입니다. 부사장님 제가 주말이면 밀린 미팅들이 중첩돼 있어서 그러는데, 죄송하지만 본론부터 말씀 부탁드려도 될까요?

― 네, 알겠습니다. 민 박사님께서 일본 전문가라고 들었습니다. 그래서 말인데요, '99사가넷'이라고 들어보

셨나요?

― 그냥 말씀 쭉 하세요. 부사장님.

― 아, 네. 일본 큐슈九州에 있는 사가현佐賀県의 응급의료정보시스템이 <99사가넷佐賀net>인데요. 여기서 99きゅうきゅう, 큐우큐우는 일본말로 구급救急, 큐우큐우이란 단어와 발음이 똑같아서 쓰인 겁니다.

― 알고 있어요. 계속하세요.

웨이트리스가 홍삼 슬러쉬와 아이스커피를 테이블 위에 내려놓으려는데, 긴장한 남성이 아이스커피가 테이블에 닿기도 전에 허공에서 받아 벌컥벌컥 들이켜고 말을 잇는다.

― 저희 사업 모델은 일본 <99사가넷>의 ICT Information & Communications Technology 모델을 따온 건데요. 쉽게 말해 태블릿 단말기가 탑재된 앰뷸런스에 탑승한 구급대원의 바디캠을 통해, 한 손으로는 핸드폰을 들고 한 손으로 환자를 처치해 가면서 의료진과 통화를 안 해도 상황 정보가 실시간으로 병원과 공유되면서 환자를 신속하게 어느 병원으로 이송해야 할지와, 현장의 구급대원과 의료기관 간의 소통 이력이 자동으로 데이터화돼서 응급의료 정보

에 반영되는 기술입니다.

― 그래서 저희 범정부 TF 응급·외상체계 거버넌스 사업에 태블릿 단말기랑 바디캠을 납품하고 싶다는 말씀이시네요.

민정엽이 남성과 눈을 안 마주치고 앞에 놓인 물잔을 들며 말한다.

― 네, 그렇습니다. 현장 대원의 웨어러블 바디캠은 출혈 상황 같은 환자의 상태를 의사에게 시각적으로 전할 수 있고, 단말기로는 심박수, 호흡수, 혈중 산소농도가 즉각 병원에서 모니터링돼 의사의 지도를 받기 때문에, 환자의 처치 시간 단축과 이송처의 편중 완화와 분산 효과가 있습니다.

― 내용은 알겠고요. 그런데 저희랑 수의계약 진행이면 2천만 원 언더Under여야 하는데 캐파Capability, 발주역량가 너무 작지 않은가요?

― 저희가 이래 봬도 군납 의료기기 업체이기도 해서 이쪽에 선수입니다. 시범사업에서 2천밖에 안 되더라도, 그 레퍼런스로 가산점 받아서 공개입찰로 전국 사업으로 전환되면, 대한민국의 모든 닥터헬기와 119 구급

차, 사설 앰뷸런스에 탑재되는 순간 초대박 매출이 터지게 되죠. 게다가 매년 유지보수 수익까지 따박따박 들어오는 걸 계산하면 저희에겐 장기적으로 사활을 걸어야 하는 어마어마한 비즈니스입니다.

그래서 지난 회기 때 국회 국방위원회에 계시면서 군납용 '원거리 정찰용 소형 드론' 일 봐주셨던 정정인 의원께서 보건복지위로 옮기시면서까지 전폭적으로 저희 일을 보고 계십니다. 정 의원님 사위분께서 저희 회사 공동대표로 오셨거든요. 무슨 뜻인지 이해되시죠? 박사님.

'정정인…?'

— 정 의원님 정말 보통이 아니십니다. 메르스 사태 났을 때 강원도 원주가 정부에서 '의료보건산업 특구'로 지정된 걸 내세워서 결국엔 공적 마스크 유통권 특혜로 한몫 단단히 챙기셨죠. 박사님도 저희가 깔끔하게 런더리Laundry, 세탁해서 따뜻하게 모시겠습니다.

'나 원 참.'

어이없어하는 민정엽이 앞에 놓인 홍삼 슬러쉬를 집는다.
― 제가 열이 많아서 따뜻한 거 별로 안 좋아합니다. 그리고 저 돈 잘 법니다.
― 몸에 열이 많으면 홍삼 든 슬러쉬 안 드시는 게 좋으실 텐데…. 아, 저도 들었습니다. 민 박사님이 투자사 대표시라고.

발끈하는 민정엽.
― 일단 제 방침은 수의계약 안 합니다. 그런 거 없습니다. 처음부터 공개입찰로 투명하게 할 겁니다.
― 예, 박사님. 그것도 저희가 다 맞출 수 있습니다. 그러시면 입찰 공고 내용 저희가 드리는 가이드라인대로 해 주시면 되고, 모양새 맞춰 어차피 탈락시킬 병풍 설업체들까지 어레인지 해 두겠습니다. 단 심사위원들 섭외하실 때 미리 누구누구인지 언질 주시면 저희가 알아서 작업 다 해 두겠습니다. 그럼 정량 평가야 OK고, 민 박사님께서 정성 평가만 간단하게 엎어치기해 주시면야….

— 내가 왜, 우리 공고 가이드라인을 당신네 하라는 대로 합니까? 그리고, 뭘? 알아서 작업? 뭘 알아. 알기는! 아니, 금메달 목에 걸고 대학입시 체육특기자전형 면접 보게? 그렇게 돈 벌려면 납품 원가 잇빠이 낮춰서 해야 할 텐데, 그 피해를 오롯이 죽어가는 환자랑 국민들 세금으로 안으라고?

목소리가 높아진 소파 쪽으로 주위의 눈들이 쏠리는 걸 전혀 개의치 않는 민정엽.

— 공개입찰 때는 그 간단하시다는 정성 평가에서 내가 심사위원장으로 업체의 청렴성을 평가 척도 맨 위에 올려놓을 테니 어디 마음대로 해봐요!

박차고 일어나는 민정엽이 한마디 한다.

— 참. 그리고 여기 특급 호텔이라 아이스커피 값 비쌉니다. 본인 드신 건 본인이 내고 가세요.

민정엽이 자신을 기다리고 있는 위스키 테이블로 가 앉는다. 영문 모르는 손님들을 앞혀 둔 채로 위스키를 한 모금 원샷 한 민정엽이 골몰히 생각에 잠긴다.

'도대체 어떤 새끼길래 저런 놈들한테 일을 맡기려 한 거지?'

늦은 밤이 되어서야 라운지에서 가진 미팅들이 차례차례 마쳐진다.

민정엽이 마지막 위스키 테이블 자리에서 오늘 불러 모은 그룹들 테이블의 모든 계산을, 호텔 발레파킹이 공짜인 아멕스American express 플래티넘을 내밀어 계산한다. 지배인에게 자신의 핸드폰 번호를 대며 회원 10% DC 받는 걸 빼 먹지 않는다.

8. 마못테(まもって, 날 지켜줘)

빨간 벽돌집

2019년 1월 31일 목요일.

서울 동대문역 앞, 국가중앙의료원 영내의 국가중앙응급센터.

윤도한 센터장을 5시에 만나기로 한 민정엽이 도착해 센터장 집무실을 찾아 헤맨 지 20분. 60~70년대의 오래된 빨간 벽돌 건물 중간 방에「국가중앙응급센터장」이라는 팻말이 달랑달랑 걸려 있다.

'여기가 전국의 응급실 532곳과 권역외상센터 13곳을 관리하는 우리나라 응급의료 컨트롤타워인 국가중앙응

급센터 수장의 집무실이라고?'

민정엽은 국가 응급의료의 컨트롤타워가 세워진 곳이 최신식 빌딩은 아닐지라도 언제 무너질지 모를 벽돌집이라는 게, 아이러니하게도 지금의 응급의료 체계의 민낯일지도 모른다고 느껴졌다.

민정엽이 노크를 하자 윤도한 센터장이 문을 열어준다. 오래되고 살짝 눅눅한 냄새. 집무실이라기보다는 그냥 방(?) 같은 느낌.

― 민 박사님. 무슨 노크까지 하시고…. 어서 들어오세요.

윤도한 센터장이 입은 하얀색 점퍼 등 뒤에 「DMAT 재난의료지원팀」이라고 적혀 있다.

윤 센터장의 방 중앙에 참을 수 없는 존재의 가벼움이 느껴지는 파란색 플라스틱 쓰레기통이 놓여 있다. 구멍이 숭숭 뚫린 사이로 보이는 널브러진 신던 양말들과 속옷들로 봐선 빨래통으로 쓰이는 모양이다.

센터장이 빨래통을 옆으로 치우고는 자기 책상의 의자를 들어 민정엽에게 내어준다.

― 바퀴 달린 의자를 왜 들고 오세요?

― 바퀴가 고장 난 지 오래라 끌려지지가 않아요. 허

허. 믹스커피 어때요?

민정엽이 센터장이 내준 삐걱거리는 의자에 앉는다.

윤 센터장은 책상 서랍에서 꺼낸 스틱 커피를 종이컵에 담아 보온병의 물을 붓고는 민정엽에게 내어준다.

— 여기 센터장님이 요청하신 일본 응급의료 관련 보고서 작성해 왔습니다.

윤 센터장이 간이 의자에 몸을 기대 다리를 꼬고 건네받은 보고서를 찬찬히 들여다본다.

민정엽의 시선이 천천히 방 안을 둘러본다. 책장 겸 선반에 노래 가사 적힌 기다란 액자가 얹혀 있다.

「우리는 무명하나 유명한 자요. 죽음의 위기 속에도
참 생명 가졌고. 근심하나 기뻐하며,
가난하나 다른 이를 부요케하는 자로다」

그 옆에 작은 드론들과, 권선捲線을 하다만 소형 모터에 감긴 구리 코일이 오래된 형광등 빛을 머금어 금빛으로 반짝인다.

보고서를 한참을 검토한 윤 센터장이 기지개를 켜며

말한다.

― 민 박사님 페이퍼 작성하시느라 고생 많으셨겠네요.

― 아닙니다. 심선홍 교수가 많이 도와줍니다. 내용 보셔서 아시겠지만, 일본 오사카大阪의 <오리온 시스템 ORION·Osaka emergency information Research Intelligent Operation Network system>은 위치 기반으로 환자의 증상과 정보에 따라 이송할 수 있는 병원이 가까운 데부터 자동으로 단말기에 뜨는 시스템입니다. 그리고 <마못테 まもって 네트워크>는, 쉽게 말해 응급실 뺑뺑이가 발생하면 수용 능력이 있는 병원이 응급환자를 받을 때까지 해당 지역의 모든 병원 당직 의사 자리에 놓인 단말기에서 시끄러운 경보가 울리는 겁니다.

― 일본은 민폐 공포증이 있는 민족이라고 들었는데 <마못테> 시스템, 이게 가능했나요?

― 예, 한국의 구급대원이 여러 병원에 직접 전화해 수용 여부를 확인하는 1대 1 방식이 아닌, 일본의 1대 다多방향 응급 예보는 구급차에 갇힌 환자의 살려달라는 외침, 바로 절규니까요.

― 음, 그렇군요.

― 방법론적 접근으로는, '사망환자사례조사위원회 Death review committee'의 조사를 기반해 전원傳院 조정 방안을 마련합니다. 척도는 30 Case index사례지표와 로우데이터에서 추출한 4~5등급 지표를 기준으로 체계를 구축Implementation해 죽음의 시간을 줄여야 합니다. 아시겠지만 우리나라에서도 전원 한 번으로 평균 2시간이 지연되면 사망률이 3배 가까이 높아지기 때문입니다.

천천히 일어나서 팔짱을 끼고 듣고 있는 윤도한 센터장이 화이트보드에 민정엽이 보고하는 내용들과 생각나는 것들을 끼적끼적 정리해 적는다. 자신이 판서한 내용들을 유심히 들여다보다가,

― 음…, 우리 센터 같으면 보건복지부 '2018년도 응급의료 기본계획'에 준해야 하고, 조직 민원에다가 여건, 조직의 한계에 부딪혀 단계적 추진이나 가능할 텐데.

― 허들이 많네요.

착잡해하는 윤 센터장이 머리가 지끈거린다며 아까 스틱 커피를 꺼냈던 책상 서랍에서 약을 두 알 꺼낸다. 알약을 까다가 통증이 느껴졌는지 인상을 살짝 찡그린다.

식은 믹스커피로 알약들을 한입에 삼키고는 이어 말한다.

― 게다가 곧 있을 서초 원지동으로 국가중앙의료원이 이전하면 우리도 따라가야 하는데, 결국엔 또 지정地政학적 한계를 벗어나지 못하네요. 우리가 법적, 물리적으로 독립돼 있어야 외압 없이 행정력과 정체성을 확보할 텐데 말이죠. 그래야 지역 거버넌스가 상급 공무원들 순환근무에 휘둘리지 않고…, 어떻든 간에 우리보다 10년 먼저 닥터헬기를 도입한 일본답네요. 솔직히 부러워요. '마못테'는 무슨 뜻이죠?

― 지켜달라는 뜻입니다.

― 맞네요. 누군가가 힘겹게 지켜낸 하루를, 누군가는 반드시 지켜줘야 해요. 박사님, 응급의료 환자들이 표류하고 있어요. 일상에서 항상 발생하는 응급·외상 환자들의 표류가 묻혀지고 있는 게 현실이에요. 실상 전국에서 표류하는 응급환자 모두를 합하면 세월호 참사 때보다 훨씬 많은 숫자인데…, 누구나 언제든 응급환자가 될 수 있는데도 돈과 권세 있는 사람만 살아남을 수 있는 이놈의 세상을 바꿔야 하는데….

'의사로서, 의료정책 입안자로서 얼마나 뜯어고치고 싶으실까.'

민정엽은 한 사람이라도 더 살리고 싶은 윤도한 센터장의 절실하고 답답한 마음이 느껴졌다.

― 민 박사님은 일본 최고 전문가시니 일본을 철처히 벤치마킹해 주세요. 우리나라 최초의 의무후송체계는 영국에서 '헴스HEMS, Helicopter Emergency Medical Service'를 연구한 일본인 마시코 구니히로益子邦洋 박사가 구축한 시스템이 기반이 되었어요. 헌법이고 응급의료고, 일본이 2001년부터 '독일을 따라잡자'라는 슬로건으로 닥터헬기 사업을 벌였듯, 우리는 일본에서 먼저 따와야 해요.

고개를 끄덕여 수긍을 표하는 민정엽.

― 센터장님, 많이 바쁘시죠?

― 없는 시간은 만들어내야죠. 이제부터 더 집중해야 하고요. 센터장으로 여기 행정, 운영은 당연한 거로 저한텐 1순위죠, 근데 우리 TF는 0순위에요.

― 그렇군요.

― 의사 수를 늘리든 저희 거버넌스가 기능해서 의료

전달 시스템부터 바로잡든 해야지, 말도 안 되는 병원 응급실 문제들이 터지면 몇 명이 죽어 나가지만, 이번 TF 프로젝트로 지역 내 응급·외상체계 협업 거버넌스가 구축되기만 하면 몇백, 몇천 명의 국민을 살릴 수 있으니까요.

민 박사님 역할이 큽니다. 우리 TF 사업 목표 첫째가 지속가능한 지역외상 거버넌스의 수립과 운영이잖습니까?

― 그래서 센터장님은 의사시면서 정책기획자를 하시는군요.

― 처음엔 저도 이렇게 될 줄은 전혀 몰랐는데, 전공의 때 응급실 근무하다가 내가 살려내지 못한 환자가 응급실 「사망자 현황표」에 죽음의 숫자 '+1'로 변하는 걸 봤어요.

그때 살릴 수 없는 생존에 연연하기보단 막을 수 있는 죽음을 줄여야겠다고 결심하게 됐죠. 그 덕에 지금 여기저기서 왕따로 사면초가에 몰리긴 하지만….

― 왕따? 사면초가요?

― 의사를 늘려야 한다는 내 생각과 다른 의사 동료들로부터의 냉소적인 시선에, 가족들은 가장의 건강 걱정.

그리고 상급 기관과 여의도 국회의원들은 정치와 예산 사이에서의 갈등과 고립으로 날 무슨 빚쟁이 보듯 해요. 게다가 제 모교 의대라서 더 냉정한 심사평가를 해야만 하는 입장 같은….

― 아….

― 민 박사님, 댁이 어디세요? 여기서 강남 넘어가는 한남오거리에 「한남북엇국」이라는 제철음식 맛집이 있는데 생굴하고 굴전에 막걸리 한잔 어떠세요? 거기 어머니가 제가 가면 가끔 서비스 국물을 주시는데, 제가 미역국 다음으로 좋아하는 음식이 북엇국이거든요. 이런 추운 날이면 따뜻한 국물 한 그릇이 가장 큰 위로가 돼요.

한남북엇국

굴전이 준비되는 사이에, 식당 구석 자리에 앉아 밑반찬으로 나온 햇김치에 복순도가 막걸리를 한입에 털어 넣은 윤도한 센터장과 민정엽.

― 민 박사님?

― 센터장님 다음에 뵐 땐 말씀 편하게 해 주세요. 저보다 한참 선배님이신데요.

― 그렇게 하죠. 민 박사님 와세다 출신이시라고요? 대단하세요. 미국에야 하버드, 스탠퍼드, 예일이나, UCLA 같이 알려진 주립대도 많지만, 1억 3천만 명 인구의 일본 명문대는 도쿄대, 와세다, 게이오로 3개 대학뿐이잖아요?

― 별말씀을요. 그래도 이번에 일본 동기들 덕분에 오늘 가져온 일본 <마못테まもって 네트워크> 응급예보를 벤치마킹한 「1대다多 응급의료정보시스템 기획안」과 「윤번제輪番制 보고서」를 노무라연구소에서 내부자료를 받아 완성했어요.

― 듣던 대로 네트워크가 좋으시네요. 2008년에 저도 일본 닥터헬리Doctor heli를 벤치마킹했어요. 소방헬기도 포함시킬까 하고 '구급헬기'와 '닥터헬기' 중에 뭐로 명칭을 정할까 하다가 일본 따라서 닥터헬기로 도입했는데. 그때 일본 다니느라 일본어 공부 좀 했죠.
와따시와 윤도한데스나는 윤도한입니다. 와따시와 칸코쿠진데스나는 한국인입니다, 와따시와 이샤상데스나는 의사님

8. 마못테(まもって, 날 지켜줘)　235

입니다.

— 하하, '이샤상데스'가 아니라, '이샤데스의사입니다'입니다. 센터장님.

— 그런가요? 허허. 요즘 일본어 노래도 연습하고 있어요. '센노카제니 낫떼千の風になって'라고 해서 '천 개의 바람이 되어'란 노랜데….

추가로 맥주 한 병이 들어온다.

— 민 박사님 필드에 계신 경영학자시죠? 박물관 같은 거 하나 하려면 어떻게 해야 하나요?

— 예? 무슨 박물관….

— 응급의료박물관이요. 이름이…. 예를 들면 '중앙응급의료박물관' 같은…, 가족들과 학생들이 방문해 자연재해, 팬데믹, 기후위기, 전쟁, 안전사고에 대한 경각심을 고취하는….

그리고 닥터헬기, 앰뷸런스, 완강기, 부유식 피난 쉘터를 체험해 보면서, 저보다 훨씬 더 나은 의사, 소방관, 간호사, 응급구조사, 닥터헬기 조종사같이 사람을 살리는 꿈을 가질 수 있는…. 닥터헬기 프로펠러 바람을 맞으면서 거기서 나는 소리가 생명의 소리란 경험도 해보고 말이에요.

─ 이런 경우엔 통상 매칭펀드로 지자체 산하기관과 관련 학회가 중심이 돼서 하는 경우가 많습니다. 예를 들면 대한인명구조학회 같은….

─ 그게, 정말 가능해요?

─ 그럼요.

호기심 많은 의학도 윤도한 센터장의 눈이 반짝인다.

식사를 마치자 둘은 밖으로 나가 차가운 겨울바람을 맞으며 담배를 문다.

─ 민 박사님이 다가오는 설날까지 해외 사례 보고까지만 해 주신다고 들었어요. 최종 보고회까지 TF에 계시면서 거버넌스 샘플링한 일본, 미국, 영국에 직접 다녀오셔서 마시코 박사처럼 한국형 거버넌스 모델을 설계해 주시면 더할 나위 없는데…, 예전에 저도 복지부 장관과 미국 메릴랜드에 가서 중증외상 환자를 살리기 위해 병원, 주정부, 경찰이 하나가 된 '밈스MIEMSS, Maryland Institute for Emergency Medical Services Systems'라는 거버넌스 조직을 직접 보고 와서 많은 인사이트를 얻었었거든요.

민정엽 눈에 어깨를 움츠리고 얇은 담배를 물고 있는 윤 센터장 모습이 괜스레 쓸쓸해 보인다.

— 센터장님 드론 날리세요? 아까 방에 코일을 감다가 만 작은 비행체가 많이 있던데.

— 그냥 취미로…, 내가 원래 공대 전자공학과에 가고 싶었는데, 집안에 의사 하나 있으면 좋겠다고 해서 의대에 간 거라…. 드론 모터와 컨트롤러 만지작대는 재미가 솔찬히 있어요. 그렇게 생명을 불어넣어서 개네들을 하늘로 날려 보내면 마음이 뻥 뚫리는 거 같아서요. 먼 데로 날아다니다가 그냥 안 돌아와 줘도 좋고. 생각만 해도 설레네요.

— 제 친한 동생이 방산업체 드론 사업 본부장인데, 회사가 자폭 드론 시험비행장을 가지고 있대요. 저랑 가보실래요?

— 자폭 드론이요?

— 네, 강원도 영월에 드론특별구역이 있어서 운영한다고….

— 영월이요? 내가 전공의 때 영월의료원에서 근무했었는데 너무 아름다운 곳이에요. 다시 한번 가보고 싶네요.

센터장이 기대에 찬 눈으로 민정엽을 본다.

― 네, 그럼요. 저도 영월엔 아직 가본 적 없는데, 잘됐네요. 같이 가셔서 마음껏 날리시죠. 센터장님.

― 꼭 그렇게 해요. 민 박사. 고마워요. 그리고 내 방문은 항상 열려 있으니 언제라도 노크 없이 찾아와 줘요.

― 알겠습니다. 내일 TF 4차 회의 다음 날 토요일 영월 출발 어떠세요?

― 그래요. 아침 일찍 가자고요. 설 연휴라 중앙응급의료상황실에서 24시간 모니터링하면서 재난의료 핫라인 비상근무라서….

둘은 이후로도 개인적으로도 자주 만나 서로의 거버넌스에 대한 정보와 의지를 나누는 자리를 자주 가지기로 한다.

타이레놀

2019년 2월 1일 금요일. TF 4차 전체회의.

윤도한 센터장이 마이크를 잡았다.

─ 우리 TF의 이번 프로젝트가 전국으로 확산되어 지역 내에서 최종 치료까지 가능한 지역완결형 응급·필수 의료체계가 구축되면, 지역 의과대학이 힘을 받아 지방 의료의 고립과 공동화空洞化에서 비롯된 'BIG 5'를 위시한 수도권 병원 쏠림현상, 'KTX 석션 suction'과 '상경 치료'란 말은 사라지게 될 겁니다.

그렇게 되면 지역 중심의 중증·응급, 소아·청소년, 산부인과의 의료 공백이 채워져 '응급실 뺑뺑이', '소아과 오픈런'은 자연스럽게 해소될 수 있습니다.

윤 센터장이 다시 한번 의지를 다진다.

─ 중증외상치료체계를 포함한 응급의료 체계 클래스를 선진국 대열로 격상시킬 국가적 숙원사업에 저는 제 인생 전부를 걸었습니다. 저희 TF가 대한민국 응급의료의 기본 모델을 반드시 만들어내야만 합니다.

센터장 기조발언 뒤 각 분과별 발표가 끝난다.

마지막 섹션으로 민정엽이 '한국형 응급의료 체계 리폼 reform 전망'과 그간의 선진 7개국을 파고든 해외 사례 연구 중, 윤도한 센터장이 벤치마킹 모델로 제시한 한국형 응급의료 거버넌스에 최적의 케이스인 미국 메릴랜드주의 거버넌스 조직에 관해 브리핑한다.

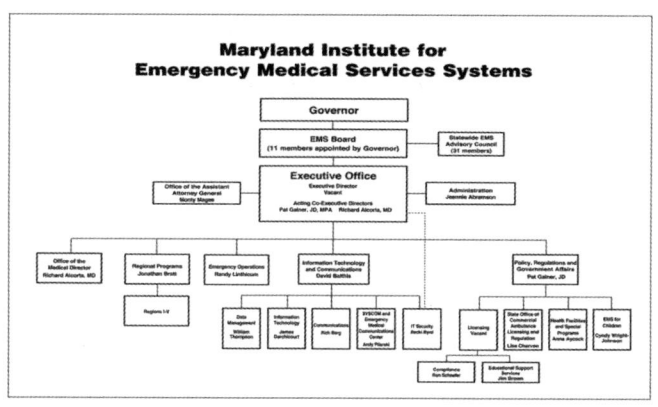

― 미국 메릴랜드의 응급의료관리원MIEMSS의 조직도를 보시면 1970년대부터 독립된 주정부 기구로 응급의료를 전담하는 컨트롤타워 역할을 해 오고 있습니다. 우리나라의 도지사에 해당하는 주지사가 거버넌스의 거버너Governor로서 수장을 맡고, 실무는 전문 경영인과 의료인 투톱 체재로, 공정하고 투명한 권한을 가진 서번트 리더십Servant leadership 경영을 지향합니다. 이곳에서는 응급의료기관 질Quality 관리, 응급의료 종사자의 자격과 교육 등 응급의료 사업 전반을 관할하고 있습니다.

발표를 마치고 자리로 돌아온 민정엽 옆에 앉은 이호상 통제관이 작은 목소리로 말을 건다.

― 민 박사는 오늘로 프로젝트 마지막 날이시네. 최종 보고까지 같이 해주면 정말 좋을 텐데. 연휴 때 여기 있으면 연락 줘요. 낮술이나 하게. 난 원주가 집이라 여기 쭉 있으니까.

― 감사합니다, 통제관님. 저 이번 설 연휴 마지막 날까지 보고서 써야 해서 오늘 서울 갔다가 내일 영월 들러…, 4일 날 저녁 어떠세요?

― 그래요. 민 박사.

― 참, 쌍둥이 동생분 AI 미용회사 투자 유치 건은 저한테 꼭 연락달라고 하세요. 제가 대응할게요.

― 현상이네는 H인베스트먼트라는 데서 받을 거 같대. 거기 대표가 나이스했다고…, 민 박사 잊지 않고 신경 써 줘서 고마워.

― …….

4차 전체회의가 모두의 협조적인 분위기 속에서 화기애애하게 마쳐진다.

회의 마지막에 외상체계관제팀 나선혜 주임이 설 연휴 지나서 '닥터헬기 vs 풍선' 데시벨을 비교하는 <생명의 소리 캠페인>이 언론에 보도된다는 아나운스를 한다. 헬기가 인계점을 확보하려면 시민들의 동의가 필요한데, 115db데시벨 정도 되는 이착륙 소리를 소음이 아닌 사람을 살리는 소리로 인식시키는 캠페인이다. TF 연구원 모두에게 고무적인 소식이었다.

회의를 마치고 서울로 올라가기 전에 연구원들 전원과 한 명 한 명 인사를 나눈 윤도한 센터장이 민정엽에게 다가온다.

― 민 박사, 연구소 가서 얘기 좀 나누고 싶은데… 아, 혹시 어디서 타이레놀 좀 구할 수 있을까? 이놈의 머리가 또 지끈거리기 시작하네. 내일부터 설날 연휴라 약국 문들이 닫혀 있을 거 같아서.

*

민정엽을 따라 거버넌스 연구소로 올라온 윤도한 센터장이 박지혜 전공의가 내어준 타이레놀과 물을 받는다.

8. 마못테(まもって, 날 지켜줘)

민정엽이 커피믹스 스틱을 들어 보인다.

— 센터장님 쓴 약 드시고 달달한 믹스커피 한 잔 맛있게 타 드릴까요?

윤 센터장이 눈짓으로 OK 사인을 보내는데,

— 어! 센터장님 코에서 피가….

— 이런!

윤 센터장이 손등으로 쏟아 내리는 코피를 급하게 훔치다 회색 패딩 점퍼에 피가 흥건히 묻는다. 창피한 나머지 고개를 뒤로 젖혀 흘러나오는 코피를 코로 급하게 억지로 빨아들여 마셔 보지만 줄줄 새는 피에 당황해 어쩔 줄을 몰라 한다.

응급실 간호사 출신 이주현이 재빨리 수건을 가져와 센터장의 코피를 능숙하게 처치한다. 이주현이 피 묻은 수건을 둘둘 말아 들고 밖으로 나가 탕비실로 향한다.

작은 소란이 끝나고 윤도한 센터장과 민정엽이 티타임을 갖는다. 윤 센터장이 먼저 입을 연다.

— 민 박사도 잘 알듯이 외상 환자가 죽는 이유에 대한 '데스리뷰Death review'에 따르면, 사망자 가운데 골

든타임 안에 이송돼 적절한 치료를 받으면 살릴 수 있는 환자의 비율은 30.5%로 외상 환자 10명 중 3명은 골든타임이 지났기 때문에 생명을 잃네.

― 네, 그렇죠.

― 응급구조사들이 환자를 이송하면서 한 손엔 핸드폰 들고 응급처치를 하는 물리적 한계를 극복하고, '심리스seamless'라는 단절 없는 응급의료 전달 체계를 위해선 앞으로 AI를 활용한 골든타임 내에 치료 가능한 병원으로의 '전원'이 필요한데….

― 인공지능 말씀이시죠?

― 응, AI와 연동된 응급의료 거버넌스 구축 말이야. 접보接報 단계에서부터 기록되는 119구급활동일지와 병원정보시스템 그리고 내가 만든 'NEDIS국가응급의료진료전보망'의 귀납적 데이터에 국가중앙응급센터의 방대한 응급의료 매뉴얼을 빅데이터로 장착하는 거지. 이 AI 거버넌스와 5G를 통해 최적의 병원과 최적의 이송 경로를 잡아내 응급실 뺑뺑이를 불식시킬 수 있어.

― 맞습니다.

― 하지만 응급실 뺑뺑이는 자기 안심과 자위를 위해

응급실 과밀화를 만드는 환자들 책임도 분명 있어. 응급실다운 응급실로 거듭나려면 중증과 응급도에 따른 분류가 전제인데, 외래 문턱이 높으니 응급실을 백도어, 개구멍으로 이용하는 일부 환자로 대형 응급실이 꽉 차 있는 거야.

— 그렇죠.

— 이 '트리아지Triage, 중증도 분류'에도 AI가 큰 몫을 해낼 수 있다네. 의사 수가 모자라면 AI든, 응급구조사 업무 범위 확대든 PA Physician Assistant, 진료지원 간호사 법제화든, 어떤 보완제를 써서라도 죽어가는 환자를 살려야 하니까. 흠…, 도대체 우리나라에 의사 수가 많다는 걸 의사 말고 누가 동의할까? 환자를 살리는 그 자리가 의사의 자리인데…. 나는 이번 연휴 지나면 아무래도 센터장 자리에서 내려와 현장 일에 집중하려고 하네. 이번에만 네 번째 쓰는 사직서인데, 이번엔 꼭 좀 수리를 해줘야 할 텐데….

센터장의 눈이 결연하다.

— 민 박사, 우리 의사들이 하는 히포크라테스 선서에 이런 말이 있다네. '나의 환자의 건강과 생명을 첫째로

생각하겠노라.'

민정엽과 담소를 마치고 자리를 일어서는 센터장이 같이 온 나선혜 주임과 '중앙' 소속 연구원들이 식사할 근처 국물 맛집을 묻는다.

민정엽과 박지혜가 서로를 쳐다보며 멋쩍어한다.

― 잘 모르시네. 다들 너무 일만 하는 거 아니에요?

탕비실에서 피 묻은 수건을 빨고 연구소에 들어온 강원도 토박이 이주현이 원주시장 안에 있는 「원주 추어탕」을 추천한다.

연구소 앞에서 자신을 배웅하는 민정엽에게 윤 센터장이 미소 지어 보인다.

― 민 박사, 내일 아침 7시에 내 방에서 믹스커피 한잔 하고 드론 날리러 출발하지. 차 안에서 사람 살릴 AI랑 <마못테> 얘기도 더 하고.

영월, 드론 시험비행장

2019년 2월 2일 토요일 12시 30분.

강원도 영월의 '대화에어로스페이스' 관계사인 'BF에어로스페이스'의 자폭 드론 시험비행장.

전국 최대 드론 비행공역 Airspace 을 보유하고 있다.

관제탑이 보이는 X7 격납고 앞.

김 팀장이 운전해 온 카니발에서 민정엽과 윤도한 센터장이 고이 모시고 온 십수 대에 달하는 드론을 내린다.

― 센터장님 이게 전부 몇 대에요? 한 20대는 되겠는데요?

― 응, 18대. 내가 센터에 들어온 지 18년째라 한 대씩 만들어뒀던 드론을 죄다 가져왔어.

격납고에서 나오는 명 대령이 민정엽과 윤도한 센터장을 반갑게 맞는다.

― 형님 오셨어요? 윤도한 센터장님이시죠? 말씀 많이 들었습니다. 이곳 책임자 명철민이라고 합니다.

윤 센터장이 명 대령이 건넨 명함의 직책을 보고는 인사를 건넨다.

― 명철민 대표이사님? 반갑습니다.

― 대표 말고 그냥 명 대령이라고 불러주세요.

명 대령의 새 명함을 받아 확인한 민정엽이 묻는다.

― 대표이사? 뭐야? 회사 차렸어?

― 아니에요. 살상용 자폭 드론 취급하는 조직이라 보는 눈들도 많고, 무기체계 카르텔Cartel에 들어가야 해서 모양만 물적 분할한 거예요. 저희 회사 대화大火 그룹의 큰 '大대', 불 '火화'를 영어로 한 'Big Fire'의 대문자 BF를 따서 'BF에어로스페이스'로 한 거죠.

― 금융도 우리들만의 리그지만, 방산 그쪽 동네도 참 복잡다단하네.

셋은 한국형 험비 'KLTV'에 드론을 싣고 활주로로 향한다. 명 대령이 망원경으로 주위를 확인하고는 비행 순서를 설명한다.

― 여기 3개 활주로 중에서 1번 활주로에서 하는 폭격 훈련 끝나면, 2번 활주로에서 저희 차례입니다.

― 명 대령님, 저 끝에 있는 것도 자폭 드론인가요? 1m하고, 2m는 족히 넘겠는데, 크기가 두 종류네요?

3번 활주로에서 스탠바이 중인, 탁한 회색의 신기한 비행체들을 처음 본 윤 센터장의 호기심이 동한다.

― 아니요. 저건 민수民需 쪽 UAM Urban Air Mobility,

도심항공교통이 군수로 넘어온 작품이에요. 정보사 HID '항공역학 전술팀'이랑 해병대 특수수색대, 드작사드론작전사령부에서 쓰는 건데, 스텔스 기능 갖추고 물자를 운반할 수 있는 전술 보급 드론이에요. 작은 건 자子드론으로 20kg까지 실어나르고, 큰 건 모母드론으로 자드론 2대를 안에 탑재해 비행할 수 있어요.

상황 발생 시 적 상공에 떠서 체공滯空하다가 GPS Global Positioning System와 AI풍속계로 계산해 오차 범위 5~10m 내에서 보급품을 낙하시키기 때문에 원점 타격을 예방할 수 있는 게 특징이죠. 같은 자폭 드론이라도 완전 자폭용처럼 폭격 자산이 아니라 수송용 전략 자산이에요.

― 그래서 자폭 드론 시험비행장에 있는 거군요.

― 네, 전술 보급 드론은 적 공격으로 유실률이 높아서, 아예 복귀를 상정하지 않는 1회성 소모용이라서요.

― 적 상공에 체공이면, 저건 삼각 측량에도 안 걸리겠네?

― 오? 그걸 형님이 어떻게 알고 있어요?

― 나 26사단 벙커에서 복무한 포병 FDC Fire Direction Center, 작전병과 출신 병장이야. 스텔스 기능 장착이면 레

이더에 안 잡히는 거지? 엄청 비싸겠네.

포병 병장 출신인 민정엽도 궁금해져 이것저것 묻는다.

― 아니요, 형님. 요즘엔 '사슴표'에서 나온 스텔스 전용 도료만 칠하면 돼서 그렇게 비싸진 않아요. 해리포터 투명 망토처럼 말이죠.

윤 센터장의 눈이 반짝인다,

― 저런 건 산불 진압할 때 쓰면 좋겠네요. 소방관들이 무거운 방화복 입고 산소통 11kg에 40kg 넘는 특수 소화 장비까지 짊어지면 70kg 정도 되는 무게인데, 그렇게 하고 산을 타서 불 끄려면 올라가다가 체력이 다 고갈되거든요.

― 정말 그렇겠네요. 센터장님.

― 드론들이 하늘을 가르는 소리가 언젠가는 수많은 생명을 살리는 신호가 될 수도 있겠어요. 민 박사님. 저 보급 드론을 사람이 접근 불가능한 지대에서 쓰는 적용 매뉴얼을 저희 TF에서 검토해 보죠. 4월 2차 중간보고회 때 발표할 수 있도록 3월 말까지는 파일럿 버전 매뉴얼을 저한테 직보해 주세요.

― 네! 알겠습니다. 센터장님.

*

 1번 활주로의 훈련이 끝나고, 신호등형 LED 전광판에 윤 센터장 드론 코드로 부여된 「Breeze 18에이틴」 램프에 노란색 대기등이 켜진다.

 ─ 명 대령님. 혹시 제가 가져온 드론들도 자폭이 되나요?

 ─ 그럼요, 센터장님. 간단하죠. 여기가 자폭 드론 전용 시험비행장인데요. 그냥 드론이 배낭 메듯이 감지형 센서 폭발 탄두를 기체 위 앞부분에 장착해서 저기, 저 목표지점에 원웨이One way로 명중시키기만 하면 됩니다.

 ─ 그럼…, 그렇게 부탁해도 될까요?

 ─ 여기 본래 취지가 자폭 드론 시험장이라 얼마든지 가능하죠. 그게 다 저희 회사 테스트 데이터가 되는 건데…, 그런데 센터장님, 목표물을 향해 날아가고부터는 자기 소임 마치고 폭발해 바람처럼 사라져버리는데 괜찮으시겠어요?

 ─ 네, 그걸 원합니다!

 폭발물 탄두를 장착한 18대의 소형 드론이 비행장에

일렬로 도열해 있고, 윤 센터장이 군집 드론 통합 컨트롤러 전원을 켜고 시동을 건다.

'뷰—잉—'

18대의 드론에서 연쇄적으로 모터 돌아가던 굉음이 하나로 통합되자 경쾌한 소리로 바뀐다.

'뷰—— 퓨— 휴—'

드론들이 활주로를 도약해 목표물을 향해 후회 없이 날아오른다.
바람처럼 자유로운 드론들이 부드러운 물결 곡선을 그리며 저 끝을 향해 가는 걸 지켜보는 윤 센터장의 얼굴이 뭔지 모를 해방의 미소로 충만하다.

'쾅!'
'콰! 광!!'
'콰! 콰! 광!! 광!!'

18대 자폭 드론의 연쇄 폭발과 함께, 낮인데도 환하고 뚜렷한 섬광에 눈이 부신다.

뒤이어 피어오르는 자욱한 하얀 연기 사이로 잘게 쪼개진 잔해와 파편들이 누군가의 생명을 위한 씨앗처럼 바람에 흩날린다.

'바람에 떠나보내는 이 아이들처럼, 나도 바람이 되어 저 커다란 하늘을 불어 다니고 싶네.'

센터장이 지키려 한 바람이, 하늘의 바람이 되어 파랗게 흐르고 있다.

바람과 함께 사라진 18대 드론의 폭발음은 헌신이 산화되는 장송곡이었다.

9. 적과의 동침, 협공과 사수(死守)

나쁜 남자

2019년 2월 2일 토요일 저녁 6시.

어저께 4차 전체회의도 나름 만족스럽게 마쳤고, 오늘은 거버넌스 팀원 모두가 홀가분한 마음으로 맞는 민정엽 송별회다.

영월 드론 시험비행장에서 원주로 막 도착한 민정엽은 그동안의 고생에 자기 보답으로 오늘 가열차게 달릴 요량이다. 주말이라 김 팀장도 서울로 올려보냈다.

김 팀장은 송별회에 이주현이 나올 거라는 생각에 내심 동참하고 싶어했지만…, 어쩔 수 없다.

민정엽, 이주현, 곽영찬, 박지혜, 김진학 다섯 명은 병원 근처에서 닭갈비로 거나하게 1차를 마치고 2차로 치맥을 하기로 한다.

　심선홍 교수에게서 전화가 걸려온다.

　"정엽아, 어디냐? 1차를 너희 팀원들하고 했으면, 2차 기다리는 우리 생각도 좀 해줘야지!"

　민정엽 일행이 2차로 간 원주고속버스터미널 쪽에 있는 「뉴욕 어시장」으로 심선홍 교수와 DMAT재난의료지원팀 팀원들이 합류한다.

　"민 박사님 송별회에 저희가 당연히 와야죠!"

*

　심선홍 팀까지 합류한 송별회 일행은 3차 가라오케로 향한다.

　— 지혜 샘. 오늘 피곤해서 일찍 들어가 보셔야 될 거 같은데 가라오케 괜찮으시겠어요?

　— 주현 샘, 챙겨줘서 고마워요. 연휴인데. 뭘요~.

　일행들과 룸 안쪽에 자리를 잡은 술 취한 박지혜가 비

몽사몽간에 정신력으로 버티고 있다.

이주현이 중간에 여자 화장실로 들어간다. 끼 부리며 노래할 땐 풀메이컵에, 풀세팅한 몸매가 적나라하게 드러나야 하는 옷매무새를 손봐야 하니까.

헤어컬러와 같은 색깔의 브라운 컬러렌즈를 장착하고는, 쪼매 묶여 있던 갈색 긴 머리를 풀어 헤쳐 머리를 흔들어 풍성하게 후까시ふかし를 살리고는 컬링 스프레이를 뿌린다. 동글이 안경은 벗고 원피스 어깨끈 한쪽을 느슨하게 내린다.

*

밤 11시, 가라오케 앞에 모두가 얼큰하게 취해 있다.

1층 안경집 난간에 걸터앉아 「색맹 전문」이라고 적힌 안경점 광고용 스탠드 배너를 뚫어져라 쳐다보던 박지혜가 혼잣말을 한다.

"와…, 요즘은 안경점에서 생맥을 전문으로 다 파네!"

꽐라된 민정엽을 제외한 남자들은 4차로 짱깨 내기를 하겠다며 어깨동무를 하고 건너편 건물 3층 당구장으로 걸어 올라간다.

이주현이 민정엽에게 팔짱을 끼며 묻는다.

"박사님 괜찮으세요? 에쿠쿠, 술을 많이도 드셨네요. 인터불고 호텔에 머무신다고요? 김 팀장님도 안 계신데 대리기사님 불러 제 차로 모실게요. 민 박사님 3대가 덕을 쌓으셔서 오늘 아주 복이 오지게 터지셨네. 풋!"

대리기사가 흰색 '모닝morning' 경차를 주차장에서 빼 오자 이주현이 민정엽을 부축해 차 뒷좌석에 같이 오르려 한다.

화장실에 다녀온 박지혜가 이 장면을 포착하자마자 다급하게 이주현의 차 앞문을 '휙' 하니 열고 대리기사 옆 조수석에 털썩 주저앉는다.

"저도 같이 갈래요. 제 숙소가 주현 샘네 아파트 바로 옆 동이잖아요."

박지혜까지 네 명을 태운 좁디좁은 하얀색 모닝이 힘겹게 출발한다.

앞 좌석에 앉은 박지혜 핸드백에 불룩 튀어나와 있는 검은색 막대기를 본 이주현.

― 지혜 샘, 가방 안에 그거 뭐예요? 아까 가라오케 마

이크 아니에요?

― …….

호텔에 거의 도착할 즈음 잠에서 깬 박지혜가 뒷좌석에 앉은 민정엽을 돌아보고 삿대질을 해대며 갑자기 쏘아붙인다.

― 히힛, 우리 민 박사님은 역시 나 쁜 남 차 맞으시네!

이주현이 놀라서 묻는다.

― 지혜 샘 무슨 말이에요? 둘이 벌써 무슨 일 있었어요?

― 왠지 안 착 하시겠다고요…!

잠깐 잠이 들었다 깬 민정엽이 묻는다.

― 지현 샘이 많이 취하셨네, 제가 착한지 안 착한지 어떻게 알아요?

― 안 착하다는 게 아니라, 안착하신다고요―, 안착安着! 박지혜한테 안착한다는….

― ….

― …….

'헤롱'

*

 차가 호텔에 도착해 취한 이주현과 더 취한 박지혜의 부축을 받은 민정엽이 옷 입은 채로 방 침대에 던져진다.

 호텔 방에서 절대 나가지 않는 두 여인은 스위트룸 진열장과 냉장고의 술을 전멸시켜 가며, 아침 동이 틀 때까지 서로의 간을 본, 목숨을 건 진실 게임을 한다.

 다음 날 인터불고 호텔 민정엽 방 거실에서 이주현과 박지혜가 같이 깨어난다.

 씻지도 않은 채로 부스스한 셋은 해장을 하러 이주현의 안내로 원주시장 「할매칼국수집」으로 향한다.

*

 박지혜는 이미 다 마셔 마른 물컵에 입을 몇 번째 가져다 대고 있는지 모른다. 이주현은 자기 접시에 올려놓은 김치를 젓가락으로 분쇄하듯 갈갈이 찢고 있다.

 민정엽은 폰멍을 때리고….

 칼국수를 흡입하는 동안 세 명 모두 아무런 말이 없

다. 뻘쭘한 분위기를 타파하려 민정엽이 무리하게 마무리 멘트를 한다.

"와, 정신없이 맛있게 먹었네. 가영이가 말한 칼국수집이 여기였구나. 다음에 한 번 데리고 와야겠어."

'가영, 어디서 들어 봤는데…?'

'가영…, 가영?'

두 여자가 기억을 더듬는다.

'치릿!'

'치리릿!'

여인들의 희멀겋던 눈빛이 갑자기 살기를 뿜어낸다.

협공

2019년 2월 3일 명절 연휴 오후 5시.

아침에 「할매칼국수집」에서 바로 거버넌스 연구소에 나와 있는 푸석한 이주현과 박지혜. 롱패딩을 꽁꽁 싸잡아 매고 삼각김밥을 먹으며 민정엽이 시뮬레이션별로 작성을 마친 「보급드론_재난매뉴얼_파일럿ver_tf_190203」 파일을 정리하고 있다.

민정엽은 연구실로 찾아온 심선홍 교수와 구내식당으로 이른 저녁을 먹으러 방금 나갔다.

— 어휴, 중앙난방을 아직도 안 고쳤나 보네. 너무 춥다.

— 그러게요. 주현 샘, 60년 된 건물은 그렇다 쳐도, 앞에 「민들레센터」는 온풍기에 가습기도 빵빵해 직원들이 반팔 입고 일하고, 뜨거운 물 나오는 탕비실도 센터 안에 있던데, 왜 같은 복지부인데 이렇게 차이가 나죠?

— 지현 샘, 거긴 가행부에요. 가족행복부.

이주현이 멤버로 들어가 있는 응급실 간호사 단체카톡방에 사파이어 화이트컬러 마세라티 SUV를 탄 연예인급 여성이 연휴에 세브란스기독병원에 떴다는 톡이 올라와 있다. 누군지 아는 사람 있냐며.

그때,

'똑똑'

누군가 노크를 하고 연구소 문을 연다.

─ 여기, 민정엽 박사님 연구실 맞죠? 바쁘신지 전화를 안 받으셔서….

무언가 압도적인… 포스를 풍기는 세련된 도시녀 출현에 이주현과 박지혜의 입이 자동반사적으로 벌어진다.

'굵게 웨이브 진 긴 머리에 은은하게 기분 좋은 향까지…, 전신 룩을 볼 필요도 없다. 마세라티 SUV 그녀임에 틀림없다.'

전쟁 상황. 연구소에 잠시 침묵이 흐른다.

이주현이 정신을 가다듬고 말한다.

─ 아직 안 나오셨는데요. 오늘 나오실지도 모르겠고, 메모 남겨두시면 전달해 드릴게요.

거짓말. 긴장한 나머지 누군지 묻지도 않는다.

─ 그럼 제가 오빠한테 톡으로 남겨둘게요. 수고하세요~.

'오빠?'

'오빠라고?'

충격받은 두 여자를 남겨둔 채, 도시 세련녀가 도도한 미소를 흘리며 연구소에서 나간다.

그녀의 엘레강스한 잔향이 연구소를 감아 안는다. 멍한 두 시선이 말없이 문 쪽에 머물러 있다. 숨을 삼키는 적막이 몇 초 흐른 뒤, 정신을 차린 박지혜가 잽싸게 민정엽이 책상 위에 두고 간 충전 중인 핸드폰을 확인한다.

비번이 걸려 있다.

박지혜 뒤를 따라 민정엽 자리로 쏜살같이 간 이주현이 마우스를 패드에 어지간히 부벼가며 무차별 클릭질을 해댄다. 다행히 모니터가 아직 안 잠겨 카톡창이 떴다. 아까 연구소에 온 웨이브 긴머리 도시 세련녀 프사 밑에 그녀의 이름이 적혀 있다.

「Son Ga Young」

이주현과 박지혜가 속으로 중얼거린다.

'손가영?… 어디서 들어본 거 같긴 한데…'

'어디서 봤더라? 엘레강스한 그 얼굴…, 분명히… 샤롯, 샤롯밸리?'

둘의 비명이 동시에 터진다.

— 맞다! 보리굴비!!

연구소의 두 여자에게 손가영은 이미 샤롯밸리에서 TF 남정네 모두를 흔들어놓은 여걸이었다.
이때, 카톡 진동이 울린다.

「오빠 나 왔어」
'뭐? 또 오빠?'
'오빠라고? 이런 미친!!'

곧,
「오빠 일하는 연구실에 왔다니까? 나 오늘 여기서 자고 내일 같이 서울 올라갈까 하고 내려왔지」
'자? 잔다고?'
'자긴 어딜 자? 어디서 자? 누구랑 자?'

한참 뒤.
「오빠? 왜 읽씹?」
그리고 또,
「어제 오빠 생각만 했어 나 여기까지 갑자기 오게 만든 건 오빠야」

― 지랄!

이주현은 자신도 모르게 입에서 나오는 찰진 욕과 함께 지랄녀에게 대답을 적는다.

「바쁨」
바로 답장이 온다.
「그럼 나 서울 돌아갈까?」
연달아,
「오빠 이번이 나 잡을 마지막 기회야」

이번엔 옆에서 지켜보던 박지혜가 이주현 앞의 키보드를 뺏어 '다다닥' 답장을 쓴다.
「개바쁨」
바로 답이 온다.
「정말?」
0.1초 만에 박지혜가 즉답을 보낸다.
「개빡치게 바쁨」

드디어,

「내가 오버했네 그럼 안녕」

'클릭', '클릭', '클릭'
열나게 삭제.
'클릭'

이주현이 PC에 뜬 방금 전의 카톡들을 모조리 지운다.

식사를 마치고 돌아온 민정엽이 충전기에서 핸드폰을 집는 순간.

— 민 박사님 '나라장터국가 전자조달시스템' 결제 확인하게 폰 좀 줘 보실래요?

— 어, 그래요.

민정엽이 지문으로 핸드폰 비번을 풀어 무심히 이주현에게 건넨다. 박지혜가 몸을 가려 민정엽의 시야가 핸드폰과 사각지대에 놓이게 한다. 이주현이 민정엽의 카톡에서 도시 세련녀의 구애 메시지와 자신들의 증거를 싸그리 지운다.

핸드폰을 돌려받은 민정엽이 폰을 아무 생각 없이 주머니에 넣는다. 방금 전 연구소에서 어떤 전쟁 상황이 있었는지 짐작조차 하지 못한 채.

연구소의 여자 둘이 소곤거린다.
"샘, 오늘 일은 우리 무덤까지 들고 가자고요!"

그리고 숨죽이는 두 여인. 디지털 완전 범죄 듀오.

10. 마취제로 암을 고칠 수는 없다!

천 개의 바람(千の風)

2019년 2월 6일 아침 8시.

연휴 마지막 날 거버넌스 연구소가 분주하다.

김 팀장과 이주현이 민정엽의 짐을 챙기고 있다. 김 팀장이 아쉬워한다. 연구소를 떠나서가 아닌, 이주현을 볼 수 없게 됐다는 생각에.

심선홍 교수가 연구소로 황급히 들어온다. 어제 당직을 섰는지 초췌하다.

— 민 박사, 민 박사 어딨죠?

— 호텔 체크아웃하고 출발하셨다니 곧 나오실 겁니다.

김 팀장이 답한다.

심선홍 교수가 민정엽에게 다급히 전화를 한다.

― 연락받았어? 윤 센터장님이 돌아가셨대!

― …….

민정엽, 접수가 안 되는 상황.

영월에서 18개의 드론을 날려 보냈던 그때가 민정엽과 윤도한 센터장의 마지막이었다.

TF는 앞으로 있을 영결식과 연구원들이 받은 충격을 감안해, 각자 추모 기간을 가지고 다음 주 TF를 재가동하기로 한다. 하지만 그날 이후, TF의 공기 속엔 하나의 물음이 떠다니게 된다.

'우린 윤 센터장님 없이 이 프로젝트를 무사히 끝낼 수 있을까? 그가 보던 것까지 우리가 볼 수 있을까?'

*

2019년 2월 6일 설 연휴.

윤도한 국가중앙응급센터장은 국가중앙의료원 자신

의 집무실에서 바퀴가 안 돌아가는 낡은 의자에 앉아 책상 위에 놓인 TF의 거버넌스 조직도를 보다가 숨진 채 발견된다. 사망한 지 이틀째였다.

달랑 허연 반팔 러닝셔츠 한 장 걸치고 고개를 오른쪽으로 떨군 채 창백한 얼굴에 코에서 흘러내린 굳어진 선혈이 주위에 낭자한데, 양팔은 영육을 버티려 했던지 삐걱이는 의자 팔걸이를 단단하게 부여잡고 있었다.

센터장은 연휴 마치자마자 국회 보건복지위원회에 제출할 TF 보고서와 함께, 그때까지도 꽉 막혀 있던 응급·외상체계 구축 개선안 서류들을 끝까지 부여잡다가 같이 가지고 간 것이다. 국립과학수사연구소는 관상동맥경화에 따른 심정지 업무상 과로사로 판단했다.

근로복지공단은 그가 타계 전 마지막 일주일 동안에 129시간 30분을 주야간으로 근무했다고 밝혔다. 하루 19시간, 일주일에 6.5일 일한 것이다.

윤 센터장은 3개월째 휴가를 쓰지 않고 있었다.

*

2019년 2월 10일 일요일 오전 9시, 국가중앙의료원 연구동 9층 대강당.

영결식장에 '천 개의 바람이 되어 千の風になって' 노래가 조용히 흐른다.

제 무덤 앞에서 울지 말아 주세요. 거기에 전 없답니다.
전 잠들어 있거나 하지 않아요.
천 개의 바람으로, 천 개의 바람이 되어
저 커다란 하늘을 불어 다녀요.

가을엔 빛이 되어 밭을 내리쬐고,
겨울엔 다이아몬드처럼 반짝이는 눈이 될 거예요.
아침엔 종달새가 되어 당신을 깨울 거예요.
밤엔 별이 되어 당신을 지킬 겁니다.

제 무덤 앞에서 울지 말아 주세요. 거기에 전 없답니다.
전 죽어 있거나 하지 않아요.
천 개의 바람으로, 천 개의 바람이 되어
저 커다란 하늘을 불어 다녀요.

저 커다란 하늘을 불어 다녀요.

    이국현 교수가 윤도한 센터장의 영결식에서 추도사를 한다.

    ― 제가 죽는 날, 관 속에 가지고 갈 것은 그동안 치료한 환자의 명부뿐이라는 신념에 힘을 불어넣은 윤 센터장님은 제게, "민간 영역에서 국현이 칼춤 쳐주며 방패가 되어 외상의 불씨를 살려주니, 내가 국회의원회관이랑 복지부, 기재부를 뛰어다닐 수 있어서 항상 고마워"란 말로 저를 격려해 주시던 분입니다.

그는 한평생 중증외상치료체계를 포함한 우리 대한민국의 응급의료 체계 선진화만을 위해서 살아왔습니다. 센터장님은 응급의료라는 병든 지구를 떠받치다 지친, 그리스 신화 속 거인 '아틀라스'였습니다.

그의 유일한 취미는 자신이 직접 만든 모터를 구동장치로 한 드론들을 자신의 집무실 앞마당에서 하늘 위로 날리는 것이었습니다. 그런 그가 이제 바람이 되어 저 넓은 하늘을 자유롭게 불어 다니게 되었습니다.

저는 하늘에 띄워 환자를 살리기 위해 날아가는 닥터헬

기 기체 표면에 윤도한 센터장님의 이름과 함께 콜사인_{무선호출부호} '아틀라스ATLAS'를 크게 박아 넣을 겁니다. 생명이 꺼져가는 환자를 싣고 돌아오는 비행에서 분명 그는 저희들의 떨리는 손을 잡아 줄 것입니다.

이국현 교수가 침통해하며, 흐느끼는 식장의 사람들을 둘러보고는 어렵게 추도사를 이어간다.
― 한반도 전체를 들어 올려 거꾸로 흔들어 털어 보아도, 윤 센터장님같이 이런 말도 안 되는 상황을 두려움 없이 헤쳐나갈 수 있는 사람은 없었습니다.
대한민국 응급의료와 필수의료를 지키던 마지막 보루가 사라진 지금 마음이 너무 헛헛하다 못해 어깻죽지가 떨어져 나간 것 같습니다.
…윤 센터장님의 유지를 받들어 그의 가장 큰 염원이었던 지역 특화형 외상체계 구축을 간절히 기원하며 이상으로 추도사를 마칠까 합니다.

이어 윤희정 국가중앙응급센터장 직무대행이 추도문을 읽는다.

― 윤 센터장님의 마지막 프로젝트는 지금 진행하고 있는 범정부 TF 사업인 '지역완결형 응급·외상체계'였습니다. 병원 하나만으로는 환자를 살릴 신속하고 정확한 응급의료 체계를 만들 수 없기에 센터장님은 의료기관과 소방기관, 지자체가 협업하는 완벽한 거버넌스를 꿈꾸셨습니다.

생전 해내야 할 것은 지역에서 발생하는 응급환자를 해당 지역 안에서 수용하고 최종 치료를 완료해 살릴 수 있는 시스템이라며, 지역의료의 붕괴는 지방 소멸의 가장 큰 원인이자 결과라는….

영결식에 모인 국가중앙응급센터 임직원과 TF 연구원 전원은 애통해 고개만 떨구고 있을 뿐이다.

영결식에 참석한 TF 관계자들이 커피 브레이크를 갖기로 해 민정엽이 식장을 나가려는 그때,

― 민정엽 박사님?

이국현 교수가 말을 건다.

― 아, 예. 안녕하세요.

― 앞 좌석에 앉으셨을 때 명패 보고 알았습니다. 윤

센터장님께 말씀 많이 들었어요.

― 별말씀을요. 제가 부족해 거버넌스 설계를 완전하게 만들지 못하고 떠나게 되었는데요.

― 아니, 그래도 센터장님이 엄청 든든해 하셨어요. 민 박사님 하시는 데까지만이라도 최대한 능력을 발휘해 주세요. 어떠한 난관이 있더라도 박사님 같으신 분이 앞뒤 보지 말고 대차게 치고 나가 주셔야 대한민국 응급의료 체계에 일말의 변화가 생기기 시작합니다. 꼭 좀 부탁드립니다.

― 예, 교수님. 명심하겠습니다. 응원 감사합니다.

화이트보드의 비밀_바람의 유언

국가중앙의료원 후문에 있는 「뚜레쥬르」 매장 안쪽의 넓은 미팅룸에 민정엽, 심선홍 교수, 박지혜 전공의, 이주현 연구원과 건너편에 국가중앙응급센터 소속 윤희정 직무대행과 나선혜 주임, 외상체계관제팀 소속 연구원들이 따뜻한 커피를 사이에 두고 서로를 마주하고 앉아 있다.

심선홍 교수가 TF 단체카톡방에 올라온 윤 센터장 집무실에서 발견된 유품과 주변 사진들을 멍하니 쳐다보고 있다. 얼기설기 엮어 어수룩하게 만들어진 간이침대, 책상 위의 놓인 TF의 거버넌스 조직도와 응급의료 체계 현안 자료들, 마지막까지 치열한 회의 내용을 적은 화이트보드.

심선홍 교수가 손가락으로 화면을 크게 해 무언가를 유심히 들여다본다.
― 어? 민 박사, 단톡방에 올라온 이거 좀 봐. 그때 나한테 보여주고 윤 센터장님께 들고 간 보고서 내용 아냐?
윤희정 대행이 고개를 내밀며 묻는다.
― 무슨 보고서요?
심선홍 교수가 화면을 민정엽과 윤 대행에게 번갈아 보여 준다.
사진에 찍힌 화이트보드에는 민정엽이 일본 <마못테まもって 네트워크> 응급예보를 분석해 윤 센터장과 보고회의를 한, '사례조사위원회'의 '전원조정방안'과 '30ea 사례지표Case index', '체계구축Implementation'과 로우데이터Raw

data에서 추출한 '4등급 지표' 내용이 그대로 적혀 있었다.

중앙에는 판서板書로, 윤 센터장이 민정엽에게 말했던 '2018~2022년 응급의료 기본계획', '조직 민원', '여건', '조직의 한계', '단계적 추진', '서초구 원지동 이전'이라고 쓰여 있다. 그리고 화이트보드 한쪽에 흐릿하게 남아 있는 '사람이 사람을 살린다'.

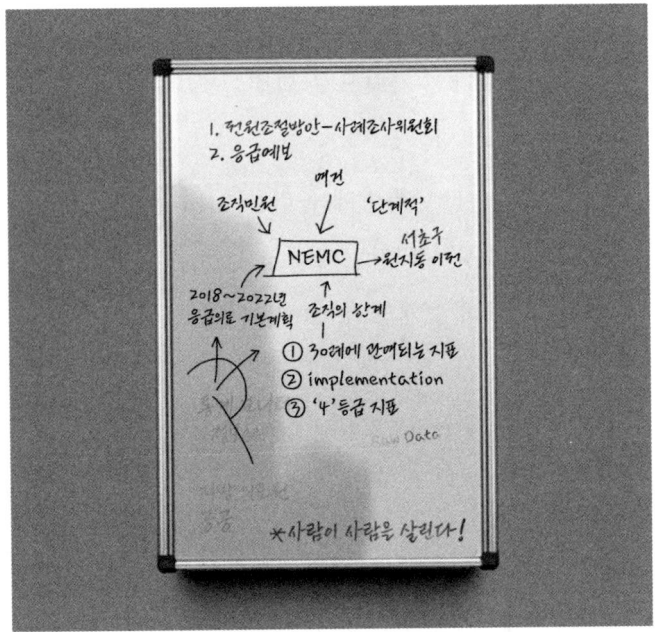

화이트보드의 내용들 모두 민정엽이 국가중앙응급센터 빨간 벽돌집을 찾아간 날, 윤 센터장이 직접 판서해

정리한 것들이었다.

뭉클해진 민정엽.

윤희정 센터장 직무대행이 판서 내용을 뚫어지게 보다가 민정엽에게 고개를 돌려 말한다.

— 이 내용들…, 민 박사님이 센터장님께 보고한 것들이었나요?

— …….

— 민 박사님, 죄송한데 TF 마지막 보고회까지 계셔주시면 안 될까요? 센터장님이 끝까지 안고 가신 이번 프로젝트의 거버넌스 내용을 누구보다 가장 잘 아는 분이시잖아요.

— …….

나선혜 주임이 떨리는 목소리로 말한다.

— 그래요, 박사님. 센터장님이 돌아가시기 전날에도 '민 박사가 끝까지 맡아서 해줬으면 좋겠는데!'라고 제게 말씀하셨어요. 결국엔 직접 못 전하시게 됐지만….

이주현 연구원도 민정엽을 보며 말한다.

— 네, 부탁해요. 박사님. 지금까지 우리가 해 오고, 우리가 제일 잘하는 걸 여기서 멈출 순 없잖아요.

간절한 박지혜.

― 저도 부탁드립니다.

민정엽 옆의 심선홍 교수가 마음속 깊은 곳의 얘기를 민정엽에게 꺼낸다.

― 나는 내 동생이 심장외과 수술을 받고 살아난 걸 계기로, '사람 살리는 게 의사지 않나?'라는 생각에 필수과科를 택했어. 지금 우리는 살아날 수 있는데 안타깝게 죽는 사람들, 그들의 대량 생존율을 높이려고 여기 있는 거야.
민 박사가 보고한 해외 사례와 논문 조사만으로도 응급의료 현장에 큰 도움이 되겠지만…, 아무리 마취제를 잘 만들었다고 해도, 마취제로 암을 고칠 수는 없잖아? 이 말 한마디만 하자. 정엽아, 네가 있어 줘야 끝낼 수 있어! 친구로서 부탁이다.

민정엽은 원현진 의원과 윤도한 센터장, 이국현 교수가 자신에게 했던 말이 상기되면서 생각에 잠긴다.

"*부여받은 재능은 특권이 아닌 사명감, 바로 책임일세!*"

"최종 보고회까지 TF에 계시면서 거버넌스 샘플링한 일본, 미국, 영국에 직접 다녀오셔서 마시코 박사처럼 한국형 거버넌스 모델을 설계해 주시면 더할 나위 없는데…."

"센터장님이 엄청 든든해 하셨어요. 민 박사님 하시는 데까지만이라도 최대한 능력을 발휘해 주세요. 어떠한 난관이 있더라도 박사님 같으신 분이 앞뒤 보지 말고 대차게 치고 나가 주셔야 대한민국 응급의료 체계에 일말의 변화가 생기기 시작합니다. 꼭 좀 부탁드립니다."

민정엽 자신이 지금까지 자신과 충돌하던, 산에서 낙상해 외상을 입고 인계점 혼선으로 닥터헬기가 착륙하지 못해 돌아가신 아버지 죽음에 대한 트라우마.
그렇게 'GIS'와 인계점 관련해서는 쳐다보기도 싫었던 사실과, TF의 거버넌스 체계를 자신이 제일 잘 설계할 줄 알았으면서도 회사 일과 열악한 연구 환경을 핑계로 프로젝트가 끝까지 마무리될 때까지 연구원으로 남아 있기를 의도적으로 피했던 자신이 부끄러울 따름이다.

'아버지, 이번엔… 제가 지켜드릴게요.'

말을 잃은 민정엽이 하얀 눈 내리는 창밖을 바라보며 생각한다.

'마취제로 암을 고칠 순 없다! 윤 센터장님은, 그걸 아셨기에… 고통을 있는 그대로 껴안았던 거다…. 날 깨워줘서 고맙다. 선홍아.'

민정엽에게 죄책감과 통회와 함께 강한 책임감이 밀려온다. 상심을 떨궈내자 긴 고민이 필요 없어진 민정엽.

— 윤 대행님. 닥터헬기 인계점과 연동한 GIS를 결합시키려면 통계 인력이 충원되야 합니다. 통계 전문 연구원을 제가 보강해도 될까요?

윤희정 직무대행이 고개를 크게 끄덕인다.

— 당연하죠, 박사님. 대신에 TF 거버넌스 설계 마무리까지 계셔 주셔야 한다는 조건입니다.

— 그렇게 하겠습니다. 대행님.

그날로 원주로 돌아온 민정엽은 연구실에 자신의 짐을 다시 세팅한다. 행정을 담당하는 이주현이 민정엽 대신 연구원 등록 연기를 신청한다.

11. 리스타트(Re-start)

스카우트

2019년 2월 10일 신촌.

민정엽이 경영대학 일반대학원 연구실 앞에서 기웃거리고 있다.

이를 수상쩍게 본 삼선슬리퍼를 끄는 남학생이 민정엽에게 묻는다.

— 누구세요?

— 아, 어. 여기 졸업생인데, 들어가 보려는데 비번이 걸려 있네요. 우리 땐 이런 거 없었는데.

— 여기는 현역밖에 출입 안 됩니다.

완강하다.

민정엽이 누군가에게 전화를 건다.

― 현석아, 어디냐?

― 형, 오랜만이에요. 만년 박사과정이 어디 있겠어요. 연구실이죠.

― 앞이다. 문 좀 열어봐라. 어떤 싸가지가 빡빡해서리.

'끼릭'

문을 열어준 대학원 후배, 덩치 홍현석을 따라 민정엽이 연구실로 들어간다.

컵라면과 참치캔이 너저분하게 어질러져 있는 구석자리.

― 여기가 네 자리냐? 어…? 이거 내 자리였던 거 같은데?

― 형이 최우수 졸업생이라 기운 받으려고 형 학위 받고 나가자마자 이 자리를 내가 접수했죠.

― 넌 방학인데 왜 데이트 안 하고 학교에서 죽돌이 하고 있냐? '킁킁' …너 씻고는 다니냐? 이 홀애비 냄새

를 어찌할꼬.

― 박사과정이 방학이 어딨어요? 다 해 보셨으면서…, 근데 웬일로?

― 형이 부탁할 얘기가 좀 기니까 나가서 소주나 한잔 하자. 앞에서 기다릴게.

― 뭔 얘기래…, 알았어요. 노트북만 챙겨 갈게요. 형 따라다니던 가영이 누나는 어떻게 지내려나, 아직도 욕을 찰지게 하시나?

민정엽이 연구실을 나가다가 복합기 옆에 걸린 세부 전공별로 MT 가서 찍은 사진액자를 멀끔히 쳐다보다 묻는다.

― 여기 밀양 얼음골 MT 사진에 왜 내가 없지? 나도 분명히 갔었는데….

노트북 케이스를 든 홍현석이 다가오며 말한다.

― 왜 없어요. 제 옆에 야구모자 뒤집어쓰고 뿔테 안경에 수염 난 후드티가 형이잖아요. 그때 얼음골에서 물에 빠진 가영이 누나를 형이 구해 주고 나서 누나가 형 좋다고 졸졸 쫓아다녔는데, 기억 안 나세요?

민정엽이 액자 가까이 다가가 자세히 보니 라섹 수술

받기 전 자신의 모습이 있다.

사진 속 낡은 후드티와 안경 속 자신을 본 민정엽은 말을 잃고 잠시 생각에 잠긴다.

'저 때의 나…, 이젠 지워졌나 했는데. 저게, 내 진짜 모습이었지. 저 때는… 시야가 흐렸어도 세상은 훨씬 더 또렷이 보였는데…'

ㅡ 사진 속 형 야구모자하고 안경, 후드티랑 크록스, 침낭, 라꾸라꾸 침대 다 경영대 지하 창고에 그대로 있어요. 왜 두고 갔어요?

ㅡ 졸업하면 학교 쪽으로는 오줌도 싸기 싫잖아. 나도 8년 기한에 6년을 공부해 간신히 졸업한 거라, 지난 고통을 잊고 살자는 연구실 전통이었어. 쓰던 책, 소지품 그대로 두면 필요한 후배가 쓰면 되고.

ㅡ 요즘 누가 그런 걸 물려받아 써요? <당근>에서 사면되는데.

민정엽은 지하 창고에 들러 자신이 쓰던 피카츄 칫솔통까지 알뜰히 챙기고는 김 팀장에게 라꾸라꾸 침대를 카니발에 실어두라고 한다.

*

　신촌역 앞 포장마차에서 민정엽과 홍현석은 오랜만에 꼼장어에 소주를 하며 둘의 교집합인 포병 사병과, 육군 제2작전사령부 출신 포병 장교 때의 추억들, 그리고 연구실에서 둘이 같이 수학하던 기억을 즐겁게 거닌다.
　둘이 술이 좀 되자 민정엽은 홍현석이 TF에 즉각적으로 투입돼야만 하는 GIS, GTS 그리고 윤 센터장의 특명인 수송전략자산을 활용한 GTS 연동『물자 보급드론 적용 재난매뉴얼』을 설명하고는, 통계 파트의 합류를 인간적으로 부탁한다.
　― …정엽이 형. 이런 중요한 국가적 프로젝트에 날 생각해 줬다는 게 짠하네요. 윤도한 센터장님 얘기 듣고 나니까… 형 부탁에, 제 커리어에도 엄청난 도움이 될 이번 일 제대로 한번 해내 볼게요. 믿어 봐 주세요.
　홍현석이 민정엽의 진심을 마음으로 받아들이며, 건배의 소주잔을 올리며 멋잖게 웃어 보인다.
　― 형, 현역 때의 날 서 있던 도수분포표보다, 이젠 감정분포표가 더 넓어졌네. 사람이 되셨다는 뜻이겠죠? 흐흐.

민정엽의 입꼬리는 올라가 있었지만, 그의 눈동자엔 곧 시작될 분투의 긴장감이 어려 있다.

민정엽은 석사과정 때부터 자타가 공인하는 '경영통계의 신'이라 불리는 홍현석을 TF에 스카우트하는 데 성공한다. 홍현석은 통계학 교수인 아버지가 방문학자로 해외연수를 한 일본에서 유년 시절을 보내고 싱가포르 국제학교를 나와 일어, 영어, 중국어에 능통해 해외 거버넌스 사례 조사에도 발군의 실력을 발휘하게 된다.

*

그날 밤 연구실로 돌아온 민정엽은 수트를 입은 채로 학교에서 가져온 야구모자를 눌러쓰고 연구실에 앉아 있었다.

버려뒀던 것들로 다시 시작한다는….

지난 고통을 마주할 용기를 가진 사람만이 전장에서 앞장서는 진짜 리더가 될 수 있다는….

민정엽에게 지우고 싶었던 과거의 흔적이 가장 강력한 무기가 되어 다시 돌아왔다.

발렌타인데이

2019년 2월 14일.

박지혜는 전날 밤 친구네 집 오븐을 빌려 만들다가 실패한 초콜릿을 두 번이나 버리고 나서야 겨우 하트 모양 초콜릿 한 개를 근근이 완성했다.

박지혜가 하트 초콜릿과 대학생 때 샀던 빛바랜 하늘색 책 한 권을 들고 거버넌스 연구소로 이른 아침 출근한다.

비번을 누르고 문을 여는데, 떡진 머리에 후드티 입은 남자가 감히 그녀의 남자(?) 민정엽 자리에 앉아 졸고 있다.

― 어머나! 누구세요? 우리 민 박사님은….

그제야 알아본 박지혜.

― 어? 민 박사님?

자세히 보니 떡진 머리 후드티는 민정엽이다.

자다 깬 민정엽이 벽시계를 보며 걸걸한 목소리로 묻는다.

― 이렇게 일찍 왜 왔어요?

― 아, 예… 오늘 발렌타인데이라 제일 먼저 초콜릿 드리고 싶어서…, 그리고 책에 사인도 받고요. 제가 대

학생 때 박사님께서 쓰셨던 에세이인데⋯.

— ⋯⋯.

— 사실, 소심했던 제가 이 책『미꿈美꿈』읽고 군의관에 지원했었어요. 원래 여기 출판사 팬이었다가, 책 읽고는 박사님 팬이 됐는데⋯, 처음 뵌 날 얼마나 놀랐는지 몰라요.

책의 표지를 본 민정엽.

— 와, 이거 내가 처음 썼던 책이네? 중고서점에 안 팔고 어떻게 지금까지 가지고 있어요?

— 제가 팬이라니까요, 이 책은 제 대학시절 전부 그 자체였어요. 박사님~.

— ⋯⋯.

— 저 해부학 수업 마치면 점심 저랑 같이 하고 이 초콜릿 드셔 보세요. 근데, '킁킁'. 이 냄새, 박사님 연구실에서 홀아비 냄새가 나요. 한 번씩 씻기는 하세요?

— ⋯⋯.

*

오후 1시 30분, 세브란스기독병원 구내식당 런치 마감 직전.

외래진료와 수술의 바쁜 일정으로 식사 타이밍을 놓친 교수들의 점심을 챙기기 위해 주방에서 스티로폴 용기를 받아 교수식당에서 도시락을 싸는 간호사들.

후드티에 야구모자를 쓴 덥수룩한 수염의 후줄근한 민정엽이 교수식당에 들어서는데, 보안직원이 민정엽을 막아선다.

― 저기요. 여기 교수님들 드시는 식당인데 어떻게 들어왔죠?

뒤따라오던 하얀 가운 입은 박지혜가 이 소리를 듣고 민정엽에게 다가가 바짝 달라붙는다.

― 어머, 민 박사님 제가 좀 늦었어요. 죄송해요.

보안직원이 의사 가운을 입은 박지혜가 민정엽에게 대하는 태도를 보고 의아해한다.

교수식당에 들어서는 외과 의사들 무리가 민정엽에게 인사를 하며 식판과 수저를 든다.

― 민 박사님도 구내식당 이용하시네요. 식사 맛있게 드십시요!

― 어, 그래 식사들 해.

뻘쭘해하는 보안직원이 민정엽에게 깍듯이 고개를 숙여 보이고 슬그머니 사라진다.

그날 저녁, 민정엽과 홍현석, 박지혜, 이주현 넷이 사이좋게 발렌타인데이 이벤트로 '1+소주 한 병' 행사를 하는 「59쌀피자」를 먹으러 간다.

*

민정엽은 연구 시간을 아끼기 위해 연구실 한 귀퉁이에 라꾸라꾸 침대와 침낭을 놓고, 학교에서 차출한 홍현석에게 자신의 마호가니 책상을 공유 데스크로 내어준다.

병원 전공의 숙소 304호.

2층 침대의 1층은 홍현석이, 그 위를 민정엽이 쓰는 생활이 시작된다.

두 남자의 빨래는 매주 이주현과 박지혜가 가위바위보로 이긴 사람이 담당하기로 한다.

민정엽은 자신을 수행하던 김 팀장을 회사로 돌려보낸다. 김 팀장이 이주현을 이유로 다시 한번 아쉬워한다.

통계의 신

세브란스기독병원 중증외상센터 2층 컨퍼런스룸. 거버넌스 연구소와 GIS지리정보시스템 헬기동시 출동 분과의 중간 점검 회의.

TF 예산 담당인 복지부 함예슬 사무관과 김현호 교수, KAEST 연구팀, 기술 컨설팅사 개발자들이 미리 와 앉아 있다.

컨퍼런스룸에 민정엽과 홍현석, 거버넌스 연구원들이 들어온다.

김현호 교수가 민정엽을 반갑게 맞으며 말을 건다.

— 민 박사님이 저희 닥터헬기 이착륙·이송 경로 GIS 회의에 참석하신 건 처음이네요.

— 아, 예… 한시적인 연구 기간이었는데 이번에 윤 대행님이 연장해 주셔서요. 서로 인사는 진행하면서 자연스럽게 할 테니, 바로 시작해 볼까요?

함예슬 사무관이 맨 뒷좌석 민정엽 옆에 앉아 노트북의 녹음 버튼을 켠다.

— 그럼 브리핑 들어가겠습니다.

컨퍼런스룸에 조명을 끄자 KAEST 선임연구원이

레이저 포인터로 스크린을 가리키며 회의가 시작된다.

2시간 넘은 장황한 설명이 마쳐졌다.

깊은 생각에 빠질 때면 즉석에서 만들어낸 수식들을 끼적끼적 적어대는 버릇이 있는 홍현석이 펜을 내려놓고는 브리핑한 KAEST 연구원을 쳐다보며 말한다.

— 설명하느라 고생하시긴 했는데, 전 무슨 평평한 도면 위의 '미래소년 코난'에 나오는 도시 위에 구축하는 GIS처럼 들렸습니다. 어…, 평면에 그린 1차원의 모형도랄까? 심장이 뛰는 사람의 혈류를 지도에 뿌려야 하는 상황인데, 마치 박제된 도시에 어설프게 칼을 대는 느낌? 혈관처럼 숨 쉬는 경로와 실시간 변화가 반영돼야 하는데 죽은 도시를 해부하는 느낌입니다. 쉽게 말해 입체적이지 않다는 겁니다. 지리적으로도. 현상적으로도요.

컨설팅 회사의 여성 개발자가 반문한다.

— 정확히 무슨 말씀이세요?

— 제가 군대에서 3년간 벙커에서 포병 작전장교로 사인, 코사인, 탄젠트 주물러 봐서 좀 아는데요. 응급의료가 필요한 상황의 발생과 대응은 지역마다 천

차만별입니다. 서울의 마천루가 밀집된 강남이나 여의도 같은 곳과 산이 있는 지방이나 바다와 강을 낀 지역에서의 구조와 응급 상황은 전혀 다를 수밖에 없으니까요. 게다가 지역 인구 감소와 노령인구 증가로 지역거점 병원이 지의地醫학적 최후 보루로 작동해야 하는 것도 감안해야 하고요.

수군거리는 개발자들에 아랑곳하지 않는 홍현석,

— 이건 정적인 지도 위에 그린 동화가 아니라, 매분 매초 변하는 생사의 전장에서 쓰는 FM Field Manual, 야전교범이자 전술 지도입니다.

다시 말해, 단순한 행정구역 경계가 아닌 고속도로, 국도, 일반도로, 산길 같은 실재의 도로 유형과 교통, 그리고 생활권의 이송 시간, 병원 치료 수준을 고려해야 하는 거죠.

실질적인 GIS 기반의 맵핑 Mapping 이야말로 항공운항관리 차원에서의 닥터헬기 출동과 인계점 체계를 구축해 저희 TF의 핵심 연구 척도로써 중요한 시금석이 되야 합니다.

— ……..

홍현석이 신들린 듯 설파한다.

― 게다가 특수한 항공유Jet fuel를 주유해야 하는 닥터헬기가 지금 말씀 주신 저대로 이송 경로를 맞췄다가는 연료가 부족할 때 동적방법론적인 효율도 떨어질 수밖에 없습니다.

KAEST 연구원이 끼어든다.

― 그러면 타 기관들로부터 데이터가 공유되어야….

― 당연하죠. 그래서 거버넌스가 필요한 거 아닙니까? 뿌연 안개와 해무海霧로 시계視界 확보가 어려운 강원도의 산악과 바다와 강이 있는 지대에서 저대로 헬기를 띄웠다가는 하늘에 떠서 부상자를 찾아 헤매다가 어딘가에 있는지도 모를 산림청 소속기관을 무리하게 푸쉬 해 항공유를 주유 받으러 가야겠죠. 그래서 GIS 통계가 사회기술시스템이론Socio-technical system theory과 지역사회 복잡적응계인 사회생태시스템SES, Social Ecological Systems에 주목해야 하는 이유죠.

짧은 기간 동안 TF의 GIS 분석을 마치고 오류를 발견한 홍현석. '통계의 신'이란 별명답게 날카롭게 문제의 본질을 간파해 낸다.

― '재난회복성'을 장착한 도시를 만드는 데 필수 개념인 레질리언스Resilience는 변화와 교란을 겪으면서도 기존의 기능과 구조 및 피드백을 생태공학적으로 유지하고 복구할 수 있는 능력입니다. 내구성Robustness, 대체성Redundancy, 신속성Rapidity, 자원동원성Resourcefulness이란 4가지 속성을 가지고 있죠.
이를 갖추는 전제조건으로 빅데이터가 만능 해법이라고 할 수는 없지만, 순수한 로우데이터와 타 기관 데이터와의 연동 프레임워크로 최대한 데이터를 끌어모아 정보화해 거버넌스가 관제할 수 있도록 해야 합니다!

민정엽이 고개를 끄덕인다.
'듬직하네. 우리 현석이.'
홍현석이 스크린에 연결된 HDMI 모니터 케이블을 자신의 노트북에 연결한다.
― 제가 준비해 온 이 슬라이드는 인계점 환자 이송 과정에서의 로우데이터에서 빅데이터화 프로세스를 AI로 구현한 장표들입니다.

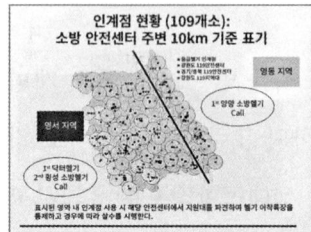 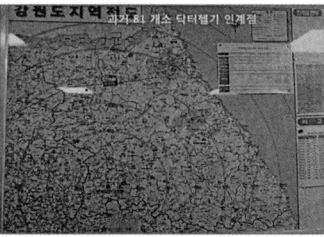

[1. 중증도 분류]
↓ AI: 트리아제+키워드 모델링
[2. 질문 생성]
↓ AI: 차트 작성+의료지도의사 편향 감지
[3. 응답 수집/전처리]
↓ AI: 바이탈 분석+응답 분류
[4. 분석]
↓ AI: 요약, 예측
[5. 이송]
↓ AI: GIS 최적화+시각화+요약

— 이 호환 과정에서 개인정보 이슈는 '블록체인 테크놀리지'로 보완할 수 있습니다.

뿌듯한 눈빛으로 민정엽이 홍현석을 쳐다보고, 민정엽 옆에 앉아 홍현석의 '멋짐 뿜뿜'을 지켜본 함예슬 사무관이 눈을 반짝이며 감명을 받는다

'한 번도 본 적 없는 타입이다. 과학자와 개발자들 앞에서 빠져나가려는 얍삽한 정무적 플레이가 아닌, 실력으로 정면 돌파해 압도해 버리는 건.'

100대 0으로 홍현석이 활약한 현장을 목격한 함예슬 사무관은 커피잔을 내려놓고, 녹음 버튼을 끈다.

'이 사람 분명, 이번 판의 구원투수다.'

회의가 끝나고 백팩을 챙긴 함예슬 사무관이 홍현석에게 다가간다. 노트북을 챙기는 홍현석의 듬직한 뒷모습을 바라보다 용기를 내서 말을 건다.

― 오늘 회의 감명 깊었습니다. 전 복지부의 함예슬이라고 합니다.

― 안녕하세요. 정엽이 형한테 얘기 들었어요. 저희 동문이죠?

― 네, 저랑 연배도 비슷하실 텐데 언제 정엽 선배랑 소주 한잔해요. 아까 리딩하신 내용 정말 좋았어요.

― 그래요. 형하고 식사 한번 해요.

― 아까 내용이 좀 어렵긴 했어요.

― 용어가 좀 어려웠더라도, 우리 TF의 통계는 푸는 숫자 하나에, 누군가 살아남는 숫자 퍼즐 맞추기라 어떻게든 연구해 가며 우리도 목숨 걸고 해야죠. 저희 숫자들이 죽어가는 사람들 목숨을 살리니까요.

그때부터, 홍현석이 주관하는 GIS 회의는 '통계의 신과 관료의 여왕'이 함께 등장하는 공식 무대였고, 함예슬 사무관은 자신이 속한 부서가 예산을 내리는 TF 프로젝트의 모든 내외부 회의에 참석하기 위해 세종시에서 한걸음에 달려오는 복지부, 아니 대한민국 유일의 행시 출신 예산 집행 관료였다.

이후로 열린 수 차례의 KAEST 연구원들과 개발자들과의 회의 때면 홍현석의 통계적 접근 덕에 TF와 연구팀의 기술적 간극은 훌륭히 채워져 갔다.

홍현석은 윤도한 센터장이 생전에 지시 내린 다음 달 2차 중간보고회 때 발표할『물자 보급드론 적용 재난매뉴얼』에도 민정엽과 만전을 기해 파일럿 버전을 마무리하며 TF에서 명실상부한 존재감으로 활약상을 보인다.

12. 강원도 산불

제8 특수소방대

[2019.04.04. 19:17]

강원도 고성 들판 끝에서 발화한 불길은 삽시간에 봄의 건조한 야산을 집어삼키고, 마을을 넘어 도심으로까지 번져갔다. 고요했던 저녁 하늘은 주홍빛으로 타올랐고, 강원도 전역은 문자 그대로 불바다가 되었다.

[2019.04.05.]

변칙적인 풍향과 풍속이 점점 거세지면서 건조한 지역으로 확산되는 산불의 번짐 속도가 시간에 비례해 맹

위를 떨친다.

[2019.04.06. 12:25]

정부는 국가재난사태를 선포하고 화재 발생 이틀째인 4월 6일 오후 12시 25분에 강원도 고성군·속초시·강릉시·동해시·인제군을 특별재난지역으로 선포하게 된다.

*

강원 산불의 현장에는 '강원TV'의 보도차량으로 북적댔다. 방송을 진두지휘하는 연합채널 재난전문기자 출신 조윤경 강원TV 보도국장.

자신의 기자수첩에 붙어 있는, TF가 설계한 강원권 최초의 「GTS강원외상체계」 핸드북을 확인하고는 16명의 캡틴들을 향해 전시 상황을 선포하듯 재차 지시를 내린다.

─ 지금부터 보도 인력 100명 전원 투입해 24시간 릴레이 방송으로 실시간 생중계합니다. 정규 편성 띠 끊고 특보 체제로 돌리세요. 여긴 우리 강원TV 나와바리繩張り입니다. 방송권 선점, 장악에 들어갑시다! 대한민국의 국가재난의 기준, 이제 우리가 만듭니다!

조윤경 국장은 본능적으로 판단했다.

'이건 특종 이전에 대응이다. 강원TV가 선제적으로 까발리지 않으면 누군가는 죽게 된다. 지역 채널을 넘어 재난 플랫폼으로 기능해야 한다! 지켜보되 방관해선 안 된다. 오늘의 보도 실패는 내일의 사망자다!'

강원도 지역의 케이블 사업자인 강원TV는 산불이 발생하자마자 방송을 속보와 특보 체제로 전면 전환해 강원도청 긴급재난상황실과 현장 119구조대를 실시간 연결하는 등 강원 재난 상황의 중심에 있었다.

제작국 PD가 외친다.

─ 조 국장님! 방통위 재난특보 협약 발동됐습니다. 우리 피드Feed가 모든 채널로 뜹니다!

조윤경 국장이 단호히 지시한다.

― 좋아, 지역권 주관은 우리가 잡았다. 야마ゃま·山, 헤드라인부터 뽑고, 연합채널 백업Back-up 라인 열어!

산불 상황은 강원TV의 <뉴스센터>를 통해 신속하고도 촘촘히 전해지기 시작했다.

「재난특보 언론사 공조 협약」, 국지적 재난의 경우 과잉 경쟁 보도로 인한 피해 지역의 혼란을 방지하기 위해 방송통신위원회가 지역에 정통한 특정 채널에 보도 주관권을 일괄 부여하는 체제.

협약에 따라 강원TV가 취재한 내용은 AI 기간 뉴스 통신사인 연합채널을 통해 공조 체계로 지상파와 뉴스 전문 채널에 송출되어 전국으로 퍼져나갔다.

*

[2019.04.06. 12:55]

그저께 밤부터 급속도로 진행된 산불 확산에 대응하기 위해 강원도청에 마련된 'TF-소방청 합동상황실' 긴급회의.

윤도한 센터장 순직 이후부터, 언제나처럼 묵념으로

회의가 시작된다.

― 현재 상황이 어떻죠?

이번 산불로 TF에 급파된 현장의 통제권자인 소방청 부청장 강찬식 통합관제관이 이호상 통제관에게 묻는다.

― 불이 다시 바람을 타고 능선을 따라 정상 쪽으로 올라 옆 산으로 번지려고 합니다. 그렇게 되면 다음은 '푄Foehn, 높새바람'의 영향으로 불길이 삽시간에 혁신도시 외곽까지 접근해 버려….

― 진화 상황은?

― 이미 3천 명 이상의 소방공무원과 군인을 포함해 1만 명 가까운 인력이 총동원됐고, 헬리콥터 50대와 전국 소방서에서 차출된 871대의 소방차가 투입됐습니다. 하지만 상승 바람이 강해 타오르는 열기 영향권을 벗어나 고공 비행하는 헬기에서 물을 뿌려도 분무기에서 나오듯이 흩날리기만 하고, 소방차와 동원 인력들은 산 밑에서 대기하고 있을 뿐입니다.

육상 진입으로 산 밑에서부터 올라가 정상을 향해 진화해 탈환하는 수밖에 없습니다.

― 어떻게 소방관들이 25kg 완전방화복 입고 40kg이

나 되는 장비를 짊어지고 그을림 낀 고글 쓰고 산에 오른단 말입니까? 65kg 성인을 업고 정상까지 등반하고 나서 그때부터 진화를 시작한다는 건데…, 게다가 발사기 한 자루 무게가 8kg에, 한 발 630g짜리 진화제 포탄을 20발 이상 들고 올라가려면…. 이게 도대체 말이 된다고 생각하세요? 올라가다가 이미 탈진해 버린 소방관들이 본격 진화에 투입되는 순간 목숨이 위태로워질 게 명약관화해요. 연기와 화염으로 가시거리가 10m 채 되지도 않는데….

TF 모두가 말을 잃고 있다.

갑자기 번뜩이는 민정엽.

- 잠시만요. 방법은 있습니다. 가려진 시야는 GIS가 야간투시경 역할을 수행하며 위치 트레킹을 확보해 소방장비를 드론으로 띄우면 됩니다. 맨몸으로 산에 오른 소방대원들이 무선단말기에 스마트폰 좌표 찍듯 입력하면 자동 착지 시스템인 GPS 유도 낙하를 통해 정상 인근 보급지점에서 특수장비들을 확보할 수 있습니다.

민정엽의 얘기를 듣고 있던 강찬식 통합관제관이 의아한 표정으로 되묻는다.

― 무슨 소리 하는 거예요? 드론은 뭐고, GIS, GPS가 뭐라고요?

― 드론으로 보급받은 진화 장비를 산 정상 쪽 능선에서 조립·장착해, 불이 정상에 도달하기 전에 불길의 옆구리를 막는 겁니다. 윤도한 센터장님 생전에 지시하셔서 현재 『물자 보급드론 적용 재난매뉴얼』 파일럿 버전까지 나와 있습니다.

모두의 눈이 민정엽에게 꽂힌다.

― 그렇다 칩시다. 그럼, 그걸 누가 합니까? 이건 뭐 전쟁 상황이나 마찬가진데….

'전쟁 상황….'

이호상 통제관이 나선다.

― 저희가 할 수 있습니다.

― 예?

― 제가 리더로 있는 '제8 특수소방대'를 가동하면 됩니다. 저희는 방독면 쓰고 천리행군 산악구보로 야간 침투하면서 화염과 연기, 이런 극한 전쟁 상황에 특화된 훈련을 일상처럼 받았으니까요.

강찬식 관제관이 안타까움에 재차 묻는다.

― 특수부대 출신 소방관들로 구성한 특수소방대는 정규 조직이 아니잖습니까?

― 국가재난 상황에 정규, 비정규 따질 계제입니까? 지금 그걸 따질 때가 아닙니다. 현장엔 잉여剩餘 시간이란 존재치 않습니다. 누군가는 법을 지키고, 누군가는 법을 넘어 사람을 지킵니다. 법은 궁극에 사람을 살리라고 사람이 만든 거잖습니까?
저희가 불살을 죽이지 않으면, 지금 이 상황에서 대한민국의 누가 이 화염을 죽일 수 있습니까?

1분 1초가 다급한 이호상 통제관의 말이 끝나자, 회의실은 숨소리 하나조차 삼켜진 듯 하얗다. 옆에 앉은 배상영 소방위의 주먹이 움켜쥐어져 있다.

중앙119구조본부장 정만용 소방감이 이호상 통제관에게 따지듯 묻는다.

― 누가 이런 무모한 짓을 승인합니까?

― 작년 대홍수로 한탄강 범람할 때 '제8 특수소방대' 강백호 부대장이 UDT, SSU, 해병대 출신 소방관들과 펼친 비공식 작전을 사실상 지휘했잖습니까?

부대원들이 소속된 지역 소방본부는 저희들이 설득할 수 있습니다. 소방청만 어떻게 해 주시면 저희가 통제본에….

이호상 통제관이 간곡히 부탁한다.

해당 법제를 핸드폰으로 찾던 함예슬 사무관이 강찬식 관제관을 또렷이 보면서 말한다.

― 「대통령령에 따른 긴급 작전 승인 라인」, 「국가재난법 제27조 긴급 투입 권한 위임」, 「재난 및 안전관리 기본법」에 '중앙행정기관 혹은 지자체장이 현장 통제권자 또는 재난 현장 지휘관을 지명할 수 있다'라고 분명히 명시되어 있어서 법적 지휘 정당성을 확보할 수 있습니다.

회의실이 숨을 죽인다.

― 음…, 만약에 승인이 된다고 하면 가용한 대원들은 몇 명이죠?

― 정확한 건 확인해 봐야겠지만, 항시 작전 인원은 70~80명 정도 됩니다.

이호상 통제관의 사명감에 찬 설득에 고개를 끄덕인 강찬식 통합관제관이 소방청장에게 핫라인으로 연락한다. 대통령 국가재난 선포 후, 5분 이내 요청 가능한 소방청장 직보로 시행되는 보고체계로 지역통제권 위임의 중앙정부 승인 속도를 높여야 했다.

'국가적 재난 상태라는 현 특수 상황을 고려해 소방청 입장에서 반대는 하지 않는다.'는 방어적이지만 진압 작전을 전개할 수 있는 최소한의 답변 공문을 받아내고야 만다. 이 공문을 행안부 국가재난통제본부에 제출하자, 국가재난 시의 '현장 우선주의'와 '선시행 후승인'에 입각한 합동참모본부 명의에 '국가재난 RED 프로토콜'에 한해 특수부대 연합소방대 '제8 특수소방대'의 작전을 허가한다는 국무총리 직권의 단발 승인이 떨어진다.

"한시적인 권한도, 무한 책임도 온전히 이호상 통제관 당신 거니까 국민들에게 제대로 된 결과를 가져와요!"

이호상 통제관은 1년 365일 24시간 가동하는 '제8 특수소방대' 실시간 앱에 국가재난통제본부 발행의 승인서와 긴급동원령을 올린다.

민정엽이 명철민에게 다급히 전화를 건다.

― 이봐, 명 대령. 저번에 영월에서 본 시험용 전술 보급 드론 지원 좀 받을 수 있을까?

― 어디서 쓰시게요?

― 강원도.

― 날릴 데가 없으실 텐데요, 강원도면 싹 다 하늘길이 군사 1급 보안으로 막혀 항공통제가 심한데다가, 속초, 양양, 강릉, 동해의 관광객 민원이 장난이 아니라 불가능해요.

― 초대형 산불로 대통령이 국가재난사태를 선포한 상황이면?

― …그야, 당연히 방공통제센터에서 공역空域을 열겠죠.

― 그래서 돼, 안 돼?

― 형님, 산불이면…, 방수 사양 맞춰야겠네요.

― 대형 소방호스로 물 뿌리는데 당연하지.

― 음…, IPX8 등급 방수면 되겠네요. 몇 대 필요하세요?

― 작전에 투입 부대원이 70~80명 정도라고 치면….

― 그럼…, 거대 산불 진화니까 두 번 뜰 때마다 인터벌을 둬야 해서 2배수인 150대에, 스페어로 50대 더 보

내드릴게요.

― 그렇게 무리해도 괜찮겠어?

― 무슨 소리세요. 강원도는 세계 유일무이한 분단국가의 무수한 군사시설을 감추고 있는 38선 인접 지대에요. 그런 군사지역 실전에서 저희 드론 200대가 항공작전한 레퍼런스면, 록히드마틴Lockheed martin corporation에 당장 10만 대도 팔 수 있는데, 저희가 땡큐죠. 형님 덕에 저희도 글로벌 본선 무대에 올랐는데요?

― 드론 조종사는?

― AI 비행 제어 알고리즘을 탑재한 반자율, 프리셋 Preset 비행 통제에 아무리 군집형 컨트롤 체계라도 드론 조종사 최소 30명 이상은 있어야겠는데….

― 국방부 허가는 어떻게 해야 하지?

― 작전 승인 공문 뜬 거 있으면 어떤 거라도 저한테 토스해 주세요. 드작사드론작전사령부 쪽 '긴급 비행 계획서', '고도 경로' 제출이랑 항공관제 해제 절차는 저희 라인으로 알아서 할게요.

― 그리고…

― 아니, 형님 근데 지금 이럴 때가 아니네. 드론 조종

사 30명 투입하려면 지금 당장 긴급 소집 걸어야 해요. 여기 영월에서 시뮬레이션 훈련 중인 50명 파일럿들 중에서 우선 차출하고, 병참기지에 있는 드론 200대를 연료 채워서 간이 테스트라도 해서 보내려면 최소한의 시간 확보가 필요한데….

일단 전화 끊고 다시 연락드릴게요. 아, 맞다! 출동할 드론 스펙spec, 사양 정리해서 먼저 보낼게요. '항공관제패드flight control pad'에 미리 설정해야 할 테니 담당한테 건네 놔주세요.

― 고맙다. 철민아.

― 형님, 무슨 말씀이세요. 전쟁의 시작은 병참인데요!

민정엽은 'BF에어로스페이스'로부터 시험용 보급 드론 200대와 드론 파일럿 33명을 지원받기로 하고, 명 대령은 '대화에어로스페이스' 명의로 국방부로부터 드론 비행 허가를 받아낸다.

이호상 통제관이 지휘하는 '제8 특수소방대'의 본격적인 산불 무력화 작전이 개시된다.

작전명, '바주카(Bazooka)'

"국가재난통제본부 지통실_{지휘통제실}에서 알립니다.

현 시간부로 현장의 모든 재난통제권은 제8 특수소방대 대장 이호상 통제관에게 있습니다.

소속 기관을 막론하고 모든 인적, 물적 자원은 이호상 대장의 지휘를 따르도록 합니다."

경찰 버스에 마련된 워룸war room, 작전실에서 홍현석이 스크린으로 상황을 실시간 모니터링하고 있다. 자신이 개발을 주도하는 GIS를 자유자재로 사용해 GPS 물자유도 지점을 계산한 뒤, 오차 범위 내의 지형 데이터를 보정, 반영해 드론 파일럿들의 작전 백업을 전담하기로 한다.

강찬식 통합관제관이 노파심에 이호상 대장에게 묻는다.

― 드론팀 소집하고 현장 이송에다가, GTS 시스템의 전사全社적 연동 스탠바이까지 하면 최소 8~10시간 이상 걸리지 않나요?

― 그걸 『초단축 비상 매뉴얼』을 발동해 짜스트Just로 단축해야 하니까 특수작전인 거죠!

이호상 대장은 작전 개시 시점을, 밤 10시를 목표로

설정한다.

TF는 오후부터 긴급 준비에 착수해 밤새 지휘소를 꾸리고, 당일 21시까지 부대원들과 특수 진화 장비들을 집결시키기로 한다.

*

산 중턱, 도청에서 제공한 강원도립 배드민턴 체육관에 마련된 '제8 특수소방대' 작전지휘소.

드론과 장비, 특수진화제 포탄을 실은 4톤 트럭 7대가 머릿고지 초입의 군사 전술도로에 도착하고, 기상청 특별대응팀의 기상 데이터 보고와 연계된 작전 브리핑에서 작전명이 정해진다.

"이번 작전명은 포탄발사기 K-75의 별명인, '바주카 *Bazooka*'입니다!"

D-Day 21:30, 특수소방대 작전 지휘.

특수부대원들 앞에서 이호상 대장이 전면의 대형 모니터에 점멸하는 산불 확산 경로와 온도, 습도, 풍향이 한 눈에 들어오는 기상 다이어그램, 열 영상 데이터 그래프 위에 손으로 직접 동선을 그어가며 브리핑을 하고 있다.

― 77인 부대원 중 나와 배상영 소방위를 제외한 75명이 알파, 브라보, 찰리로 25명씩 한 팀을 이뤄, '선제 포수砲水 → 방염 → 진화 → 포수' 4단계 연동 전술을 구사한다.

원천 화구火口 300m까지 도달하면 특수진화제 포탄을 바주카에 장착해 진격한다. 그 지점에서부터 왼쪽 어슷한 3열 삼각대형 유지하면서 전진해 불길을 혁신도시 반대쪽 바위산으로 밀어붙인다.

본 작전은 상공에서 떨어질 불덩어리와 추락한 드론 파편이 지면과 부딪혀 쏘아댈 파편 산탄을 피하기 위해 기본적으로 'Shoot-and-Scoot발사 후 즉각 이동', 치고 빠지는 전법을 적용한다. 바주카 반자동 런처 발사기 'K-75'는 장전부터 발사까지 8에서 10초 걸리니까, 알파, 브라보, 찰리 팀이 '파이어라인Fire line'을 연쇄적으로 바꿔가며 이동! 화구에 특수진화제 포탄을 연발로 집중 발사해 불살이 산소를 빨아들여 숨 쉴 수 있는 기회를 아예 갖지 못하게 해야 한다.

부대원들의 눈빛이 결연하다. 이호상 대장의 작전 지시가 계속된다.

― TF의「물자 보급 드론 적용 재난매뉴얼」에 따르면 작전에 투입되는 보급 드론은 자폭을 전제로 만들어진 비행체다. 이 드론들 일부는 이틀에 걸친 불화산 같은 산불 열기로 인해 항법 장치 오류와, 불길과 불탄에 격추되어 추락한다. 이때 하늘에서 떨어진 드론이 지상 충돌로 폭파되면서 드론 파편탄彈들이 현장 대원들을 향해 튀어 날아든다.
이에 본진本陣 드론 4진에 이어 보급받은 특수진화제 압축 포탄 발포 자세는 '서서-쏴'와 '전진-쏴'만으로 제한한다. 포물선으로 떨어지는 불똥과 횡으로 날아드는 불특정 파편 산탄으로부터의 피격 표적 반경과 면적을 최소화하고, 체류-이동 간 기회비용을 아끼기 위해 엄폐 외에 정조준 목적의 '앉아-쏴', '엎드려-쏴' 사격은 불허한다. 이해 완료?

― 이해 완료!

― 진입 개시는 알파팀 선봉으로 고지 진입 시작. 드론 1, 2, 3진 물자 보급은 각 진 20분 이내 순차 병렬 투하, 본진인 4진의 '바주카' 낙하 23시 15분! 이후에는 긴

급 상황에 대비한 추가 발진이다. GPS 좌표 33-04-7-타겟-Z, 연쇄 발포 불발에 대비해 K-73 예비포신을 현장에서 조립해 발포한다. 이해 완료?

― 이해 완료!!

― 야간 침투 지휘는 나 이호상이, 항공관제는 소방청 특수구조단 배상영 소방위, 전방위 상황 통제는 홍현석 TF 연구원이 맡는다. 이해 완료?

― 이해 완료!!!

75인의 특수부대원들의 우렁찬 복명복창이 산 정상에 피어오른 화염을 향해 울려 퍼진다.

'치치지―'
'치직― 칙―'

방탄방염 장비를 여기저기 탈부착하는 방화복 찍찍이 소리가 연쇄적으로 들린다.

만반의 준비를 끝낸 부대원들의 눈빛은 불과의 전쟁을 마주한 전투 준비 태세 그 자체다.

*

지휘소 가장 안쪽의 드론 통합조정실.

"바주카 작전 드론전술팀장, CCT 소령 제갈채입니다."

홍현석이 GTS 관제와 연동된 <드론 매뉴얼> 폴더를 열고 마이크에 'ON'을 켠다.

"현 시간부로 워룸 HQHead Quaters의 저 홍현석과 제갈채 전술팀장이 통신 에러와 돌발 상황을, 배상영 소방위가 풍향과 풍량, 습도, 고온·열기류 등 기상 변수에 따른 드론의 고도, 속도를 통제, 제어합니다. 본 작전은 TF의「물자 보급 드론 적용 재난매뉴얼」과「강원외상체계 GTS」에 준합니다. 개별 이의 수용 없습니다. 부대원들은 워룸 지휘에 무조건 따릅니다."

산악구조대 출신과 현역 공군 CCTCombat Control Team, 항공특수통제사로 구성된 33명의 드론 파일럿들이 내려다보이는 단상 위에서 배상영 소방위와 제갈 팀장이 사전 항공관제에 집중한다.

민정엽은 이 장면을 지켜보며 조용히 생각한다.

12. 강원도 산불 **319**

'데스크 위에서 그렸던 그림이…, 지금 이 현장에서 구현되고 있다니… 센터장님, 보고 계시죠?'

뉴스센터

"드론 카메라는 특수소방대 드론 작전에 방해되지 않도록, 작전지역 100m 외곽 상공으로 멀찌감치 띄워!"

조윤경 보도국장이 항공촬영팀에 지시를 내리고는, 산불 현장에 급파된 강원TV 이동 <뉴스센터> 스튜디오에서 보도영상 자막이 뜸과 동시에, 앵커로서 재난특별방송을 시작된다.

[LIVE] 특보 생중계: "강원 산불 진화작전,
특수소방대 현장 투입!"

조윤경 앵커:
지금부터 시청자 여러분이 보실 장면은 저희 강원TV 단

독 영상입니다. 다큐멘터리가 아니라, 바로 오늘 밤, 이 땅에서 벌어지고 있는 실시간 작전 현장입니다.

방금 전, 국가재난통제본부는 '제8 특수소방대'의 고지 진입을 공식 승인했고요. 이로써 곧 77인의 부대원들이 고성군 토성면 A지구 산 정상 인근에서부터 전장을 방불케 하는 불길 속으로 투입돼 야간 고지 진화 작전을 개시합니다.

특수부대 출신 소방관들은 전원 야간침투와 국가재난 대응 훈련을 받은 최정예 요원들입니다.

이번 작전에는 범정부 '지역응급·외상체계 TF'의 GIS, GTS를 기반으로 실시간 GPS 보급 AI 군집 드론이 공조해 전개됩니다.

　드론 카메라가 불길에 휩싸인 고지대 숲 위를 비추고, 열기가 열 영상 그래픽으로 튀어나온다. 렌즈에 순간적으로 번쩍이는 섬광, 화염에 뒤틀린 나무들의 실루엣들.

　조윤경 앵커:
　군사 작전에 쓰이는 군집형 드론이 1차로 투하되는 물자에는 산 중턱에서 환복換服할 방염복과 1회용 방염팩불연성

pack, 생리식염수가 들어 있다고 합니다. 보급품은 산에 오른 현장 특수부대원들에게 낙하 오차 범위 5~10m 이내에서 전달되고, 고지 근처에서부터 불길을 틀어막는 다층 진화 전술이 펼쳐집니다.

[속보] 전원 특수부대 출신 '제8 특수소방대', 야간 고지 곧 진입 개시

조윤경 앵커:

방금 새로운 소식이 들어 왔습니다. 이번 작전명은 '바주카Bazooka'입니다.

지금 순간부터 저 산 정상에서 누군가의 남편이자 아버지, 남동생인 이들이 국민의 생명을 지키기 위해 불길과 싸웁니다. 누군가의 뒷모습이 한 도시를, 한 국가를 지킵니다. 특수소방대와 범정부 TF 여러분, 지금은 당신들이 우리를 지키는 '국가'입니다.

저들은 화염과 싸우는 기계가 아닙니다. 분명 부대원 누군가는 속으로 아이 얼굴을 떠올리고, 누군가는 마지막이 될까 두려움을 삼키고 있을 겁니다. 방송을 보고 계실 특수부대원 가족분들께서 얼마나 가슴이 타들어 가실까 싶습니다. 감사합니다. 고맙습니다!

'바주카 작전'이 마쳐질 때까지 저희 강원TV가 당신들과 끝까지 함께 하겠습니다!

작전 개시

이호상 대장이 작전 대기선에 도열해 있는 75인의 특수부대원들 앞에 서서 확성기를 입에다 바짝 가져다 대고 큰소리로 외친다.

― 전 대원은 명심하라. 우리의 오늘 주적主敵은 화마火魔다. 오늘 밤 주적 앞에서 어떤 이유로든 낙오자란 있을 수 없다. 우린 목숨 걸고 같이 들어가지만, 돌아올 땐 무조건 전원 같이 살아서 나온다. 너희는 내 부하가 아니라, 누군가의 아들이자 아버지다! 살아서 돌아와라! 제8 특수소방대, 불 잡으러 가보자! 전진 앞으로!!

― 전진 앞으로!!!

복명복창이 반복되고 76개의 헤드랜턴이 일제히 켜

진다. 불길이 치솟는 고지를 향해 야시경과 열화상 반응 고글, 방독면, 방염장비를 착용한 부대원들의 이동이 시작된다.

화염 속 적막.

알파, 브라보, 찰리 3개 팀으로 나뉜 특수소방대가 3열 진입 경로로 산등성이를 향해 라인을 맞춰 전진한다.

능선을 향해 숨 막히는 행군을 감행하고 있다. 불길 속에 타들어가는 코를 찌르는 송진 냄새, 방독면 안쪽에 고여 흐르는 땀, 열화상 고글 너머로 번지는 붉은 잔광.

앞장서 붉은 숲을 가르는 '알파-셰퍼트α-Shepherd' 팀 부대원들이 손에 GPS 수신기를 들고 워룸으로부터 고도와 경사도를 수신받아 지정된 보급 지점을 향해 전진해 나아간다.

뒤따르는 부대원들 허리에 달린 최소한의 경량 장비들인 산소마스크, 방염팩, 수통이 달그락댄다.

열화상 카메라와 드론 카메라 뷰로 산 아래에서 올라오는 부대원들과, 머릿고지에 적재된 낙하 물자 박스 더미가 오버랩되어 비친다.

*

지휘소로 옮겨온 워룸의 스크린에서 AI 드론 떼가 자동 비행경로를 그리며 이륙을 시작한다.

워룸 스피커에서 홍현석의 차분한 목소리가 들린다.

"1진 드론 군집 순항 중. 1차 물자와 물탱크, 소방호스 보급 투하까지 T-16분 30초"

초고속으로 발진한 1진 102대의 군집 드론이 야간수색등을 번쩍이며 고도 80m로 부상한다.

드론 군집이 고도 115m 상공에 이르자 타깃 위를 빙빙 회전하며 낙하 포인트를 확인하고 있다. 초저공 비행으로 전환, AI 검정으로 잡은 오차 범위 내에 낙하지점이 포착된다.

2진 드론의 작전 시뮬레이팅을 위한 보급 투하 전 지형의 열 영상 분석과 멀티 트랙으로, 드론 1진의 분산 낙하가 동시다발적으로 이뤄진다.

"1진 드론 위치 편차 7.2m, 미세조정 후, A-1 지구 보급 투하 개시!"

AI로 제어된 드론이 오차 범위 8.3m 이내의 지정된

위치에 방염장비와 생리식염수를 투하한다.

*

홍현석 옆에서 상황을 지켜보고 있는 함예슬 사무관의 손끝이 덜덜 떨리고 있다. 워룸 작전 상황을 홍현석이 차분하게 연달아 발신한다.

"브라보 팀, 고지 도달. 낙하지점 확인. 포지션 일치!"

"알파 팀, 1차 물자 수령 완료. 북동측 능선 점진 접근 중!"

"이호상 대장 포함 전 대원 현재 시각 기준 바이탈 확인, 생존 상태 이상 무!"

A-2 지구 포인트를 잡은 2진 드론 떼가 밤하늘을 비행하며 낙하산에 매달린 장비의 융단 투하를 시작, 7.5m 이내 GPS 정확도로 목표 지점에 떨어뜨렸다.

*

인터벌을 두고 뜬 드론 3대가 삼각 중첩 측량으로 희미

한 열신호를 감지해 살아 있는 생명체가 있는 '자연인 오두막'으로 추정되는 포인트를 표시해 워룸으로 송출한다.

홍현석이 현장 인근의 찰리 팀장에게 무전을 친다.

"민간인 거주지 발견! 북서 방향 50m, 찰리 진입. 전방 35m 구조라인 확보해 생존자 확인 시 즉각 구출해 낼 수 있도록!"

'삼각드론대'로부터의 1차 영상에서 선명한 붉은 생체신호가 포착된다.

"북서쪽 43m 오두막, 열원 존재. 생존자 확인!"

워룸의 홍현석이 발신한다.

"구조 장비 장착해 진입하겠습니다."

"산소호흡기 픽업 완료, 진입 속도 3배 가속!"

찰리1원팀 2명이 창문을 깨고 쏜살같이 오두막 안으로 들어간다.

"70대 남성 구조자 기절 상태. 생명 징후 희박!"

대원들이 질식해 있는 할아버지를 찾아내 얼굴에 산소마스크를 씌워 들것에 실어 나온다.

그을음 냄새와 부서지는 나뭇조각 소리 사이로 겨우 느껴지는 사람의 가녀리고 가쁜 숨결.

환자는 산 중턱에서 대기 중인 119구조대원들에게 인계되어 TF의 GTS 매뉴얼대로 닥터헬기에 실려 즉시 이송된다.

*

하늘에서 두 개의 낙하산에 매달려, 그물로 연결된 장비 박스 뭉치가 맹풍에 휩쓸려 불 속으로 잘못 투하된다. 불길의 진로 한가운데 내려앉는다.

― 부대장님! 저 장비 없으면 작전 무너집니다! 저희가 찾아와야 합니다!!

"아…, 여기는 브라보. 방염 컨테이너 낙하 위치 이탈 15m 외곽, 편차 12m 발생! 탐지기로 자동신호기 위치 확인 중! GPS 경로 추적해 정확도 확보 후 진입하겠음! 앗!! 장비 위치 확인! 장비 찾았습니다. 화염 중앙에 떨어져 있습니다! 레드라인 진입 승인 요망!"

무전기로 진입 보고를 마친 브라보6식스 팀 리더 강백호 부대장이 불 속에 떨어진 장비 박스를 구하러 본능적으로 최전선을 향해 달려간다. 강백호 부대장을 따라 브라보 팀원 전원이 일제히 불 속으로 뛰어들고 있다.

이를 본 이호상 대장의 다급한 무전이 터진다.

"브라보 진입 정지! 위험하다! 권역 상공에서 오작동으로 충돌한 드론 파편과 불똥으로 레드라인 접근 불허한다! 소실 장비는 수거하지 않는다. 반복한다. 장비 회수하러 진입하지 말 것!! 백호야, 멈춰! 애들 데리고 레드서클에서 당장 빠져나와! 그건 이미 죽은 장비야. 너희가 살아야 그 장비도 의미 있다고!!"

후퇴 지시가 내려졌지만 브라보 팀은 진격을 멈추지 않는다.

공중에서 드론이 터져 불덩이가 쏟아지고, 추락한 기체 잔해가 지상에서 폭발해 쇳조각이 총탄처럼 튀며 굉음을 낸다. 화염이 생명체처럼 덩실거리고 불길 속 공기는 뜨겁게 울부짖는다. 세상 모든 게 타들어 가는 숨 막히는 소리로 귀가 멍멍해진 부대원들에게 명령이 들릴 리 없다.

'이런!!'

손에 쥔 무전기를 내던진 이호상 대장이 이를 악물고 곧장 불길 속으로 브라보 팀을 좇아 달려간다.

'퍼퍼펑!'

'퍼버벅 펑!!'

돌격해 가던 브라보 팀원들 앞에 불덩이가 빗발치듯 쏟아진다.

순간적으로 멈춰선 강백호 부대장이 주먹을 어깨 위를 넘어 머리 위에까지 높이 쳐들며 명령한다.

"브라보, 전원 정지! 재진입로 확인될 때까지 전원 대기하라!!"

브라보 팀 뒤를 따라 전력으로 질주해 온 이호상 대장이 가까스로 강백호 부대장에게 따라붙어 앞을 막아선다. 레드라인으로의 브라보 팀 진격이 아슬아슬하게 멈춘다.

다시 무전기를 잡은 이호상 대장,

"지금부터 진화선은 레드라인 말고 생존라인을 기준으로 잡는다. 전 대원! 이해 완료!?"

*

"알파1원, 불길 옆구리 접근 중. 풍향은 동쪽, 풍속은 14m/s, 30도 상승."

정상에 먼저 도달한 알파 팀 부대원들이 불길을 반원 형태로 감싸며 반대편에서 진입한 찰리 팀과 합류한다.

"찰리3쓰리, 고지 확보 완료. '델타 호텔Delta hotel, 직격포' 십자포수 준비 완료! 화염 포위망 포수砲水 허가 요청!"

양측 4개의 소방포가 불길의 외곽을 틀어막기 위해 동시에 포수를 시작한다. 호스는 포효하듯 물줄기를 뿜어낸다.

부대원 모두 방독면 안쪽에 땀이 입술 밑까지 차 있어 코로만 쉬는 숨이 더 가빠져만 갔다. 27m 길이의 두꺼운 호스를 지탱하고 있는 어깨끈이 살을 파고들어 팔이 저리다 못해 마비된 지 오래지만 소방포를 움켜잡고 있는 두 손을 놓을 수 없다. 장갑 안에서 호스에 쓸려져 흐른 피는 이미 장갑과 엉겨 굳어버려 손바닥과 하나가 되어 있다.

*

'쾅! 콰꽝!'
'콰쾅!!!'

날아오르는 불탄에 맞아 공중에서 터지는 드론들과, 낙하 포인트 정확도를 맞추려 고도를 낮추던 드론 무리가 불길에 휩쓸린다. 불살의 열기로 기체 온도가 급격히 상승해 탑재AI 자동항법장치 오류가 발생한 드론들끼리 서로 충돌해 '후두두둑' 추락한다.

'휘리리릭'
'휘릭'

파괴된 드론이 바위에 부딪혀 분쇄된 파편들이 부대원들에게 총탄처럼 튀어 날아온다.

*

워룸에서 본격적인 전운戰雲을 감지한 홍현석의 차분한 아나운스가 들린다.

"현 시간부 풍향 북북서 12m/s, 보급 드론 3진 투하!"

이호상 대장은 무전기 주파수를 조정하며 생각한다.

'이제부터가 진짜 시작이다.'

"여기는 찰리, 능선 전방 40m 지점에 고사목. 시계 3m. 열 영상 기준 가시거리 9m 확보!"

A-3 지구까지의 거리 330m.

불기둥이 방사형으로 퍼진다.

"3진에서 보급받은 방염호스 라인 연결 완료! 압력 최대로 끌어 올립니다!"

즉시 펼쳐진 방염팩망網이 20m에 달하는 산불의 표면을 포집과 동시에 싸그리 코팅해 버린다.

이호상 대장이 고함을 친다.

"삼각대형 유지하라!"

알파, 브라보, 찰리가 순차적으로 보고한다.

"화선 구축, 1차 선봉!"

"브라보, 'S' 고지점 방화선 확보!"

"산 아래 도로와 연결된 유입 화선 차단 완료!"

땅에 파묻힌 방염 라인을 따라 불길이 흐르지 않도록 이중 방염코팅제가가 투척된다.

"고지 능선 화염 포위망 우회! 불길 중심 돌파 개시!"

*

대원들이 A-3 지구 300m 진화선에 도달한다.

이호상 대장이 진입 대기 명령 무전을 보낸다.

"알파, 브라보, 찰리 대열 정비해 3분 후 동시 진입 개시. 장비 이상 여부 확인하라!"

본진 드론 4진 군집이 정확히 화구 301.7m 앞에 운반해 온, 포신 끝이 바주카포 형태인 반자동 런처 포탄발사기 'K-75'가 장비백 밖으로 그 위용을 드러낸다.

곧이어 도착한 5진이 실어 나른 붉은색 방염 특수진화제 압축포탄들이 사방으로 평평히 벌려져 십자 모양이 된 소방 컨테이너들 위에 무수히 쌓여 있다.

이호상 대장이 K-75와 포탄을 양 허벅지와 가슴에 22발씩 장착을 마친 부대원들을 향해 목이 터져라 외친다.

― 대형을 절대 흐트러트리지 마라! 알파·브라보·찰리 대형 유지하라!

― 대형 유지!!

대원들이 일사분란하게 집단 전열戰列을 어슷한 대형의 3열 횡대를 갖추자마자 이호상 대장의 명령으로 즉시 포탄 발사 준비에 들어간다.

"이제부터 드디어 본진과의 싸움이다. 단 한 명의 낙오자도 있을 수 없다. 다들 죽지 마라. 이상!"

― 알파 팀! 포탄 장전! 견착! 조준! 발사!"

'파 바 방!'

― 알파 뒤로 빠지고, 브라보 팀 전진 대기!
 브라보! 장전! 견착! 조준! 발사!

'파 바 바방!!'

― 브라보 퇴각! 찰리 팀! 전진 대기, 장전! 견착! 조준! 발사!

'파 방!! 파 바 방! 팡!'

"전 대원 10보 전진, 보폭 70센치 유지하라!"
— 2차 포화 개시! 알파! 장전! 견착! 조준! 발사!"

'파 바방 파팡!'

알파, 브라보, 찰리가 수십 번 앞뒤 전열을 바꿔 조금씩 전진해 가며 발사한 수많은 특수진화제 압축포탄들이 화마의 중심축에 연달아 내리꽂혀 불이 산소를 빨아들여 숨 쉬는 것을 원천적으로 봉쇄하고 있다.
화마가 중심축을 흐느적거리며 산소를 삼키지 못한 채 휘청거린다.

얼마나 지났을까? 천여 발의 포탄이 발사되고, 이호상 대장이 외친다.
"전원 각개 대형으로 전환! 알파, 브라보, 찰리 전 부대원 각개 대형으로 전환해 전진하라!!
전 부대원이 각자 스스로 전진해 '서서-쏴'와 '전진-쏴'를 반복해 가며 불길의 원천을 향해 다가간다.

'파팡'

'파바방!'

A지구에서 뻘건 불들이 조금씩 사그라들고 검은 연기가 변해 진화된 허연 연기가 아지랑이처럼 살랑살랑 피어오르기 시작한다. 하지만 여전히 산불 속에서 사투를 벌이고 있는 특수부대원들은 긴장을 놓을 수 없다.

열화상 카메라에 찍힌 불길이 '붉은 혓바닥'처럼 날뛰는 장면을 본 이호상 대장이 무전으로 명령한다.

"추가 압축포탄 보급 드론 6진 12분 후 도착. 그 전에 A-3 고지 확보하라. 전 대원 차분하라! 다들 조금만 견디자! 머지않았다."

*

불길은 크게 벌린 입으로 세상 모든 것을 삼키려 하는데, 부대원들의 산소통 압력계는 빨간 지점을 가리킨 지 오래다.

이호상 대장의 무전기 옆으로 흐르는 땀.

불탄에 적중돼 폭발하는 드론과, 고온에 항법 장치 오류로 항로를 잃은 드론들이 충돌로 추락해 무수한 파편탄을 부대원들을 향해 쏟아내고 있다.

'휘릭'
'휘리릭'

닌자의 표창같이 순식간에 날아드는 파편탄. 초조함에 이호상 대장의 깨물렸던 입술이 갑자기 열린다.
"피해! 피해라!! 우측 알파 파편탄 경계하라! 오른쪽 20m 지점 추락한 드론 떼에서 2차 연쇄 폭발 예상! 전원 수그리라!! 백업! 백업! 엄폐!!"
알파 팀 부대원들이 일제히 엎드린다.
"전 대원, 엄폐 중 호흡기, 산소통 체크하라! 산소 곧 고갈 게이지 도달!"

'휘리리릭―'

"아악!!"

불길과 연기에 휘말려 있던 알파 팀 막내 나태극 부대원이 비명과 함께 휘청거리다가 파편이 꽂힌 오른쪽 다리를 감싸안고는 불기둥 옆에서 주저앉는다.

이를 본 백업 대원이 불길 사이를 몸으로 헤치며 뛰어들어가 나태극을 끌어안고 헬멧을 벗기고는 다급히 무전을 친다.

"나태극 대원 탄상彈傷! 우측 허벅지 파편탄 관통!!"

섭씨 420도의 파편탄을 다리에 맞고 산소가 고갈되어 가는 나태극이 나지막히 말한다.

― 혀~엉, 형. 내 다리가 불덩이 같아…, 그리고 수, 숨이 안 쉬어져요. 저… 주, 죽을 거 같아요.

― 뭔 개소리야! 형들이 살릴 거야. 태극아, 가만히 입 닥치고 있어!

"태극이 파편에 다리 부상! 호흡 장애!! 산소통 교체 들어가야 합니다!"

잽싸게 뒤따른 브라보6식스 부대원이 방염장비팩에서 예비 산소호흡기를 꺼내 꽂아 교체한다.

"정신 차려 태극아! 대장 말 안 들었어? 살아서 같이 나가야지!"

알파, 브라보 두 대원이 절뚝거리는 나태극을 업어 안고는 레드서클을 빠져나간다.

*

강원TV 뉴스센터 스튜디오 모니터에 산 정상으로 이어지는 야산 능선. 열화상 카메라로 잡힌 붉은 실루엣 위, 군집 드론이 무리를 이루며 안정적으로 비행 중이다.

조윤경 앵커:
많은 생각이 들게 하는 장면입니다. 불길 앞에선 인간도 한없이 작고, 카메라도 작고, 뉴스조차 작지만 지금 그 작은 하나하나가, 생명 하나를 지켜낼 수 있는 연결선이 되고 있습니다.

드론 카메라가 낙하산에 달린 방염장비, 산소호흡기, 특수진화제 컨테이너가 지정된 구획에 투하되는 장면을 실시간으로 잡는다.

조윤경 앵커:

현재 시청자 여러분께서는 강원TV가 단독으로 추가 확보한 영상과 함께 재송출 장면을 보고 계십니다.
이번 작전은 범정부 TF의 거버넌스 체계가 실제 재난 현장에서 어떻게 작동하는지를 보여주고 있는데요. 여기서 잠시 TF가 개발한 '강원외상체계 GTS' 기반 실시간 통합관제 시스템을 보시겠습니다. GPS 좌표와 연동해 드론 보급 지점과 부대원 배치, 그리고 산 아래 대기 중인 응급의료 네트워크까지 동시에 연계되어 있습니다.

「강원외상체계 GTS 관제망」 화면과 자막이 뜬다.

[GTS 통합관제망 가동]

☑ 물자 보급드론 적용 재난매뉴얼 연동
☑ 헬기 착륙점 점멸 중
☑ TF 베타버전, 외상 병상 가용정보 86.7%
☑ 자동 이송 네트워크 ON

---

*

새벽 6시 무렵.

드론 소리, 무전 소리, 나무와 바위 타는 소리로 아비규환이다.

「알파 팀, 좌측 화선 우회 돌파. 브라보 팀, 추가 드론 낙하지점 확인. GPS 편차 7.5m 이내. 전방 A-3 지구의 소방 호스 라인 연결. 이상 무!」

현 상황을 워룸 전광판에 띄운 홍현석의 목소리가 스피커에서 울린다.

"최종 7진 드론 완사면 방향 좌회전. 산불 중앙부 메인 호스 낙하 도달 예상 시간 약 1분 40초 소요! 자, 이제 마무리 진화에 들어갑니다."

어두운 능선 위, 드론으로부터 순차적으로 추가 장비를 보급받은 부대원들이 불길의 틈을 향해 마지막 특수 진화제 포탄을 발사하고 있다.

홍현석이 상황판에 타이핑을 친다.

「산불 포위 85%, 진화 70% 완료. 환자 이송 헬기 착륙 지점 확보.」

*

"수동 수맥호스 연결 완료. 수압 5단계. 화구와의 거리 36.8m."

바주카에서 발포된 특수진화제로 거대한 용이 뿜어대는 괴성 같은 포효를 쏟아내던 화염 원천의 숨이 죽어가자, 방화 최전선에 선 찰리 팀 부대원들의 호스가 뿜어내는 고압 물살로 '불의 뿌리'를 절단해 간다.

알파 팀이 불살의 측면을 감싸 안으며 불길 안쪽으로 선진입한다.

화염의 고개 너머로 메인 호스라인이 연결된다.

불길의 허를 꿰뚫은 물줄기가 능선을 무섭게 가르자, 산 전체의 붉은 기운이 움찔거리듯 숨을 죽인다.

폐를 긁는 듯한 매캐한 붉은 연기 속에 인간 사슬이 만들어낸, 포물선을 그리며 펼쳐지는 수십 줄기로 내뿜어대는 방대한 물살의 위세.

이호상 대장이 나지막이 말한다.

"…됐다."

워룸에서 작은 안도의 한숨들이 들려온다.

이호상 대장에게 격앙된 알파 팀장의 무전 보고가 전해 온다.

"통제관님! 부대원 전원, 생존 확인됐습니다. 민간인 포함 부상자 3명을 태울 닥터헬기는 중간 고지 인계점으로 오고 있고요! 대장님 저희 다 살아있습니다!"

워룸 스피커에서 작전 종료 보고가 천천히 흐른다.

"전방 진화율 96% 도달, 부대원 전원 생존 확인, 민간인 1명 무사 이송 완료."

'생환(生還)'

화염으로 검게 그을려 너덜너덜해진 방화복의 이호상 대장이 헬멧을 벗는다.

착륙해 대기하고 있던 닥터헬기 두 대에서 내린 김현호 교수, 박지혜 전공의와 의료진들이 부상자들을 헬기에 싣는다. 'GIS'와 'GTS'를 연동해 확인된 가용 병상 정보대로 환자들이 분류되어 배정된 강릉중앙병원과 세브란스기독병원을 향해 헬기들이 이륙한다.

산불이 진화된 뒤, 얼굴을 알아볼 수 없을 만큼 그을린 채 작전 대기선으로 돌아온 부대원들이 불길이 멈춘 능선을 가르는 닥터헬기를 바라보고 있다.

이호상 대장을 비롯한 '제8 특수소방대' 부대원 77명은 전장을 사수하고야 말겠다는 일념으로 7번의 인터벌 드론 보급을 받아 가며 10시간의 목숨을 건 작전 끝에 산불을 굴복시키고야 만다.

*

강원TV 이동 <뉴스센터> 스튜디오.
모니터에 드론 카메라에서 촬영된 장면이 비춰진다.
산 정상에서 브라보, 찰리 부대원들이 마지막 드론 떼로부터 보급팩을 받아 들고, 알파 팀이 불길 가장자리에서 재발 봉쇄 방화선을 긋고 있다.

조윤경 앵커:
여러분, 저기 보이시죠. 어두운 산등성이 위로 불길이 멈췄습니다. 산이 숨을 쉽니다. 사람이 살았습니다.
밤새 산불과 싸운 사람들이 지금 눈앞에 있습니다. 생환자들은 박수받지 않는 우리들의 숨겨진 영웅들입니다.
그들이 지켜낸 건, 산이 아닌 사람입니다.

화면에는 헬멧을 벗은 부대원들이 눈을 비비며 서로의 등을 두드리는 장면과, 워룸에서 이호상 대장이 민정엽과 생환의 악수를 하는 뒷모습이 클로즈업된다.

조윤경 앵커:

시청자 여러분이 마지막으로 보실 건 이번 '바주카 작전'의 타임라인입니다.

시각	작전 상황 / 04.06
12:55	강원도청 합동상황실 긴급회의 개최 (제8 특수소방대 투입 논의)
13:00~20:30	TF·소방·드론 준비, 장비 및 병력 집결
20:30~21:30	워룸 세팅, 제8 특수소방대 작전명 '바주카(Bazooka)' 확정
22:00	작전 개시, 특수소방대 77명 고지 진입 시작
23:00~23:15	드론 1·2진 보급, GPS 유도 장비 투하 2진 투하 직후, 민간인 오두막 발견 및 구조 (70대 남성, 닥터헬기 이송)
23:15	본진 드론 4진 'K-75 및 특수진화제 압축포탄' 보급 완료
23:30~01:30	알파·브라보·찰리팀 포위망 구축, 1차 진화 작전 전개
01:30~03:00	화염 확산 차단, 다중 방염 코팅 및 드론 3~5진 투입
05:30~이후	최종 포위선 확보, 6·7진 보급 완료
07:30 전후(土)	부대원 전원 생환 확인, 민간인 1명 무사 이송, 작전 종료

*

방송 클로징 음악 'You Raise Me Up'이 깔린다.

조윤경 앵커:

산불은 꺼졌습니다. 하지만, 우리가 분명히 기억해야 할 것은 화염 속으로 목숨을 걸고 뛰어들어 우리를 살린 76인의 용사들과, 그 시스템을 만든 사람들입니다. 그들이 대한민국이었고 그 대한민국이 우리들을 지켜냈습니다.
이상으로 방송을 마치도록 하겠습니다. 시청해 주셔서 감사합니다. 강원TV, 조윤경이었습니다.

LIVE 종료 스트림이 흐르고, 화면은 천천히 어두운 산 능선을 따라 내려오면서 강원TV 로고가 조용히 사라진다.

조윤경 국장이 스튜디어에서 나와 밖으로 보이는 새까맣게 타버린 검은 산의 능선을 바라본다.

강원도청 최민혁 주무관으로부터 핸드폰 문자 진동이 울린다.

「국장님 오늘 생중계… 저희 다들 울면서 봤습니다」

생방송 종료, 카메라와 조명이 모두 꺼진 이동 스튜디오. 붉은 앰버라이트 하나만이 데스크 위를 비추고 있다.

조 국장은 아무 말 없이, 스튜디오 모니터 중 한 화면에 멈춰 있는 살아 돌아온 부대원들의 얼굴들을 하나하나 쳐다보다 귀에 걸린 이어피스를 천천히 뺀다.

감겨진 눈가에 흐르는 눈물을 조용히 훔친다.

누군가 "수고하셨습니다!" 하고 지나가지만, 고개를 떨군 그녀는 대답하지 않는다.

그녀는 입술을 꽉 다문 채, 전장을 찍어 대던 흔들리는 렌즈보다 떨리는 심장을 다잡으며 끝까지 감정을 억누르고 있다.

'견딤과 버팀'

조윤경 국장은 기다란 기자수첩을 꺼내 가장자리에 무언가를 꾹꾹 눌러 쓴다.

「TF는 데스크가 아니라, 현장에서 일하고 있었다!」

그녀는 그렇게 누구보다 뜨거운 눈물로 TF와 함께 싸우며 전장을 지켜냈다. 누군가가 놓친 현장을 끝까지 생중계한 그녀 또한 오늘을 지켜낸 시스템이다.

TF의 드론 작전 전반을 다룬 조 국장의 특집보도는 조회수 128만, 전국 시청률 14.6%를 기록하며 동시간대 1위를 기록했고, 지역 케이블로는 최초로 방송통신위가 지정한 '지방정부 재난보도 표준모델'로 채택된다.

조 국장은 이번 방송으로 '대한민국 여성언론인 프리미엄 어워드'를 수상한다.

*

바주카 작전에는 TF가 구축해 놓은 강원도 전역을 커버하는 '강원외상체계 GTS'가 헬기 착륙 지점과 외상센터 수용 가능 병상 정보를 실시간으로 연동하면서 전사적으로 다이나믹하게 대응했고, 지역 병원 간 환자 분산 시스템은 지방정부와 국가중앙응급센터와의 기민한 커뮤니케이션을 가능케 했다.

이번 재난은 4천 명이 대피하며 삶의 터전이 완전 전소되는 건국 역사상 최악의 화재 중 하나로 기록되었음에도, 민간인 사망자를 단 한 명으로 방어하면서 산불의 규모에 비해 인명 피해를 극최소화할 수 있었다.

TF는 데스크가 아니라 현장에서 일하고 있었다.

대한민국을 뚫고 지나간 화마 속에서 통계를 초월한

실전의 구조 활동이었다.

숫자도, 네트워크도, 명분도 아닌 생존의 실제적 확률을 조정하는, 진짜 거버넌스였던 것이다.

*

강원 산불 진화 이후, 강원TV의 조윤경 국장은 특별취재본부를 꾸려 TF와 '제8 특수소방대'의 드론 작전 성과와 응급·외상체계 거버넌스에 대해 세밀히 취재한다.

조 국장은 직접 팀원들을 이끌고 관련 단체장들을 인터뷰하며 벼랑 끝까지 몰아붙였다. TF의 거버넌스 시스템이 궁극에 알려지지 않으면, 이번 재난 보도는 실패한 뉴스였다고 믿었기 때문이다.

조 국장과의 인터뷰를 마치고 전국구 방송들에서 일제히 퍼져나오는 소속기관의 방송을 모니터한 단체장들과 기관장들은 탑다운Top-down으로 TF에 전면적으로 협조하라는 특별 지시를 하달한다.

국가적 재난 사태에 강원TV로부터 방송을 받아 재송출한 CNN, NHK, BBC에서 대한민국 최초의 지역형 응급·외상체계 범정부 TF에 관심을 가지고 TF로 문의가 쇄도한다.

보건복지부 함예슬 사무관.
— 정엽 선배, 우리 장관님이 TF에 뻑 가신 거 같아요. 장관님이 TF 자료만 보면 눈빛이 달라져요. 정부 발표 '예방 가능 사망률' 숫자도, 사람도 다 살릴 수 있겠다고 하시더라니까요.

강원도청 최민혁 주무관.
— 제가 그동안의 TF의 성과를 이번 도청 총괄 회의에서 꼼꼼히 발표했는데, 보고 받으신 도지사님께서 TF 전담 협력 지시 공문을 내렸어요. 민 박사님이 도청에 오시면 꼭 인사드리고 싶다고 하십니다.

그렇게 TF는 불길 속에서 강릉 일산화탄소 누출 사고 이후, 또 한 번 실력을 입증해 냈다. '거버넌스'는 더 이상 책상 위 논리나 회의용 슬로건이 아니었다. 현장을 붙잡는 손, 목숨을 잇는 숫자, 생명의 테크놀로지이자 이물감 가득한 공무원 조직들을 연결하는 신뢰 체인이었다.

현장을 구조하고, 체계가 증명되면서 보건복지부와 강원도청뿐 아니라, 해외에서도 TF의 그간의 활약상을 인정받게 된다.

13. 페인팅(Feinting)

Good night, brother.

새벽 2시.

밤새 자연재해 응급의료 체계 보고서 작성으로 정신 없는 민정엽의 핸드폰이 울린다.

「총괄사장」

제임스의 술 취한 목소리.

― 바쁘지?

― 목소리가 왜 이래? 술 마시냐?

― 당근 좋은 일 있으니까 한잔하고 있지.

민정엽 전화기 너머에서 술 취한 여자들의 쉰 목소리와 술잔 부딪히는 소리가 들린다.

― 너 룸이냐? 뭔 일인데?

― 드디어 오늘에야 싱가포르 「테마섹 *Temasek holdings*」이 우리 본계정에 출자하기로 결정 났다.

― 고생했네.

― …, ….

― 왜, 말이 없어? 술 마시다 잠들었어?

― …아, 아니다…, 마! 친구야!! 이번 증자로 각자대표인 네 인감도장하고 인감증명 필요하니까 너 편한 시간 알려주면 김 팀장 내려보낼 테니까 건네 놔줘.

― 알았다. 그리고 이제 그만 적당히 마셔라. 오늘 금요일이면 아침에 'ACTC 3호 조합' 회의 있는 날이잖냐. 내가 부재중인데 네가 좀 단도리 *だんどり·段取り* 해야지.

― …그래….

― 빨리 들어가 자라.

전화를 끊자마자 제임스에게서 문자가 온다.

「good night brother~」

추진단

아침 8시, 거버넌스 연구소의 민정엽 연구실.

책상 위에 층층이 쌓인 강원 산불 후속 보고서와 외상체계 DB 수정안, TF 회의록에 파묻혀 있는 민정엽.

연구실 문이 벌컥 열린다.

― 민 박사님, 민 박사님! 큰일 났어요. 큰일!

김진학 박사가 연구실에 들어오면서 호들갑을 떤다.

― 추진단, '응급의료혁신추진단'을 새로 부임한 센터장이 자기 직속 별동부대로 구성해 만든대요.

― 예? 무슨 말씀이세요?

― TF가 이렇게 실적을 내고 있으니까, TF를 해체하고 그 성과를 송두리째 가져가려는 거예요. 낙하산으로 새로 부임한 한익대 복지학과 교수 출신 센터장이 자기를 밀어준 국회의원과 입김 닿는 교수들, 전관 출신의 대형 로펌 고문 변호사, 행정관 출신 정책자문단을 꾸려서 '응급의료혁신추진단'이라고 들고나오려나 봐요. 명분은 '정책 지속성'이라는데, 그게 말이 됩니까? TF는 임시 조직이니까 정식으로 자기들이 조직화하겠다는 거죠.

머릿속이 새하얘진 민정엽이 말없이 깜빡이는 모니터

커서를 응시하고 있다.

― 민 박사님, 이거 그냥 두면 윤 센터장님과 저희 TF의 노력은 물거품이 됩니다. 출력된 종이쪼가리만 보고는 지금까지 우리가 뭘 했고 뭘 하려는지조차 모를 사람들이 또다시 국민의 생명과 혈세를 자기네들 입신양명을 위해 쓰려는 거뿐이잖아요?

― 정보 출처는 확실한가요, 김 박사님?

― '중앙' 쪽 연구행정팀에서 흘러나온 공문을 봤어요. 신임 센터장을 앉힌 국회 복지위 간사인 정정인 의원이 추진단 창설에 드라이브를 걸고 있고, 추진단장으로는 정 의원이 미는 인사를 꽂아 넣었다고 해요.

'보건복지위 정정인 의원? 어디서 들어 봤는데…, … 아, 바디캠 수의계약!'

민정엽은 자리에서 일어나 라꾸라꾸 침대에 기대앉아 옷걸이에 걸린 야구 모자를 집어 푹 눌러쓴다.

'우리가 현장에서 사람 살릴 때, 누군가는 뒤에서 조직도를 짰구나.'

김진학 박사가 조심스레 묻는다.

― 이제 어떻게 하시려고요?

민정엽은 조용히 말한다.

― 우린 우리대로 갑니다.

민정엽이 TF 전원 단체 채팅방에 짧게 메시지를 보낸다.

「금일부로 '중앙추진단' 대응 비상체제로 전환

각 분과별 브리핑 초안, 오후 6시까지 제출」

김영학 박사가 민정엽의 눈을 바라보며 중얼거린다.

― …이제부터가 또 전쟁이겠군요, 민 박사님.

TF의 실질적인 성과가 응급의료계에 퍼지자, 공석이었던 국가중앙응급센터장 자리에 새로 부임한 센터장이 TF를 해체하고 자기 사람을 심어서 '응급의료혁신추진단추진단'을 급조해 신설하려는 것이었다.

박쥐 새끼

민정엽이 명철민에게 전화를 건다.

― 명 대령, 혹시 국방위원회에 있었다는 정정인 국회의원이라고 들어봤어?

― 저 방사청 있을 때 국방위 위원이었어요. 왜요?

― 평판이 어때?

― 어떻긴 뭐가 어때요, 그냥 개차반이죠. 저희 때 난리도 아니었어요. 뭐 캄보디아에서 드론을 부품으로 들여와서는 수원에서 조립해 'made in Korea'로 둔갑시켜 군에 국산 '정찰드론'이라고 팔아먹었으니까요. 그냥 매국노奴에요. 법에 들키지 않은 매국놈! 아, 그때 국방위원장이 원현진 의원님이셨는데 그 일로 정 의원이 모질게 혼났다고 들었어요. 원 의원님 아니었으면 정치 생활 끝났을 걸요? 같은 당 지도부인데다 선수選數에서 정 의원이 원 의원님 앞에선 숨도 못 쉬죠.

― 처벌 안 받았어?

― 당시만 해도 무기체계 산업에 '핵심 부품 국산화'란 정의 규정이 모호해서 법꾸라지처럼 잘도 빠져나갔어요.

― 그 양반이 지금은 복지위에 와 있던데?

― 그러고도 남을 거예요. 대학을 어디? 한익대? 아무튼 원래 거기 노인복지학과를 나와서는 특이하게 같은 대학의 국방문화대학원이란 데서 석사를 했더라고요. 그러니 국방위, 복지위 여기저기 붙었다 하는 박쥐 새끼

로 종횡무진하죠. 어떻든 자기 영달을 위해선 수단과 방법을 안 가리는 정치 괴물이에요.

― 오케이, 고마워.

― 아니에요. 형님, 그때 저희 드론들하고 파일럿들이 강원도에서 실전할 수 있게 해줘서 너무 고마웠어요. 저 그 일로 승진할 거 같아요. 제가 한잔 찐하게 살게요.

― 작전 때 화염에 휩쓸리고, 불탄 맞고, 서로 충돌해 추락한 드론도 꽤 되는데, 괜찮아?

― 공중에서 폭파하고 불길에 추락한 17대가 무인 드론이었으니까 망정이지 사람들이 타고 있는 헬리콥터였으면 어쩔 뻔했어요? 그만하면 장사 잘한 거죠.

― 그렇게 말해 주니 고맙다. 알았어. 곧 보자.

― 예, 형님.

통화를 마치자마자 바로 원현진 의원에게 전화를 거는 민정엽.

― 의원님, 오랜만이세요.

― 그래, 민 박사. 요즘 TF에서 고생 많다지?

― 아닙니다. 할만합니다. 의원님, 혹시 의원님께서 국방위원장으로 계실 때 정정인 의원이라고 기억하고

계신지요?

― 왜, 그 친구 또 무슨 장난질 치고 있나? 어서 말해 보게! 군대도 안 다녀온 사람이 국방위 들어올 때부터 영 찜찜하더니만…, 쯔쯧.

대책 회의

TF '추진단 대응 긴급 대책 회의'

김진학 박사가 먼저 입을 뗀다.

― '중앙'의 갑작스런 추진단 창설은 정치 공세와 전시 행정 그 이상도 이하도 아닙니다. 나도 남의 공적을 인터셉트했던 과거를 반성하고 살아가지만, 정치 집단이 자기 라인을 심어 실무단의 공적을 꿰차 자신들의 야욕을 치적治績으로 둔갑시키는 겁니다. 다른 상위 기관과 직급으로 점핑하려는 발판으로 이용하려는 거죠. 지금 '중앙'의 조직 개편 내홍으로 팀장급들이 모두 멘붕입니다. 우리가 여기서 내려놓으면 대한민국 응급의료 체계를 살리려는 불씨는 꺼지고 맙니다.

자기 말에 자체 흥분된 김진학 박사.

― 제가 '중앙'에 정확히 알아보니 추진단을 미는 국회 보건복지위원인 정정인 의원이 차기 복지부 장관을 노리고 있고, 이번에 추진단장으로 꽂힌 기획재정부 출신인 정 의원 고등학교 후배가 기재부 예산을 끌어들여 정 의원 장관 만들기에 자금을 지원하는 꼴이래요. '모피아 MOFIA 레시피' 그대로죠.

이주현 연구원이 갸우뚱한다.

― '레시피'는 요리 만드는 매뉴얼이고, '모피아'는 뭐에요?

함예슬 사무관이 답한다.

― MOF Ministry of Finance 하고 마피아 Mafia가 합쳐진 말로, 기획재정부 출신 인사들이 정치 세력과 결탁해 산하기관을 장악하는 거예요.

심선홍 교수가 턱을 만지며 혼자 읊조린다.

― 이거 큰일이네. 정말.

김현호 교수가 불만스러운 입을 툭 내밀고 비아냥거린다.

― 추진단에 튼실한 줄을 잡고 계신 참신한 분께서, 보이지 않는 손에 의해 만들어진 신박한 보직을 꿰차시고는 짜잔하고 회전문으로 알 박으러 출몰하시는 거네!

이주현 연구원이 민정엽을 보고 말한다.
― '중앙'에 가서 담판 짓는 거랑 병행해 세종복지부에 가서 그동안의 저희 연구보고서를 컨펌 받아야겠어요.
함예슬 사무관이 받는다.
― 네, 맞아요. 새로 부임한 센터장과 담판 지을 간담회는 보건복지부 공문으로 내려서 제가 날짜를 잡을게요. 그간의 보고서하고 TF가 발간할 백서 초안을 저를 통해 복지부에 제출해 주세요. 일단 TF 명의로 백서가 나오면 추진단이고 뭐고 누가 만들었는지 빼도 박도 못하게 되니까요.

곽영찬 연구원이 흥분해 말한다.
― 그리고 이제는 인터뷰 들어오는 것도 좀 받자고요. 민 박사님 언론정보학부 교수시잖아요? 전방위적으로 홍보를 해야죠. 뭔가 어그레시브한 전략을….

박지혜 전공의가 반박한다.
— 아니에요. 우리는 인터뷰 같은 거 하지 말자구요. 있는 그대로 보여주면 되잖아요.

팔짱을 끼고 묵묵히 회의를 지켜보고 있던 이현강 학장이 단호히 말한다.
— 국가중앙응급센터의 상급기관인 국가중앙의료원은 보건복지위원회의 국정감사 피감기관이니까 내가 국회에 줄을 대서 어떻게든 방법을 강구해 볼게요. 그리고 백서가 나오려면 시간이 더 필요할 테니 연구사업 기간도 연장해서 더 늘리고요.

김진학 박사가 다짐한다.
— 우리 TF 연구에 관심을 가지고 강의와 컨설팅해 달라고 연락을 계속해 오고 있는 지자체를 돌며 직접 발로 뛰어서 우리 TF의 바이탈을 여의도와 세종이 느끼게 하겠습니다. 지금 컨택이 들어온 곳은 우선 인천하고 제주, 부산 그리고 경기입니다.

노력과 실력으로 이뤄낸 사람을 살리는 시스템이 정

치 페인팅Feinting에 의해 탈취되려는 순간, TF는 전면전 모드로 리스타트Re-start 된다.

민정엽은 윤도한 센터장이 세상을 떠나고 '추진단' 사태를 겪고 있는 지금 깨닫고 있다.

죽음을 감시하던 사람이 국가를 대신해 방패가 되었던, 이 나라 응급의료의 마지노선 '윤도한'의 절실함을!

'대한민국 응급의료의 좌표였던 그의 죽음이 제도의 사망 선고였을지도…'

간담회

국가중앙응급센터장 집무실.

신임 센터장과 정정인 의원, 허상만 응급의료혁신추진단장이 모여 앉아 모사를 꾸미고 있다.

─ 의원님. 이번에 복지부 장관 되시기 전에 청문회 전략은 세워두셨어요?

─ 센터장, 이 사람아. 무슨 자다가 봉창 뚫는 소리를

하는 거야! '현역 불패' 몰라? 현역 국회의원이 장관 인사청문회에서 낙마하는 거 봤어? 국회 정문만 나오면 여당이고 야당이고 켄싱턴힐튼호텔 스위트룸에 방 잡고 올라가, 양맥양주+맥주 말아서 러브샷 하는, 우리 다 선배고, 형동생에 친군데, 청문회 같은 요식 행위 따위에서 내리긴 누가 날 내려 감히! 안 그러냐, 상만아?

— 그럼요. 형님, 장관 되시면 하고 싶으신 일 남발해서 질러대세요. 예산 근거는 제가 기재부 후배들한테 레퍼런스 차곡차곡 만들어 놓으라고 했어요.

— 당연하지! 내가 여기까지 어떻게 왔는데. 너도 다음에 국회의원 돼서 보건복지위원회 들어오려면 빌드업 잘 해둬. 위원회의 꽃밭이 아무리 국토위라지만, 복지위도 부지런만 하면 야금야금 나름 꽤 짭짤하거든.

— 네, 알았어요. 청문회에서 군 면제랑 위장 전입만 잘 디펜스 하시고요.

— 그거야, 시간 겐세이けんせい·牽制, 견제 놓다가 요리조리 하이빔 까면 스멀스멀 묻혀지게 돼 있어. 그런 걱정을 하덜덜 말고 이번에 네가 맡은 추진단장 자리만 잘 꿰차고 있어라. 크크.

*

'국가중앙응급센터장 간담회'

회의실에서 민정엽, 심선홍 교수, 이호상 통제관 세 명이 나란히 앉아 약속 시간 30분이 지났는데도 나타나지 않는 신임 국가중앙응급센터장을 기다리고 있다.

회의실과 연결된 센터장 방에서 남성 세 명이 나온다.

― 어이구, 안녕들 하세요. 강원도 원주에서 먼 길들 오셨습니다.

약속 시간 40분이 지나 등장한 센터장이 악수를 건네며 같이 들어온 남자들을 소개한다.

― 다들 아시겠지만, 여기 이분은 국회 보건복지위원님으로 빛나는 3선의 정정인 의원님이십니다. 그리고 여긴 이번에 TF 모든 내용을 인수인계받을 기재부 출신의 허상만 응급의료혁신추진단장입니다.

상대측이 서로 불편한 여섯 남성들의 명함을 건네는 통성명이 껄끄럽게 진행된다.

민정엽이 먼저 말을 건다.

― 정 의원님, 다시 뵙게 돼서 영광입니다.

― 우리 구면이던가요?

― 일전에 김해숙 장관님하고 의원님 모시고 닥터헬기 같이 탔었는데요.

― 아…, 그렇네, 그래. 반가워요. 기억났어요.

― 이후로 여기저기서 정 의원님 명성을 많이 들었습니다.

― 별말씀을. 제가 지역구 토호土豪들 뒤 봐주며 살신성인으로 일을 하다 보니까 당연하게 회자되는 그런 말들이지요. 뭐.

― 예, 맞네요. 그때 저희 TF 브리핑 받으시면서 구급용 바디캠하고 태블릿 수의계약 건 알고 선수 붙이신 거부터, 메르스 때 공적 마스크 유통권에, 국방위에서는 '정찰 드론' 군납 슈킹 しゅうきん·集金, 빼돌림까지 아주 야물딱지게 일 보셨으니 말이죠. 의원님 아주 여기저기 안 끼신 데가 없으세요.

민정엽의 돌직구가 연속으로 날아간다. 당혹한 정정인 의원이 자리에서 벌떡 일어나며 발끈한다.

― 당신이 날 어떻게 알아? 여기 뭐 하러 온 거야?

― 흥분하지 마시고 앉으시죠? 저희들도 바쁘니 단도

직입적으로 심플하게 말씀드리고 긴 시간 안 뺏겠습니다. 의원님!

차분하지만 힘이 느껴지는 비즈니스맨 특유의 말투로 고압적인 민정엽.

앉아서 민정엽의 얘기를 듣긴 들어야 할 것 같은데, 자리에서 한번 박차고 일어나 다시 앉기가 어정쩡한 정의원. 다행히 신임 센터장이 당겨 내어준 의자에 마지못한 척 앉는다.

민정엽이 조용히 말한다.

— 저희 TF의 거버넌스를 페이퍼로 인수인계해서 응급의료의 혁신을 추진할 수 있다고요? 그런 어불성설이 어디 있습니까? 그냥 낙하산 타고 점령했으니 전리품 챙기겠다고 하는 거지. 그렇게 되면, TF의 이번 연구 성과가 출력된 종이로만 남은 채 정부기관 캐비넷 한구석에 처박혀 버리고 말 텐데. 그럼 수천 명을 살릴 시스템 구축이 공염불이 돼버리게 됩니다.

심선홍이 민정엽을 거든다.

— 맞습니다. 그러다 정권 바뀌고 2, 3년 있다가 또 '무슨 응급의료정책추진단', '무슨무슨 응급의료 개선협

의체', '무슨무슨 민관위원회' 만들어서 저희 TF 같은 국책 시범사업 연구 결과를 곳간에서 곶감 빼먹듯 할 게 뻔한데, 그런 추진단 놀이에 결국 국민들만 죽어나게 됩니다! 복지부 장관을 하시려는 걸로 아는데, 국민들의 생명과 세금을 담보로 눈 가리고 아웅해 긍정 여론을 만들면 그렇게나 마음 편해 좋습니까?

걱정스러운 어조로 말하는 심선홍 교수에게 정 의원이 다그친다.

— 장관은 여론이 아니라, 거래로 만드는 겁니다!

정 의원의 대답에 분을 참지 못한 이호상 통제관의 다혈질 성격이 나온다.

— 뭔 소리야? 숟가락 얹는 방법도 가지가지네. 무슨 놈의 추진단이 왜 필요해? 어떻든 간에 실력 있는 놈들이 끝까지 밀어붙일 수 있게 추진체를 달아줘야 할 거 아냐? 서류 낱장 건네받고, TF 실무자들 빠진 윗선 분들의 사교모임 하나 만드시게? 추진단 가동할 테니 그 시스템을 만든 TF는 빠지라고? 오이무침에 오이 빼고 달라는 거랑 다를 게 뭐야?

센터장, 국회의원, 추진단장 아무도 말이 없다. 말을

못 한다. 할 말이 없다.

이후 간담회는 센터 측의 정확한 답변 일언반구 없이, 정정인 의원이 일방적으로 밀리는 분위기를 수습하기에 바쁜 센터장의 어리버리로 마무리된다. 타협도 협상도 거래도 아닌, 그런 간담회가 짧게 끝난다.

*

간담회로부터 며칠 지나지 않아 추진단 창설에 속도를 붙인 국가중앙응급센터 조직도에는 센터장 바로 옆에 직속으로 '응급의료혁신추진단'이 떡하니 박혀 있다.

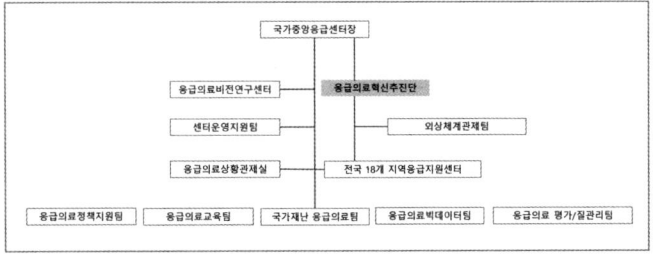

'중앙'에서 TF에 언론 노출 및 외부 강연 활동 등을 엄격히 금한다는 공문을 보내온다.

민정엽은 조직도에서 진한 볼드체로 표시된 「추진단」

세 글자를 확인하고는 입가에 결연함이 가득하다.

'드디어 시작됐군, 전쟁.'

*

TF가 센터의 갑작스러운 추진단 설립의 대응안 마련으로 의견이 분분하고 정신없는 와중에 응급구조사 곽영찬이 민정엽을 찾아온다.

― 민 박사님, 잠시 시간 좀 되시나요? 부탁드리고 싶은 게 있어서요.

― 응, 말해 봐.

곽영찬이 허리춤에 끼고 있던 두꺼운 책을 민정엽에게 내보인다.

― 저 박사님이 쓰신 『스타트업 노트』잘 읽었습니다. 경영학 책을 많이 쓰셨다는 건 소문 들어 알고 있었는데 이렇게 유용할 줄 몰랐어요. 사인 좀 부탁드려요.

곽영찬은 저자 사인을 빌미로 민정엽에게 자신의 불우했던 청소년기를 얘기하면서 자신은 꼭 부자도 되고, 결혼도 잘해서 신분 상승을 하겠다며, 그래서 퇴근 후

야간 경영대학원도 다니고 있다고 했다. 그러면서, 온라인으로 응급의료 체험 교육을 하는 스타트업을 하고 싶어 투자사 대표인 민정엽의 조언을 구하고 싶다고 한다.

   민정엽은 TF의 급박한 상황에도 개인적인 일로 면담을 요청하는 곽영찬이 당돌하다고 생각한다. 그래도,

'나도 저만할 때는 저랬었지. 꿈을 이루기 위해 조금은 개인주의로 영리하게 살아도 될 나이야. 그래, 제대로 도와주자.'

민정엽이 곽영찬을 마주한다.

— 체험형 스타트업은 의외로 클래식한 게 투자사에 잘 먹혀. 이런 류의 스타트업들 티저Teaser letter, 투자요약서를 보면, 모두 천편일률적으로 속된 말로 개나 소나 AI를 어쭙잖게 붙인 애플리케이션을 만들겠다고 하거든. 차별화 있게 투자자를 후킹Hooking 하려면 약간의 참신함 한 스푼에, 진정성을 가진 올드한 거를 같이 들이대는 게 나아.

— 그런 게 뭐가 있을까요?

─ 이를테면 온라인에서 애니메이션을 활용한다든지, 오프라인에서는 학교 운동장 같은 데서 응급의료를 시연하면서 실제로 체험시키겠다는 뭐 그런 거? 나도 투심 위하다 보면 뻔한 줄 알면서도 혹할 때가 있다니까? 응급구조사와 닥터헬기 기장, 의사와 간호사로 팀을 이뤄 역할극처럼 응급환자를 살리기 위해 혼연일치가 되는 경험을 해볼 수 있다는 아름다운 스토리라인이랄까? 거기에 CSR기업의 사회적 책임, 사회 공헌 스토리를 덧입히면 BM비즈니스 모델이 더 섹시해지지.

─ 오~!

14. 이건 대박 정도가 아니라 혁명인데요!

딜(Deal, 거래)

민정엽 연구실에 심선홍 교수, 김진학 박사, 이주현, 박지혜, 곽영찬이 백서 마무리로 한창이다.

'삐리릿 삐리릿'

민정엽 핸드폰으로 모르는 전화번호가 뜬다.
— 예, 민정엽입니다.
— 안녕하세요. 민 박사님. 저번에 '중앙'에서 만났던 정정인 의원입니다.

― 아, 예.

민정엽이 심선홍 교수에게 눈치를 보내고는 스피커폰으로 전환한다.

― 그날 제가 강원도 지역구에서 올라와 경황이 없어 제대로 응대를 못 해서 죄송했습니다. 언제 시간 되실 때 자리 한번 어떠실까요?

'정 의원을 만나긴 만나봐야 한다!'

― 그러시죠. 정정인 의원님.

'정정인'이란 이름을 듣자 심선홍 교수의 귀가 쫑긋 열린다.

― 제가 운동 다니는 아미가호텔에서 보면 어떨까요?

― 예, 압니다. 언제가 좋으십니까?

― 내일 오후 3시 어떠십니까? 호텔 지하 임페리얼팰리스 사우나에서 보시지요. 그 시간이면 사람들도 없고.

― 내일 뵙죠.

― 네, 그럼.

전화를 끊은 민정엽에게 이주현이 묻는다.

― 정정인 의원이 박사님께 무슨 얘기를 하려는 걸까요?

― 모르지, 들어보면 알겠지.

갸우뚱한 심선홍 교수가 묻는다.

— 근데 왜 사우나야?

— 사우나 안에서 벌거벗고 있으면 녹음기를 숨기고 들어올 수 없어 무슨 얘길 해도 되니까.

— 아~.

던, 딜.(Done deal, 거래 성립)

— 오~, 민 박사님 여깁니다.

아미가호텔 사우나 라운지에서 정정인 의원이 민정엽을 맞는다.

— 들어가시지요. 여기 사우나가 사이즈는 아담해도 얘기 나누기도 좋고….

*

사우나 안.

민정엽과 정정인 의원이 아무 말 없이 10분간 땀을 빼고 있다.

― 민 박사님 기억나세요? 저랑 복지부 장관님하고 닥터헬기 타셨을 때….

― 어차피 여기 뜨거운 사우나 안에 있는데, 어쭙잖은 아이스브레이킹 할 필요가 없습니다. 정 의원님.

― …….

뜨거운 증기가 무럭무럭 피어나는 사우나 안에서의 20분이 지났다.

열기가 점점 뜨거워지자 앉았다 일어났다를 반복하며 어쩔 줄 몰라 하는 정정인 의원과 달리 전혀 미동치 않는 민정엽.

― 민 박사님은 뜨거운데도 잘 견디시네요. 지구력이 좋으세요.

― 예, 제가 다른 건 몰라도 들붙어 게기는 데는 일가견이 있어서요.

― …….

― 쭈욱 삐대다가 여차하면 영원히 물고 늘어집니다.

5분 더 지났을까? 사우나의 뜨거운 열기에 좀이 쑤신 정정인 의원이 먼저 입을 연다.

― 박사님. 뜨거운데 본론을 말씀드리겠습니다. 그날 얘기하신, 박사님 계신 TF 수의계약 건하고, 메르스 공적 마스크 유통이랑 '정찰 드론' 군납 일에 대해 뭘 얼마나 알고 있습니까?

민정엽이 정정인 의원의 눈을 지긋이 쳐다본다.

― 네? 민 박사님. 얘기 좀 해 주시면….

― 됐고요, 정 의원님! 저 먹물만이 아니고, 리얼로 비즈니스 하는 사람입니다. 쉽게 가시죠.

― 뭘, 쉽게 가요?

― 추진단 없애세요. 그럼 됩니다.

― 왜요? 정책적 지속성을 가지려면 '중앙'에 추진단이….

― 적당히 하시고 얼른 해체하세요. 저는 지금 제안이 아니라 통보하고 있는 겁니다. 종이쪼가리로 인수인계 한다고 혁신이 됩니까?

― 불편하네요.

― 저 불편한 거 익숙합니다.

― 흠…, 저도 사실 민 박사님 후다ㄱ쳐, 뚜껑 좀 까 봤어요. 원현진 의원님이 대부시라고….

― 그래서요?

― …….

― 지금 묻고 있잖아요? 정 의원님!

― 박사님. 닥터헬기에선 그렇게 선한 얼굴로 설명해 주시던 분이 어떻게 이렇게 무섭게 변합니까?

정정인 의원이 사우나 열기에 숨이 막혀 수건으로 입을 가리고 말한다.

― 어제 제가 박사님께 전화드리기 전에 원현진 의원님 전화받았습니다. 민 박사님께 실수하면 가만두지 않으실 거라고 하셨어요. 예전에 제가 원로 의원 선배님들한테 실수했을 때 그렇게나 저를 자애롭게 커버해 주시던 분께서 어제처럼 노발대발하시는 거 처음 봤습니다.

― 사람 헷갈리게 쓸데없는 말 그만하시고, 좋게 말할 때 없애세요. 추진단.

― …알겠습니다. 없앨게요, 추진단…. 당장 없앨 테니까 저한테도 약속 하나만 부탁합니다. 민 박사님.

― 말하세요.

― 수의계약이고, 마스크고, 드론 납품이고 어디에 말하지 말아 주세요. 민 박사님 영향력이면 저 어떻게 될지 정도는 알고 있습니다. 언론정보학부에서 가르치셔서 중앙지 기자, 방송국 PD들과 다 형, 누나, 동생 하신다고 들었어요. 잘 좀 부탁드립니다.

민정엽이 가볍게 고개를 끄덕이고는 사우나실을 나간다.

*

샤워를 마치고 옷을 갈아입고는 사우나 라운지에서 민정엽을 마주한 정 의원.

― 자, 그럼 우리 거래는 콜인 겁니다. 박사님!

― 네, 이번 딜은 받겠습니다.

― 오케이! 민 박사님. 요 앞에 「논현삼계탕」에 들렀다가, 거기 지하에 제가 여동생 삼은 젊은 사장이 하는 「추카추카」라고 하는 괜찮은 룸이 있는데 어떠십니까? 거기서 제가 아주 시원하게 쏘겠습니다. 가시지요.

― 안 갑니다.

'멈칫'

− 앞으로 의정 활동이나 잘하세요. 의원님.
− …….
− ….
− …알겠습니다. 민 박사님. 그럼…, 오늘은 이만. 이쯤에서….

정 의원이 악수를 청한다.
민정엽은 손을 안 내민다.

*

여의도 국회 사무실로 돌아온 정정인 의원은 자신의 방 커튼을 걷고 창밖 아래 물을 뿜지 않고 있는 분수대를 내려다본다.
'정치란 게, 싸움이 아니라 거래로 알고 있었는데… 이젠 싸움도 거래도 다 내 맘 같진 않구만….'
그의 책상 위에는 곧 열릴 인사청문회 노란 서류봉투

가 놓여 있다.

겉에 붙은 흰색 라벨에「보건복지부 장관 후보자_국회의원 정정인」이라고 검정 글씨가 굵게 쓰여 있다.

정정인은 자신의 정치 인생이 걸린 라스트 챕터가 서서히 도래하고 있음을 직감하며 노란 봉투를 집어 든다.

'민정엽과 시즌2에서 붙어볼 만하겠군!'

White paper(백서)

2019년 7월 22일. 세종시 보건복지부 회의실.

보건복지부 응급의료과 김호영 과장, 함예슬 사무관과 최민혁 주무관이 민정엽이 건넨 TF 연구보고서를 정리한 백서 초안을 보고 있다.

700페이지에 달하는 백서에는 병원, 지자체, 소방, 복지부, 군, 경찰, 심지어 헬기를 보유한 도로공사까지 재난·응급 정보를 실시간 공유하는 거버넌스 체계와, 이를 '중앙응급의료관리처가칭'가 컨트롤할 수 있는 법적 권한과 조정·감독하는 구조가 담겨 있다.

"이거 대박, 아니 초대박이네요. 민 박사님."

최민혁 주무관의 반응에, 옆에 앉은 함예슬 사무관이 한술 더 뜬다.

"아니, 이건 대박 정도가 아니라 혁명인데요! 백서대로라면 민 박사님이 말씀하신 국가중앙응급센터가 응급의료 사안을 국가중앙의료원 공공의료보건실에 결재받는 고질적인 옥상옥屋上屋에서 벗어나 '응관처중앙응급의료관리처'로 승격도 될 수 있겠어요. 예산 와꾸도 그렇고 기금 집행까지 계획대로만 되면, 박사님 생각대로 정치적 외압과 공무원 순환근무 폐해 없이 실행을 담보할 수 있는 국무총리실 직속의 독립기구로의 출범까지도요!"

메릴랜드

민정엽은 자신의 네트워크를 활용해 세종시와 여의도

국회를 오가며 TF의 연구와 정책 방향성 알리기에 여념이 없다.

'윤 센터장님도 이러고 다니셨겠네.'

민정엽이 파김치가 된 몸을 질질 끌어 자신의 연구실에 들어와서는 의자에 털썩 몸을 완전히 의탁한다.

'최종 보고회까지 이제 얼마 안 남았다. 조금만 더 버티자!'

민정엽은 홍현석과 함께 마호가니 책상과 라꾸라꾸 침대 사이를 오가며 밤새는 날이 더 허다해진다.

*

김진학 박사가 메릴랜드주 응급의료 거버넌스 조직도를 보다가 민정엽에게 조심스레 말을 건다.

― 민 박사님, 아무래도 저희 연구 모델의 백본Backbone이 된 일본하고, 응급의료 거버닝에 최적화된 메릴랜드주를 한번 다녀오기는 해야 할 거 같은데요.

― 음, 맞아요. 윤도한 센터장님도 같은 생각을 가지고 계셨어요. 일본이야 아시아의 메릴랜드라 불리는 시즈

오카현静岡県하고, '마못테' 시스템의 본거지인 오사카 지인들한테 전화 몇 통 돌리기만 하면 시찰 어레인지야 일도 아닌데, 땅도 넓은 미국에서 메릴랜드…, 메릴랜드라….

혼잣말을 중얼거리는 민정엽이 핸드폰을 뒤적거리다 어딘가에 전화를 건다.

― 안녕하셨어요? 박용출 이사장님. 격조했습니다. 잘 지내시죠?

― 그럼요. 민 박사님은 어떻게 지내세요? 요즘 국책 연구 중이시라 등산 모임에 못 나오신다고 들었습니다만.

― 예, 당분간 제가 그렇습니다. 전화드린 건 다름이 아니라 혹시 메릴랜드주에 어레인지 도움을 받을 수 있을까 해서요. 제가 지금 소속된 TF가 메릴랜드 케이스를 연구 중이라서요.

― 어느 쪽 인더스트리죠?

― 응급의료 쪽입니다.

― 역시, 응급의료로는 메릴랜드주가 단연 탑이죠. 미국 내에서도 연수받고 벤치마킹하러 오는 응급의료의 예루살렘 같은 곳이에요. 알겠습니다. 뭐, MOU나 자매

결연 그런 거 생각하시나요? 편하신 대로 말씀 주십시오. 메릴랜드주 상무부와 핫라인이 있습니다.

― 감사합니다. 이사장님. 그럼 요청사항 정리해서 이메일로 드릴게요.

― 대신에 다음엔 저번에 말씀드린 저희 최고위과정에 특강 한번 꼭 해 주시는 겁니다. 박사님.

― 그럼요, 제가 영광이죠.

― 고맙습니다. 그럼 그렇게 알겠습니다. 민 박사님.

― 예, 이사장님. 여기 프로젝트 끝나면 한번 찾아뵐게요. 감사드립니다.

*

2019년 8월 14일.

김진학 박사를 비롯한 TF 연구원 세 명이 미국 메릴랜드주로 가기 위해 볼티모어 공항행 비행기에 오른다.

메릴랜드주 퍼스트레이디 주지사 부인의 친오빠이자 한미글로벌포럼 박용출 이사장의 도움으로 '메릴랜드주 응급의료관리원MIEMSS' 알코타 사무국장을 소개받았다.

정작 민정엽 본인은 자료 보완과 취합을 위해 강원도 원주의 거버넌스 연구소에 남아 메릴랜드 시찰팀의 백오피스Back office를 맡는다.

시찰팀이 미국에 간 사이 대한민국 정부는 윤도한 센터장을 36년 만에 최초로 민간인 국가유공자로 지정한다.

판도라의 방

3박 4일 일정의 메릴랜드 시찰팀이 복귀하고 나서, 민정엽은 김현호 교수를 필두로 응급의학과 교수들과 4년차 레지던트 정명섭 치프로 일본 시찰팀을 꾸려 시즈오카와 오사카 출장 일정을 조율한다.

시즈오카는 원현진 의원의 옥스퍼드대학 박사 선배이자 민정엽의 와세다대학 선배인 카와카츠川勝 지사의 전화 한 통화로 '시즈오카 MCMedical Control Center' 방문 일정이 잡혔고, 오사카의 최첨단 응급의료센터 견학 어레인지는 민정엽이 몸담았던 노무라연구소 인맥을 활용했다.

총 2박 3일 일정으로 다녀오기로 한다.

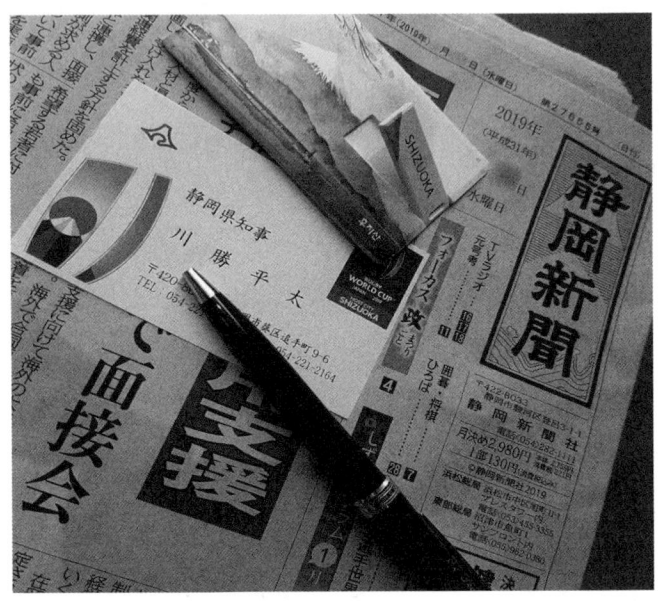

*

일본 출장 첫날 '시즈오카현 지역의료과'와 '메디컬컨트롤협의회'를 방문해 일본과 한국의 지역 특화형 구급응급·외상체계에 대해 치열한 논의를 하고 앞으로의 협력 방안을 공동으로 추진하는 데 협의한다.

*

다음 날 오사카의「중앙구명구급센터」를 방문해 일본의 구급응급과 인명구조용 최첨단 의료 장비들 시찰에 들어간다. 센터 앞에 도착한 시찰팀 의료진들에게 김현호 교수가 긴장감을 전한다.

— 여기가 바로 '지진해일의 국가'인 일본 정부가 아직까지 외부 어디에도 공개하지 않았다는 국가재난 모듈 Module의 심장부야! 제군들 이제부터 진입하니까 정신 똑바로들 차려!!

센터에 도착하자 검정 정장을 입은 각 잡힌 보안요원과, 등에「中央救命救急センター」중앙구명구급센터라고 큼지막하게 적힌 노란 점퍼를 입은 센터의 기획처장이 시찰팀을 인솔한다.

일본 시찰팀은 센터를 구석구석 돌며 이것저것 거침없이 물어봤다.

일전에 강릉 일산화탄소 누출 사고에서 사용했던 한국의 챔버 버전 이후에 차세대 모델로 나온 처음 보는 고압산소챔버와 120kg까지 들어 올릴 수 있는 인명구조 전용 드론, 'TAJIMA' 부유식 피난쉘터, 이동식 정맥절개 시뮬레이터 같은 특수 장비의 확보와 운용과 관련해 무서우리만치 날카롭게 수많은 질문들을 쏟아냈다.

센터 시찰 막바지.

시찰팀은 지친 기색 하나 없이 마지막까지 분야별 전문 연구실 한곳 한곳에 들어가 꼼꼼히 최신예 응급 장비들을 확인한다.

*

시찰팀은 다른 연구실들과는 달리 유독 어떠한 명판도 달려 있지 않은 방 앞을 지난다.

시찰팀을 인솔하던 기획처장이 "ここには特に何もありません 여긴 특별히 보실 필요 없습니다"라고 말한다.

보안요원이 문 앞을 의식적으로 막아서는 거 같은 느낌을 받은 김현호 교수는 이 판도라의 방에 꽂힌다.

'뭐지? 저 방안에야말로 우리한테 보여주면 안 되는 정말 특수한 장비가 있는 거 아냐?'

시찰팀의 의료 수장인 김현호 교수의 의학적 코드에 기반한 의구심이 발동한다. 일본에 오기 전 이현강 학장이 자신을 불러 단단하게 정신 교육한 멘트가 생각났다.

― 이봐, 김 교수. 우리가 닥터헬기를 처음 도입할 때도 일본의 선진화된 응급의료시스템을 철저히 벤치마킹 했었네. 소중한 국민의 혈세로 가는 이번 일본 출장길에서도 반드시 지대하고도 확실한 성과를 가져와야만 하네. 그거야말로 자네와 우리가 할 수 있는 애국애민愛國愛民의 길일세!

― 네 학장님. 명심하겠습니다. 꼭 그렇게 하겠습니다. 믿고 맡겨 주십시오!

학장과의 맹세를 되새기는 김현호 교수의 눈에 비장함마저 감돈다.

'그래, 이 방에 분명 뭔가가 있다!'

일말의 주저함 없이 김현호 교수가 순식간에 잠입 작전을 짜낸다.

민정엽과 정명섭 치프가 인솔자들을 유인해 자리를 비우도록 해서, 김현호 교수와 시찰 의료진들이 방에 잠입해 핸드폰 카메라 연사로 장비 본체 구석구석과 고유의 '메디컬 시리얼넘버'를 찍자는 애국적 발상이었다.

시간차 작전 돌입.

민정엽과 센터의 기획처장이 병원 카탈로그를 가지러 가고, 정명섭 치프가 보안요원 안내에 따라 화장실 가는 척을 한다. 그 사이, 김현호 교수와 나머지 인원이 판도라의 방에 잠입하는데 성공한다.

*

판도라의 방 안 조명은 꺼져 있는데, 리드미컬하게 모터 돌아가는 소리가 들린다.

김현호 교수가 한쪽 구석에 반투명 커튼으로 은밀하게 가려져 있는, 직경 1,200mm 정도의 정사각형 모양에 커다란 투명 원형 커버가 비스듬히 덮어 씌어 있는 하얀색 장비를 발견한다.

분기충천憤氣衝天해 휘둥그레진 눈으로 말을 더듬는 김현호 교수.

― 내, 내가 이럴 줄 알았어. 우리가 모르는 이런 트, 특수 장비를 숨기고 있었던 거네. 자세히 보면 뭔가 진

공 상태의 원심분리기 같기도 하고…. 봐봐, 가동하고 있는 기, 기계 덮개 접착부에 티끌 한 톨도 붙어 있지 않아. 최신예로 개발된 거라는 반증인 거지.

「HITACHI」 로고가 선명히 박힌 장비 측면 원형 투명판 안에서 원심분리기 같은 게 초고속으로 회전과 역회전을 반복하고 있다.

— 이거 봐, 이거 보라고! 히타치 그룹이 요즘 글로벌 메디컬 사업에 전격적으로 뛰어들었다는 기사를 봤었어. 햐— 이게 바로 그 비밀병기구만! 정체불명의 진공 챔버 응급의료 최신 장비라…, 무슨 역할을 하든 분명 의료혁명급이겠는데, 넌 이제 딱 걸렸어!

김현호 교수가 한 걸음 다가서며 장비를 세세히 살핀다.

투명 원형 커버 위, 금속판에 깔끔하게 정렬된 은색 버튼들과 검정 바탕의 디지털 제어판. 그 아래엔 새겨진 일본어 버튼이 의미심장하게 자리하고 있었다.

「スタート/一時停止」, 「標準」, 「お急ぎ」. 「すすぎ1回」

― 놀랍군, 놀라워! 센터 독자적으로 응급처치 매뉴얼을 이렇게 규정지어 놓다니! 히라가나는 잘 모르겠고, 한자만 보더라도 '一時停止일시정지'는 심정지 상태를 '標準표준'은 일반 외상, '急급'은 출혈성 쇼크란 개념이겠어. 안 그런가. 제군들?

― 오―

― 와…!

시찰팀 의료진들이 의료적 패러다임으로 자동 변환하는 김 교수의 과학적 촉과 천재성에 찬사와 감탄, 존경이 혼재한 눈빛을 동시다발로 쏟아낸다.

의기양양해진 김현호 교수.

이때 보안요원의 시선을 피해 방에 들어온 정명섭이 김 교수의 장비 설명 중에 끼어들어 뭔가를 말하려 한다.

― 김 교수님. 이 버튼 패널, 저희 지… 입….

― 지금 잡소리 할 시간이 어딨어? 뭐해? 들킬 때 들키더라도 빨리 꼼꼼히 사진 찍어 채집들 하지 않고! 집중해! 집중!!

의료 시찰팀은 민정엽이 유인한 일본인 안내자와 정명섭이 따돌린 보안요원이 판도라의 방에 들어오기 전에 완벽한 증거를 확보해야 했다.

모두가 응급의료과 의사답게 손을 정교하면서도 쏜살같이 놀린다.

김현호 교수가 무거운 최신예 장비를 번쩍 들어 밑바닥까지 보이자, 장비 안에서 원심분리기가 돌고 있든 말든 애국애족愛國愛族의 핸드폰 카메라 셔터들이 360도로 정신없이 '메디컬 시리얼 넘버'를 찾아 연사해 찍어 대기 시작한다.

좁은 공간에서의 남정네들의 다이나믹한 움직임과 극도의 긴장감에 시찰팀 모두의 얼굴이 땀범벅이다.

바로 그때!

갑자기 문이 열린다. 숨 멎은 얼음이 되어 버린 김현호 교수와 시찰 의료진들.

보안요원을 대동해 들어온 기획처장이 사진을 찍고 있던 이들을 향해 어이없다는 표정을 짓고 일본말로 뭐라 뭐라고 한다.

"洗濯機をどうして撮ってるんですか? 세탁기 사진을 왜 찍고 있나요?"

뒤늦게 세탁실에 들어와 잠시 멍해진 민정엽이 쪽팔림을 무릅쓰고 일행들에게 통역을 해준다.

김현호 교수가 모두를 돌아보며 더듬거리며 멋쩍게 말한다.

― …이, 이거 드, 드럼 세… 세탁기였다는 거네. 아하하…, 아….

'이걸 이과 감성으로 웃어야 하나, 울어야 하나….'

민정엽이 어금니를 다물고 입술을 안 움직이는 복화술로 말한다.

― 김 교수님 그냥 웃지도, 어떤 말도, 숨도 쉬지 마시죠. 저희들 모두, 그냥 입 다물고 가만히 있는 게 나을 거 같아요. 제발요. 부탁 좀 합시다!

*

그날 저녁 한국으로 돌아가는 비행기 안.

계속 눈치를 보던 김현호 교수가 옆자리의 민정엽에게 간곡히 말한다.

― 민 박사님, 저희 백서에 오늘 세탁기 이야기는 절

대 쓰시면 안 됩니다. 꼭 부탁드립니다. 박사님. 꼭이요!

— 네… 교수님 앞으로 하는 거 봐서요. 어떻든, 후배들에겐 레전드급 신화로 영원히 전해질 게 확실합니다. 이번 드럼세탁기 얘기만큼은 교수님 인생 역사상 평생 안 씻길 거니까요.

건너편 같은 줄에 나란히 앉은 TF 시찰팀들 입가에 잔잔한 미소가 감도는데, 유독 정명섭이 웃음을 참다못해 빵 터지면서,

— 김 교수님 이제부터 평생 별명은 드럼이네요. 드럼!

시찰팀이 한국에 돌아와서는, 홍현석이 영어와 일본어로 깔끔하게 정리한 미국과 일본 시찰 보고서를 첨부한 7개 국가 거버넌스 비교 분석표가 복지부에 건네진다.

「Good bye brother~」 VS 「Good buy company!」

김 팀장이 민정엽의 집 펜트하우스 우편물을 수령해 사진을 찍어 톡으로 보내왔다.

「대표이사 사임 통보」

민정엽이 언론사 금융섹션 공시를 확인한다.

H인베스트먼트 주주총회에서 대표이사의 개인적 사유에 의한 자발적 사임 발의가 승인되었단다.

민정엽이 제임스에게 전화를 건다.

— 그때 보내라던 내 인감도장으로 내 사임서에 도장 찍었던 거냐?

— ······.

— 많이 힘들었냐? 네가 날 배신도 하고.

— 민 대표, 회사를 떠나 넌 자유를 가졌겠지만 'Freedom is not free'. 소명이든 사명이든 네가 택한 자유는 공짜가 아니야···, 어쨌든 미안하게 됐다. 이해해 줘라. 이번에 M & A를 전제로 300억 증자하면서 나한테 대표이사 러브콜 온 게 일생일대의 마지막 기회라···, 이번 아니면 내가 언제 회사를 떠보겠냐. 네 후광 뒤에 서 있으면 영원히 내 스스로 사람들 앞에 설 수 없다는 거 너도 알잖냐.

— 기본 빵은 했네. 그래라, 나도 원래 사업 체질은 아니었어.

─ 아냐, 너 사업 잘하는 건 아는데, 네가 나를 대할 때면 한 번씩 뭔지 모를 모멸감을 느꼈었어. 대놓고 무시당하는 거 같은….

─ …….

─ 네가 회의 때 내 말 자르던 거 기억해? 그게 하나하나 쌓이다 보면…, 사람이 얼마나 작아지게 되는지 넌 모를 거다. 별거 아니라고 내가 나를 세뇌하며 살던 고름이 이번에 터진 거야.

─ …내 회사 뜬 거 축하한다, 잘 살아라. 민섭아.

민정엽은 정말 오랜만에 친구 제임스의 한국 이름을 불러본다.

전화가 곧 끊길 걸 직감한 제임스의 말이 빨라진다.

─ 인사팀에서 3년간 경영 고문 형태로 너한테 계약서 날아갈 거야. 거기에 사인만 해서 반송만 부탁해. 그리고 네가 저번에 대펀대표펀드매니저으로 승인했던 AI코스메틱 「다보인더스트리」 투자는 확정했고….

제임스가 미안함과 죄책감에 주저리주저리 말을 이어가는 도중에 민정엽은 전화를 끊어 버린다.

하지만 제임스의 '모멸', '무시'라는 말에 민정엽에게 회환과 참회가 밀려오면서 친구에 대한 자신의 태도를 돌아보게 된다.

제임스가 문자를 보냈다.
「good bye brother~」

「good buy company!」
민정엽이 마지막 답장을 보낸다.

*

'백서를 마무리하자.'

눈꺼풀을 번쩍 들어 올린 민정엽이 심기일전을 각오한다.
'OK! 할 수 있다. 하면 된다. 해보자!'
키보드에 올려진 민정엽의 손이 폭풍 휘몰아치듯 타이핑을 쳐 나가고, 모니터 속 촘촘히 박혀 가는 글자와 그래프가 마치 정교한 전투 대형 스크럼을 짜고 있는 듯

하다.

TF에 지금을 올인하고 있는 민정엽에게. 회사의 경영권 확보는 그다지 중요하지 않았다.

*

TF의 연구 결과가 추진단에게 고스란히 넘겨지기 직전에, 이현강 학장이 국회 보건복지위원회 소속 국회의원들에게 어렵게 부탁해 보건복지부의 시범사업 기간 연장 승인을 가까스로 받아낸다.

작업 시간을 번 TF 모두는 대내외 활동과 더불어 혼신의 힘을 다해 백서 발간 작업에 매진한다.

*

2019년 9월 27일.

TF로 좋은 소식이 들린다. 아주대 이국현 교수와 경기도의 '중증외상환자 이송체계 구축' 업무협약 체결에 따라, TF의 거버넌스 조직도대로 이명제 경기도지사가 거버너Governor로서 직접 명령을 내려 지자체와 의료기관, 소방이 협력해 닥터헬기를 하늘에 띄운 것이다. 그뿐만 아니라 경기도의 학교 운동장, 공공청사와 공원 등 천 8백 곳에 달하는 인계점까지 확보한다.

이명제 도지사는 TF의 보고서가 경기도의 지역완결적 응급의료 체계 연구에 적용되어 '외상 사망률'이 감소 추이를 보이면서 응급환자의 생존율이 증가하고 있다고 발표한다.

이국현 교수는 이명제 도지사에게 "한 사람의 리더 Governor가 얼마나 큰 변화를 만드는지 절실히 느낍니다."라고 감사의 말을 전하고, 이 도지사는 "돈이 문제가 아니라 인명이 우선입니다. 제가 잘 챙길게요. 이젠 공무원들이 선의 갖고 하는 일에 책임을 묻지 않는 풍토가 조성될 겁니다. 저 있는 동안에 새로운 거 같이 많이 해보시죠."라고 화답했다.

TF 연구원 모두는 자신들의 프로젝트가 지자체로의 확산이 현실화되자 뿌듯해했고, 경기도 헬기 도입 소식을 접하자마자 숫자를 돌려본 홍현석은, "저 정도면 통계상 5년간 2천 명의 목숨은 구할 수 있는데…, 대단한 실행력이야."라며 감탄을 쏟아냈다.

백서에 올인하고 있는 TF의 상태는 쥐어짜진 행주 같았지만, 모두들 다시 힘이 났다.

경기도를 시작으로 한 지역완결형 응급·외상체계는 점차 광역자치단체들에 시범 적용되며 생명을 지키는 시스템으로 정착되어 가고 있었다.

*

매일 밤을 새우다시피 하며, 드디어 TF의 전국 확산 버전의 응급의료 체계 지역화 기본 모델이 담긴 『지역외상체계 구축』 백서가 세상에 빛을 보게 된다.

백서는 중증외상 환자를 수도권 병원이 아닌 지역 자체 시스템 내에서 '최종 치료'까지 완료할 수 있도록, 거버넌스 체계와 권역별 외상환자 흐름 시뮬레이션, 헬기 인계점과 GIS 연동 기술 등을 담은 종합 응급의료정책서였다. 백서에는 사람이 죽지 않도록 하기 위한 기관, 병원, 소방, 관제센터가 맞물려 작동하는 생명의 톱니바퀴가 담겨 있었다.

TF 연구원들 전원의 전방위적인 활약으로 발간된 백서는 한국의 '지역완결형 응급·외상의료체계'를 연구하는 전문가라면 반드시 봐야만 하는 바이블로 자리매김하면서 대한민국 응급의료인들의 책상 위에 놓여진다.

민정엽이 회사의 권좌를 내준 대가로 받은 것은, 생명을 살리는 국가적 시스템 체계 '백서'였다.
TF에서 발간한 응급의료 체계 백서와 지역외상체계 진료지침, 교육자료는 경기도와 인천시, 제주도 등지에서 지역화해 적용되었다.
백서 발간 후 정부는 TF 프로젝트 수행 전년도인 2017년도에 20%에 달하는, 억울한 죽음인 '예방 가능한 외상 사망률'이 수행을 마친 2019년 15.7%로 개선됐다고 발표했다. 그 수치는 곧 사람이고, 살아남은 생명이었다.

*

"연합채널에서 긴급 속보를 알려드립니다. 국회 보건복지위 주도의 '응급의료혁신추진단'이 돌연 해체되었습니다. 이는 제도적 재검토가 필요하다는 여론을 수렴하고 절차적 명분을 강화해야 한다는⋯."

국가중앙응급센터 조직도에 센터장 직속으로 있던 '응급의료혁신추진단'은 어느새 슬그머니 자취를 감춰버리고 만다.

정치적 숟가락이 무력화되면서, 부서가 사실상 사라진 것이다.

15. 아틀라스

국정감사

2019년 10월 7일.

늦은 밤 거버넌스 연구소에서 홍현석과 함예슬이 국감 준비를 하고 있다.

「통계팀_최종ver_홍_1007」폴더가 열려 있다.

둘이 밀착해 노트북 모니터를 들여다보다가,

— 현석 씨. 이 숫자들이 나타낸 곡선, 여기 급격히 꺾이는 지점… 이게 뭐에요?

— 닥터헬기 이륙까지 지연 시간 3분 20초. 이 3분이 누군가의 심장박동을 끊어버린 생존율 곡선이에요. 참…,

숫자들은 원래 말이 없는데, 이런 날엔 꼭 뭔가 말하려는 거 같아요.

— 어떤 말이요?

— 살려달라는….

*

2019년 10월 8일 오전 10시 30분.

국회 본청 5층 회의실. 보건복지위원회 국정감사장.

민정엽과 홍현석이 참고인석에 나란히 앉아 있고, 바로 뒷자리에서 함예슬 사무관이 이들을 지키고 있다.

위원장 봉현재 의원이 '응급·외상체계 범정부 TF 보고서'라는 표지가 붙어 있는 서류 파일을 펴고는 마이크를 두드리며 말한다.

— 아, 아. 지금부터 보건복지부 소관 국정감사 4일 차 이어 진행합니다. 오늘은 복지부 산하 국가중앙의료원 응급·외상체계 TF에 대한 특별 참고인 출석이 있습니다. 민정엽 박사님, 나와서 자기소개와 TF에 대해 한 말씀 부탁드립니다.

짙은 네이비 수트에 노타이 차림의 민정엽이 나온다.

민정엽이 마이크를 켜고 천천히 입을 열었다.

― 안녕하십니까? 국가중앙의료원 응급·외상체계 TF에서 거버넌스를 설계한 민정엽입니다.

저희 TF는 고故 윤도한 국가중앙응급센터장의 마지막 프로젝트인 응급·외상체계 지역화를 위해 각계 전문가가 모인 팀입니다. TF의 최종 목표는 지속가능한 지역완결형 거버넌스의 운영과 확산이고요.

― 네, 감사합니다. 의원님들은 국가중앙응급센터가 국가중앙의료원에 소속된 부서라는 점 참고 부탁드립니다. 그럼 질의를 시작하겠습니다. 준비된 의원님부터 부탁드립니다.

위원장이 발언권 스위치에 불을 켠 의원에게 마이크를 넘긴다.

― 민의당 설강욱 의원입니다. 먼저 국민의 생명을 지키는 일에 매진하고 있으신 거에 국민을 대표해서 감사를 표합니다.

지난 4월 국가재난사태가 선포된 강원도 산불 대응에

TF에서 만든 GTS, Gangwon Trauma System의 약자죠? 바로 이 『강원외상체계 진료지침』이 지대한 영향을 끼친 것으로 알고 있는데요. 이게 뭔가요?

― 예, 강원외상체계를 담은 지침으로 안전센터, 직접 의료지도, 병원 간 이송과 닥터헬기 이송을 총망라한 보고서입니다.

― 달랑 보고서 하나가 국가재난사태까지 선포되고, 광범위한 산악지대까지 번져 3일 만에야 진화된 산불에서, 사망자를 단 한 명으로 막아내는 역할을 했다는 게 잘 이해가 안 되는데요?

― TF의 결과물인 이 보고서는 단순한 종이 뭉치가 아니라, 국민의 생명을 살리는 시스템을 짠 실질적이고 유효한 작전 지도입니다. 예를 들면, 각 정부기관 및 민간이 보유한 강원도 내 108개의 실질적으로 가용한 닥터헬기 인계점을 최초로 조사해 담아 공유해 인명구조의 확률을 극상으로 올린 것입니다.

― 예, 잘 알겠습니다. TF가 이번 강원도 산불 현장에서는 연구가 아니라 사람을 구조한 거군요. 감사합니다.

야당 의원 한 명이 마이크를 잡았다.

― 민 박사님, 이번 강원 산불에서 TF 투입이 없었다면, 인명 피해가 달라졌다고 보십니까?

― 그렇습니다. 바주카 작전 체계는 TF가 미리 설계한 <강원외상체계 GTS>와 『물자 보급드론 적용 재난매뉴얼』 위의 레퍼토리 안에서 작동했습니다. 만약 그 시스템들이 구축되지 않았다면, 최소 17명 이상의 사상자가 발생했을 겁니다. 이건 제 주장이 아니라 빅데이터와 통계가 그렇게 말하고 있습니다.

저희 TF는 프로젝트를 수행하는 동안 수많은 실증과 검증, 그리고 현장에서의 시행착오를 거쳐, 강원도 산불 같은 초대형 재난 속에서 최소한의 데미지로 방어한 결과를 만들어냈습니다.

― 답변 들으셨죠? 근데 김 의원님 다음엔 발언권 받으시고 말씀해 주세요. 쩝…, 다음 질문하실 의원님?

― 한국공신당 이순희 의원입니다. TF의 강원 산불에서의 활약상은 잘 알겠습니다. 그런데 지금 우리나라 국가 수준에서 거버넌스라는 체계가 꼭 필요한가요? 그런 거 없어도 잘 굴러갈 수 있는 거 아닌가요? 답변하세요.

― 공정한 체계 속에서 합치를 거친 의사결정 프로세스 없이, 의원님과 의원님 가족의 촌각을 다투는 생사의 갈림길이 그때그때 즉흥적으로 하는 '스탠딩 회의'로 결정된다면 어떠시겠습니까?

순간, 몇몇 의원들의 눈빛이 달라졌다.
위원장이 질문한다.
― 말씀하신 거버넌스는 현재 어떤 법적 지위를 가지고 있습니까?
― 없습니다.
― 없다고요?
― 거버넌스는 법령도, 예산 항목조차 없이 허술하게 존재해 왔습니다. 사실 예산과 조직, 정치적 허들 속에서도 '사람 생명'이 최우선인 저희 TF가 조명된 단초가, 윤 센터장님의 순직 이후에야 이슈가 됐으니까 저희를 여기 부른 거 아닙니까? 이전까지 위기 상황마다 저희를 도와주신 분들은 국회의원님들이나 제도가 아닌, 누가 뭐라 할 거 없이 먼저 손을 내민 현장을 지키는 헌신적인 사람들이었습니다.

민정엽의 소신 발언이 계속 이어진다.

― 현재 거버넌스는 사람과 사람을 잇는 구조로, '현장을 붙잡는 신뢰'로 움직이고 있습니다.

저희는 통계로 사람을 설득하고 네트워크로 기관을 연결해 실무자 중심의 거버넌스 체계를 잡았고, 수많은 공무원들과 의사, 간호사, 헬기 조종사, 소방대원, 응급구조사들이 그 신뢰를 증명해냈습니다. 그 신뢰가 지금까지 저희 TF를 존속하게 해 주었고, 사람들을 살려냈습니다.

하지만 이제는 제도로 응답해야 할 때입니다. 지금까지 사람을 살리는 구조는 법령보다 먼저 움직인 신뢰였지만, 이제는 국회가 그 신뢰를 제도로 바꿔 주십시오.

국감장의 공기가 멈춘다.

민정엽은 마지막으로 말을 이었다.

― 저희가 만든 건 기적이 아닙니다. 통계학적 확률이었습니다. 누군가 죽은 다음에 제도화하지 마시고, 살아 있는 지금 움직여 주십시오.

의원들이 고개를 끄덕이며 핸드폰과 수첩에 무언가를

적어 내려간다.

위원장이 마이크를 잡는다.

— 다음 참고인 나와 주세요.

— 안녕하세요. TF에서 통계와 GIS 모델 설계, 기술 타당성 검토를 담당하고 있는 홍현석입니다.

머리가 희끗한 중진 의원이 질문한다.

— 홍현석 연구원님, 제출하신 이송 경로와 생존율 상관관계를 분석한 도표가 저는 아직 완전히 납득되지 않는데요. 이 자료의 실효성, 국민분들께 설명해 보시죠.

— …의원님. 저희는 구급차와 닥터헬기가 어떤 경로를 통해 어느 지점에 도착, 착륙해야 가장 많은 생명을 살릴 수 있을지를 통계로 예측합니다.

— 그러니까 그걸 설명해 보라고요.

홍현석이 스크린에 슬라이드를 띄운다.

— 예를 들어, 이 그래프는 구조 5분 단축 대비 생존율 13.2% 상승을 나타냅니다. 환자 한 명당 구조 시간이 1분만 줄어들더라도 생존율은 2.35%씩 올라가는 겁니다. 이건 이론이 아니라 실제 현장에서 축적된 로우데이터 기반의 알고리즘입니다.

─ 참고인이 통계 맹신주의자인 건 알겠는데, 그렇게 믿는 통계로 장난쳐서 특정인이나 특정 집단에 유리하게 설계되면 어쩌냐는 게 본 의원의 질문입니다!

애써 침착하려는 홍현석. 마이크를 입에 가까이 댄다.

─ 네, 의원님. 짧게 말씀드리자면…, 논문의 이론을 검증하기 위해 통계 프로그램을 돌리다 보면 그래프상에 전혀 예상치 않은 생뚱맞은 좌표에 점이 찍히곤 합니다. 통계학자들 말로 '삑사리'가 나는 건데, '아웃라이어 Outlier'라고 해서 통제되지 않는 블랙스완Black swan, 일어날 확률이 적은 이벤트입니다.

이러한 이상異狀 관측치를 제거하려면 조판을 기각과 채택을 반복하면서 살짝씩 건드려야 하는데, 일반적인 편의표본추출Convenient sampling에 비해 모집단의 대표성이 높은 할당표본추출Quota sampling 툴을 차출합니다.

할당표본추출은 인구통계학적으로 이미 정해둔 구성 비율에 따라 표본을 추출하는 작위적 선택입니다. '작위적'이란 단어에 나쁜 의미의 '조작'을 생각할 수 있겠습니다만, 이는 공정한 검증을 위한 연구조절자Mediator의 정당한 과학적 개입입니다.

— …….

한참의 정적이 흘렀다.

다른 여성 의원이 금테 안경을 올리며 낮고 굵은 목소리로 묻는다.

— 그럼 연구원님, 결국 '숫자로 목숨을 살린다'는 말씀이신가요?

홍현석은 고개를 끄덕이며 답한다.

— 우리가 푸는 숫자 하나에 누군가 살아납니다. 수치라기보단 서바이벌, 생존의 증거 그 자체인 거죠. 그게 제가 믿는 통계입니다. 거버넌스가 언제나 완전진 않습니다. 그러나 누군가는 불완전 속에서도 결정을 내려야만 하고, 숫자가 그 기준을 제시하는 겁니다.

증언대 위에서 '과학과 정책'이 하나로 엮이는 순간이다. 회의장은 고요했고, 의원들은 진지하게 자료를 들여다보고 있다. 함예슬 사무관은 홍현석 뒤에서 묵묵히 응원의 기도를 하고 있다.

국회 출입기자들과 같이 나온 강원TV 조윤경 국장이 묵직한 감정 실린 눈으로 현장을 직시하고 있다. 뒤에서 두 손을 모으고 지켜보던 김해숙 복지부 장관은 굳은 표정으로 고개를 끄덕인다. 끝에 앉은 정정인 의원은 어떤 질의도, 말도 없었다. 아무도 말은 없지만, 이날 국회에선 무언가가 크게 바뀌고 있었다.

*

국감장에서 나오는 홍현석에게 함예슬이 다가간다.
— 현석 씨. 잘하셨어요. 긴장됐었죠?
— 네, 이제야 좀 괜찮네요.
— 그동안… 수고 많았어요.
— 함 사무관님도요.
— 우리 나중에 다시 볼 수 있을까요?
— 아마도, 아니면… 어딘가 기사 속에서 보게 되지 않을까요?
— 그렇겠죠? 현석 씨.

'그 사람을 떠올릴 때 미소 지을 수 있으면, 그걸로 충분하다.'

최종 보고회

국가중앙의료원 9층 대강당에 현수막이 크게 붙어 있다.

「응급·외상체계 TF 해단식 및 최종 보고회」

대강당 앞줄엔 경기, 인천, 부산, 제주 등 각 지자체 공무원과 소방관, 관련 학회와 협회 관계자들과 외상외과, 응급의학과 교수들이 줄지어 앉아 있고, 그 뒤로 정부부처 간부들이 자리하고 있다. 이현강 학장, 심선홍 교수, 함예슬 사무관, 민정엽 등 TF 관계자들이 정장을 입고 단상 위에 마련된 지정석에 앉아 있다.

간략한 TF 연구원 소개를 마치고는 이현강 학장이 해단을 알리는 클로징 멘트를 한다.

"누군가가 죽지 않도록 하기 위한 기관과 병원, 소방과 관제센터가 한 치의 오차 없이 맞물리는 톱니바퀴, 여기 앉은 관계자 한 분 한 분이 바로 그 '연결점'입니다. 오늘은 해단이지만, 저는 이 지점이 또 다른 시작임을 압니다. 그것이 TF가 정책 현장에 건네는 메아리라고 믿습니다. 정말 다들 고생 많이 하셨습니다."

해단식이 마쳐졌는데도 관계기관 사람들의 Q & A가 연달아 이어져 예정된 시간을 한참 오버한다.

*

TF 최종 보고회 마지막 섹션.
거버넌스 분과 발표다.
은은한 박음질로 「지역응급·외상체계 백서」라고 새겨진 두터운 책 위에 150페이지에 달하는 거버넌스 파트의 두꺼운 유인물이 나눠지고 김진학 박사가 복지부의 '응급의료 기본계획'과 거버넌스 개정 조례안을 대조해 가며, 정리된 그동안의 연구활동을 꼼꼼히 보고한다.
— 이번에 저희 거버넌스 분과에서 '시도 응급의료 위원회 운영에 관한 조례 2조 5항'에 새롭게 정의한 '지역응급의료 체계'란, '중증외상을 포함한 응급질환자의 치료 결과를 개선하기 위하여 적정한 인력, 적정한 의료시설과 의료장비 및 통신장비 등의 유기적인 협력을 기반으로 일원화된 응급의료 서비스를 제공하는 체계를 말한다.'입니다. 이와 관련한 현재 응급의료의 부처 중심

정책 수행 체계와 행정 흐름은 다음과 같습니다.

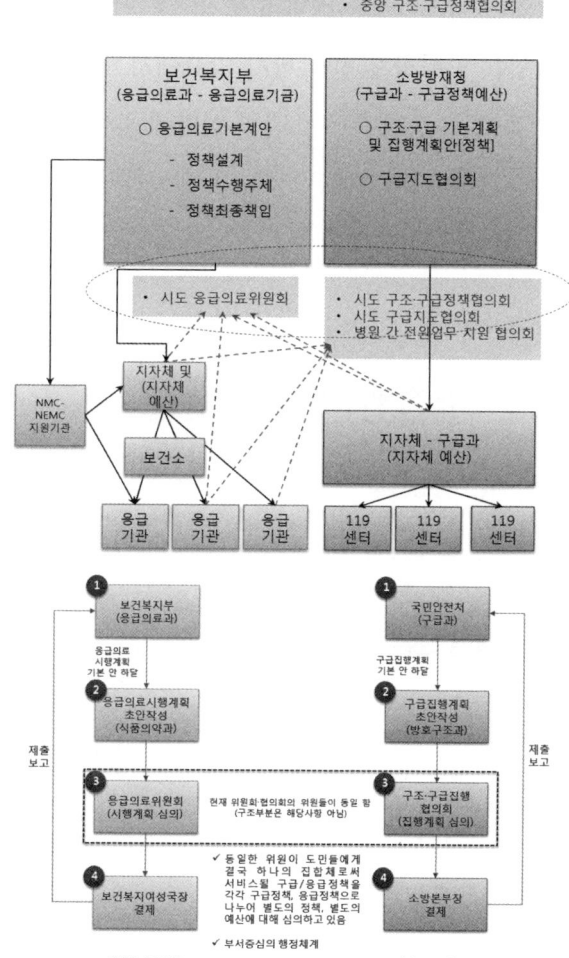

다음으로 민정엽이 단상에 오른다.

— 안녕하십니까? 거버넌스 분과 민정엽입니다.

민정엽이 스크린에 거버넌스 조직도를 띄운다.

민정엽은 앞서의 김진학 박사 발표에서 빼 먹은 부분들을 거들고는, 정책 충돌에 관한 설명에 들어간다.

— 보이는 다이어그램은 정책의 공생과 충돌을 나타냅니다. 보시는 바와 같이….

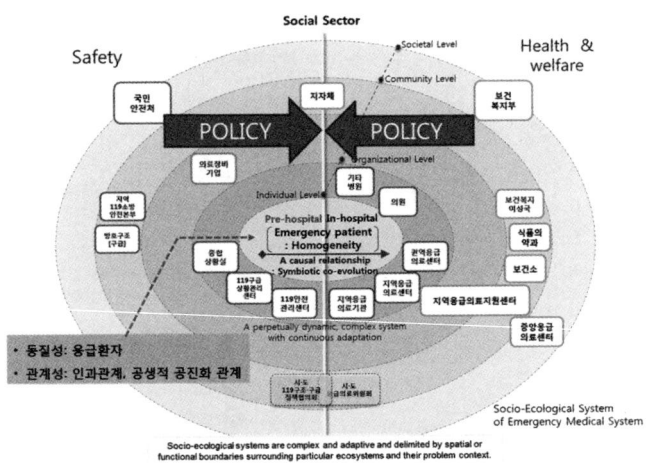

이어지는 거버넌스 개정안.

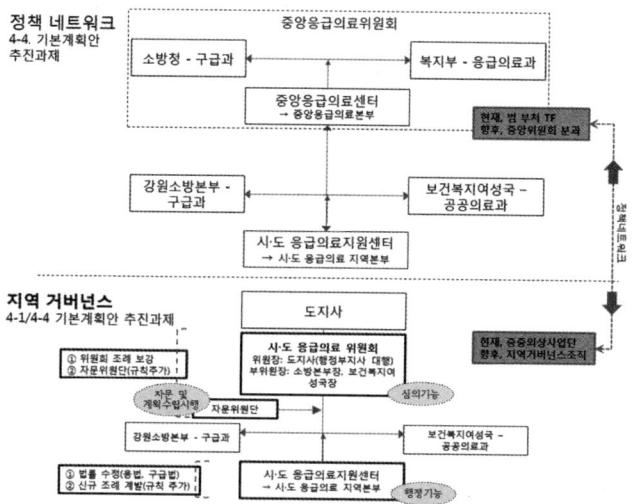

— …이번 장표는 거버너 Governor인 직접명령권을 가진 도지사를 중심으로 지역 내 의료기관과 소방본부의 협력을 도식화한 겁니다. 여기서 복지부와 소방청은 정책….

— 저기요!

민정엽의 발표 도중에 기자가 끼어들어 질문을 한다.

— 연합채널사 공수영 기자입니다. 민 박사님, 내용은 백서에 자세히 기록되어 있어서 얼추 알겠는데, 가장 중요한 재원 마련에 대한 상세한 계획은 있습니까?

민정엽이 단상에 놓인 생수를 한 모금 한다.

— 기다리고 있던 질문 주셔서 감사합니다. 답변을 겸해 이왕 돈 얘기가 나온 김에 경제 논리 따지기 좋아하시는 분들께 여기 경제인, 경영학자는 저밖에 없는 것 같아, 오지랖을 활짝 펴 고상한 여러분들께서 꺼려하시는 돈 문제 좀 대차게 얘기해 볼까 합니다.

민정엽은 리모콘으로 켜져 있던 스크린을 꺼 버린다.

— 병원 입장에서 '응급의료'는 돈 안 되는 '천덕꾸러기'라는 게 정설로 되어 있습니다. 이 열악한 상황을 아주대 중증외상센터의 이국현 교수는 의사의 신분으로 언론에 적극적으로 노출되면서까지 목이 찢어져라 세상에 소구하고 있습니다.

여기서 반문해 봅니다. 경찰이 돈을 법니까? 소방기관이 BEP손익분기점, Break-Even Point를 맞추려고 노력해야 합니까? 국민 생명에 직결된 응급의료라는 최소한의 필수 사회안전망이 병상의 가동률과 회전율이란 시장경제 논리에서 배제되어야 하는 것은 당연한 일입니다.

개도국 수준 이상의 나라에서 국가 경제를 지탱하고 가족을 부양하는 40대 이전 사망원인 1위가 중증외상입니다. 그 환자들 대부분이 사건·사고가 발생해도 사회적

이슈가 안 되는 청년이고 가난한 노동자들이고요.

그런데 아이러니하게도 활동성 높은 청년이 중증외상을 입었다가 완치되는 것은 경제학적으로 가장 드라마틱한 투입 대비 효과, ROI 투자대비효과, Return on Investment 입니다. 회복된 청년이 앞으로 평생을 지역사회와 국가에 기여할 납세의 의무 행사와 노동력은 물론, 번듯한 가정을 일궈 인류에 공헌할 가치를 생각해 보죠. 이보다 효율적으로 선先투자해야 할 실리와 명분이 있는, 생명의 최후 보루인 사회안전망이 있을까요?

제발이지 생과 사의 경계에 선 시민의 목숨을 담보로 주판알을 튕기지 맙시다. 응급·중증외상 수술의 수가를 올려서라도 국민 생명의 마지노선을 지켜내야 합니다.

긴 말을 단숨에 해버린 민정엽이 마이크를 내려놓는다.

'에라, 이참에 할 말 다 해 버리자.'

마이크를 다시 집는다.

— 저는 여러분들처럼 의사도 공무원도 아닌, 과科도 종種도 다른 세계에 있는 경영학도라, 저희 다음의 또 다른 TF에게도 리스크가 없을 거라서, 이제 하고 싶은

말을 다 하고 이 신묘한 인간계와 결별하고 싶습니다.

민정엽은 대강당이 웅성거리는 것에 아랑곳하지 않는다.

— 상급 조직의 기관장이 바뀌고, 여와 야, 국회의 다수석을 차지한 정당이 바뀔 때마다 응급의료라는 국민의 목숨을 담보로, 기어가다 멈추다가, 왔다가 갔다가 하는 정치, 정책적 변덕에 죽어 나가는 건 대한민국의 청년들과, 직·간접 생산과 서비스업에 종사하는 블루칼라 서민들입니다.

좌중이 민정엽의 결기에 초집중한다.

— 1, 2년마다 바뀌는 중앙정부, 지자체, 보건복지부 담당자는, 새 학기가 시작되면서 바뀐 과외 선생님을 쳐다보는 순진무구한 초등학생의 눈빛으로 '저 이번에 새로 부임해서 이 얘기 처음 듣거든요…'라며 응급의료 최전선에 까치발로 서 있는 전사戰士들에게 알아듣게 처음부터 다시 학습을 시켜보랍니다. 마치 갓 태어난 노련한 아기 마피아의 무데뽀 같다고나 할까요?

까치발 전사가 앵무새처럼 반복해 지저귄 신규 학습을 마친 마피아 베이비는 결국 전임前任 담당자와는 전혀 다른 엉뚱한 별나라 얘기를 공허하게 시작해 대기 일쑤입니다.

민정엽이 잠시 눈을 감았다가,

― 마지막으로 지역외상체계구축 TF 킥오프 미팅에서 조용한 목소리로 자신을 저희 TF의 팀장이라고 소개했던 한 사람을 기리며 마무리할까 합니다.

모두가 기억하실 겁니다. 설날 연휴 과로사로 우리 곁을 떠나간 윤도한 센터장님을. 그는 분명 우리 같은 일반의 사람은 아니었습니다. 그는 세상을 떠날 때조차도 보통 사람들처럼 누워 있지 않았습니다.

윤 센터장님은 생애 마지막 날마저도 이 나라 응급의료 시스템처럼, 고장 난 바퀴가 달린 움직이지 않는 낡은 의자에 꼿꼿이 앉아서 벤치마킹하던 일본의 응급예보 시스템을 도식화한 화이트보드를 응시하고 있었고, 책상 위의 놓인 저희 TF의 거버넌스 조직도를 끝까지 움켜잡다가 그마저 눈동자에 담아 알뜰히 챙겨 세상을 떠났습니다. 그 엄청난 무게를 땅이 아닌 몸으로 지탱하면서….

몇몇의 눈시울이 붉어진다.

― 이국현 교수님이 윤 센터장님 영결식에서 말했듯, 그는 하늘을 떠받치는 신화의 거인 아틀라스처럼 마지막까지 자신의 신앙인 한국의 응급의료를 그의 어깨로

버겁게 떠받쳐 지켜냈습니다. 마지막 길이라도 홀가분하게 가셨어도 되었을 것을…. 이제는 우리가 그를 기억해 응급·외상체계의 지역화를 반드시 이뤄내야 합니다.

장내가 숙연하다.

― 아무쪼록 저희 TF의 존재의 이유였던 이번 연구가 살아생전 윤 센터장님의 염원대로 우리나라 지역 완결형 응급의료 체계와 내외산소_{내과·외과·산부인과·소아청소년과}를 아우르는 필수의료체계의 지역특성화 정립에 기준이 될 수 있습니다. 나아가 전국 확산 모델로서 교육, 평가 등에 있어서도 연속성을 가지고 지속적인 PDCA_{Plan-Do-Check-Act}와 모디파이_{Modify, 조작적 정의}를 통해 자기 성찰과 자가 발전을 해나가며 환류되길 바랍니다. 이상입니다.

누구 한 명이 조용히 박수를 치는 듯하더니, 얼마 뒤 발표회장이 박수로 넘쳐난다. 심선홍 교수도 눈가에 물기를 훔치며 박수를 치고 있다.

'…잘했다, 정엽아. 센터장님도 웃고 계실 거야.'

이곳 대강당을 거인 아틀라스가 흔들고 있다.

16. 제자리

 # 커플

백서 발간과 최종 보고회 마무리로 한숨 돌린 거버넌스 연구소 멤버, 민정엽, 곽영찬, 이주현, 박지혜는 병원에서 가까운 백운산으로 가을 산행을 간다.

이주현은 긴 다리를 적나라한 레깅스로 감고는 박스티에 자기 얼굴만 한 선글라스를 무심히 꽂았다.

꽉 끼는 청바지에 답답한 흰색 블라우스를 입고 있는 박지혜. 군의관 출신이라 민간인 등산 패션에 젬병이어서인지, 이주현에게 왠지 모를 또 한 번의 의문의 1패를 직감한다.

가볍게 산을 타고 내려온 넷은 계곡을 품고 있는 식당에서 닭백숙에 백세주를 기울이고 있다.

백세주가 소주로 바뀌면서 분위기가 무르익는다.

박지혜가 소주병 뚜껑 끄트머리를 배배 꼬며, 어젯밤부터 연습해 둔 코멘트를 발사한다.

― 민 박사님, 저 전공의 기숙사에서 나와서 그 옆에 원룸으로 이사했어요. 커튼을 달아야 하는데 박사님 언제 시간 되실 때 와서 달아주세요. 제가 키가 작아서.

타이밍을 놓치지 않는 이주현.

― 지혜 쌤은 어쩜 저와 딱 평행이론 그 자체네요. 저도 이번에 가을 커튼으로 바꿔야 하는데…, 지현 쌤은 키가 워낙 조막만 해서 괜찮으실 텐데, 전 키가 167이라 의자를 받치기도 애매해서요. 민 박사님, 지혜 쌤 커튼 달고 나서 바로 옆에 저희 집 오셔서 커튼 바꿔 주시면 되겠네요.

두 남자는 여인네들 대화에 도통 관심이 없다.

*

계곡 근처에 식당들 외엔 딱히 갈만한 곳이 없어, 넷은 식당 근처에 펜션을 잡고 2차를 하기로 한다.

펜션 주인장이 크고 작은 방 2개짜리 패밀리 사이즈밖에 없단다.

곽영찬이 근처 편의점에서 바리바리 사들고 온 술로 다시 펜션에서 판이 깔리고, 주권酒權을 잡은 박지혜는 이주현에게 져서는 안 된다는 강박에 이리저리 술을 말아 거세게 건배 제의를 한다.

― 자, 그럼 군인정신으로 이젠 소주로 가는 겁니다!

'뭐 래 니. 뭐, 군인정신?'

물끄러미 박지혜를 쳐다보던 곽영찬.
― 지혜 쌤, 제가 뭐 하나 고백해도 될까요?
민정엽과 이주현의 시선이 둘에게 쏠린다.
― 뭐죠?
― 제가 학부 때부터 알바로 해부학 교실 '카데바 해부용 시신' 역할을 쭉 해오고 있거든요.
― 네, 그래서요?

― 제가 지혜 쌤을 처음 본 게 사실은 거버넌스 분과에 합류한 첫날에 알바하던 해부학 교실 수술대 위에서였어요. 너무 일찍 도착해 벌거벗고 누워서 대기하다가 졸려 오는데, 조명이 밝고 서늘해서 가아제로 눈 덮개를 하고 수술포를 두 장 덮고 있었….

― 자~ 간빠이, 간빠이! 짠, 짠, 짠!

박지혜는 더 얘기를 들어서는 안 된다는 생각에 더 거세게 건배 제의를 한다.

곽영찬의 입을 다물게 하려다 오버해 마신 술에 못 이겨 소파에 기대어 꾸벅꾸벅 졸고 있던 박지혜가 부리나케 깨어난다.

― 나두, 나두. 아~ 갈증 난다. 술이 고프다. 마시자, 마셔대자!

헛소리를 잠시 하고만 박지혜는 술을 입에 대지 못하고 그대로 다시 쓰러져 잔다.

곽영찬이 민정엽에게 정중히 두 손으로 술을 따르며 말한다.

― 제 사업 모델에 관심을 보인 AC엑셀러레이터에 민 박사님 말씀대로 피칭Pitching을 했더니 'pre-A' 투자 유

치 미팅이 잡혔어요. 감사합니다.

민정엽이 알려준 대로 응급체험 애니메이션으로 만들 겠다는 앱 개발 계획에 투자사 반응이 좋아서, 오프라인 시연팀 구성과 닥터헬기와 구급차를 동시에 구현할 수 있는 대형 버스 매입 비용을 투자금에 넣을 계획이라고 얘기한다.

— 맞아. 그렇게 시장을 크게 봐야 초기 투자자들이 호기심을 갖게 되는 거야. 지자체 지원을 받는 매칭펀드 결성도 마찬가지고. 다음 스테이지에서는 엑시트Exit까지 염두해서 내가 소개하는 투자사 투심위에 사업계획서 한번 넣어봐. 통과만 하면 내가 하방Foundation을 깔아줄게. 5,000만 원 이상 앵커링Anchoring 걸어주면 투자 유치형 벤처기업 인증받아 시리즈A 연결도 스무즈해질 테고. 그땐 텀시트Term sheet, 조건 합의서도 봐줄게. 상장사에 펄Peal로 붙여도 될 정도로.

명심해! 기관에서 투자받으려면 리듬하고 템포 사이에서의 톤앤매너Tone & Manner가 중요해, 흐름을 탄 들숨과 날숨의 호흡 반복.

*

다음 날. 민정엽은 펜션 안방에서 온전히 자고 있고, 이주현은 거실 소파 위에서 나뒹굴고 있다. 곽영찬과 박지혜는 안 보인다. 둘은 작은 방에서 잠이 들었다.

이른 아침. 곽영찬이 군대식 봉지라면으로 해장하자며 군의관 출신 박지혜 손을 잡아 펜션 슬리퍼를 끌고 편의점에 가 삼각김밥과 라면, 고추참치와 해장용 소주를 산다. 박지혜가 곽영찬의 뒤를 쫄래쫄래 따라다닌다.

그다음 주 TF 단체 카톡방에서 곽영찬과 박지혜 커플 탄생이 공식 선언된다.

외교관_2

늦은 오후 민정엽이 원현진 의원 요청으로 서울대에서 대한전문 경영인학회 특강을 하고 있다. 심선홍 교수와 장상구 교수가 서울대로 민정엽을 찾아온다.

학회를 마치고 셋은 신림동 순대타운으로 향한다.

*

　백순대에 막걸리 원샷을 연거푸 들이부어 댄 장상구 교수. TF 생활이 너무 힘들었다며, 초청장을 보내온 미국 JHU존스홉킨스대학에 내년에 방문연구원으로 장기연수를 나가겠다고 한다. 아들 영어 공부도 시킬 겸이라며.

　― 민 박사님. 아들 얘기가 나와서 말인데 우리 아들이 늦둥이로 심 교수 딸하고 동갑입니다. 맞네요. 심 교수 딸이 작년 이맘때 민 박사님 덕분에 외교관 인터뷰로 방학 숙제 전교 최우수상을 받았다면서요.

　― 아, 예….

　― 심 교수한테 그때 얘기 전해 들었습니다. 저도 우리 집에서 서열이 짱구 다음인데…, 짱구는 이번에 저희 집에 들어온 유기묘입니다.

　― 예….

　― 박사님. 우리 애 장래 희망은 군인이나 경찰에서 파견 나간 무관武官 출신 외교관입니다. 군인이면 영관급 이상, 경찰은 무궁화 한두 개 이상? 그리고 굳이 나라를 꼽자면 영국이 좋겠어요. 조금 더 자세히는 맨체스터

지역…, 애가 맨체스터 유나이티드 팬이라서요….

― 아드님께서 꿈을 아주 지극히도 구체적이고 야무지게 꾸시네요.

― 예, 흐흐. 민 박사님 단도직입적으로 말씀드리겠습니다. 저희 아들도 이번 방학에 외교관 인터뷰할 수 있게 부탁 좀 드립니다.

'얼떨'

예상치 못한 상황 전개에 장상구 교수 옆에 앉은 심선홍이 난처해한다.

― 뭐, 그러시죠. 예 알겠습니다. 아드님을 영국 맨체스터 지역 담당 무관 트랙 외교관하고 인터뷰시켜 드리는 걸로, 맞죠?

― 오케이, 민 박사님 고맙습니다. 건배 한번 하시죠! 이참에 우리 아들래미 반에 있는 내 친구 딸래미들도 외교관 꿈을 꿔 보라고 해야겠는데요?

― …….

― …….

중앙응급의료박물관

장상구 교수가 먼저 자리에서 일어나고, 심선홍이 민정엽에게 막걸리를 따르며 말한다.

— 곽영찬 구조사는 네 덕에 투자 유치 잘 되고 있다던데?

— 잘됐네.

— 이주현 연구원이랑 박지혜 선생은? 아 참, 드럼세탁기는 잘 지내고?

— 다들 제자리로 복귀했지. 드럼은 항상 열심히 하고 있고. 홍현석 연구원은 어때?

— SCI급 저널 내서 박사 받고 'AI 리서치펌 Research firm' 차렸어. 걔가 통계 천재잖아.

— 그런 회사에서는 뭐 하는 거야?

— 현석이가 논문 쓰려고 개발한 AI척도 돌려서, 정책 평가나 정치인의 평판도, 불신도, 청렴도 같은 거 조사하는 기관이야.

— 오…, 돈 잘 벌겠네. 넌 회사에서 나왔다며? 이제 뭐 하게? 학교에서 애들 가르칠 거면 나랑 같이 교수하면서 강의하면 어때? '응급의료시스템과 거버넌스' 이런 내용으로.

― 잘 모르겠어…, 윤 센터장님 염원이셨던 '중앙응급의료박물관'을 대한인명구조학회랑 진행하면 어떨까 생각 중이야.

― 장비들 진열하고 통계 숫자만 나열된 게 아니라, 진짜 생존의 현장 온도랑 사람 냄새 나는 박물관이 되겠는데? 그럴 거면 내가 메디컬 파트를 맡을게.

― 응, 고마워. 아니면 글 쓸까? 나 원래 베스트셀러 작가잖아.

― 아이템은 뭐 있고?

― 우리 얘기….

― 응?

― 우리 TF 얘기, 제목은…, 거버넌스? 책이든 박물관이든, 기록과 기억을 남기는 건 결국 같으니까.

― 괜찮겠어? 뒤가 켕기는 사람들은 우리 TF 얘기가 세상에 나오는 걸 불편해할 텐데….

― 시스템 부재 안에서 누군가는 기록해야 하고, 그 기록이 실낱 같은 또 다른 여명으로 떠오를지도 모르잖아. 누군가는 사실을 남겨야지.

― 음….

운동장_2

잠실야구장에서 샤롯데와 SSG의 경기가 한창이다.
9회 말 분위기가 한껏 고조된 경기장.

'뿌— 뿌—— 뿌— 뿌——'

시끄러운 경적이 울리더니, 장내 방송이 울려 퍼진다.
"경기장의 선수들과 장내에 계신 관중께 응급상황을 알려드립니다. 이곳 잠실 경기장 근처 송파구 거여동에 홀로 사시는 어르신이 뇌졸중으로 쓰러져 환자를 실은 앰뷸런스가 경기장에 곧 들어올 예정입니다.
이후에 잠실 인근의 교통 체증으로 인해 근처 남양주 항공관제연구원에서 파일럿을 지원받아 출동한 닥터헬기가 곧 경기장에 착륙합니다. 선수들은 경기장 밖으로 신속히 퇴장해 주시고 관중분들은 이동을 자제해 주시기 바랍니다.
응급상황이 끝날 때까지 경기는 중단됩니다. 다시 한번 안내의 말씀…."

'삐요— 삐요—'

앰뷸런스가 사이렌을 울리며 경기장 안으로 들어온다.

'투투투투—'

얼마 지나지 않아 강력한 프로펠러 소리가 하늘에서 들리고, 닥터헬기가 이내 경기장 중앙에 착륙한다.

기민한 움직임의 119구조대원들과 닥터헬기에서 내린 의료진이 스트래쳐카트환자이송 운반카트로 환자를 헬기로 이동시킨다.

곧바로 이륙하는 닥터헬기 안에서 보잉 선글라스를 낀 무표정의 여성 파일럿이 관중석을 향해 엄지를 세워 보인다. 선수들과 관객들이 일어나 하늘로 날아오르는 닥터헬기를 향해 응원과 쾌유를 바라는 박수갈채를 보낸다.

샤롯데 관중석에서 등번호「20번 임수혁」이라고 적힌 자이언츠 유니폼을 입은 여자아이가 박수를 치다가 아빠를 쳐다보며 말한다.

— 아빠 나 나중에 닥터헬기 파일럿이 될래요. 그래서 저렇게 사람을 살리는 사람이 되고 싶어요.

아빠가 딸의 머리를 쓰다듬는다.
― 그럼! 꼭 그렇게 될 거야.

이날 사람을 살려낸 시스템은 불과 몇 달 전 TF가 백서에 담아낸 매뉴얼 위에서 작동하고 있었다.

―The end

* The following is based on actual events.

작가의 단상

초등학교 때 이모부가 대대장으로 계시던 수원의 공군 전투비행단 관사에 갔었습니다. 이모부는 빨간 마후라_{전투기 파일럿}의 무인도 생존 훈련을 얘기하시며 국민을 지키는 그곳이 군인의 자리라며 어린 저의 애국심을 자극했습니다.

이 글의 '빨간 벽돌집' 꼭지에 나오는, 집무실이라기보다는 어수룩한 간이침대와 빨래통이 놓인, 그냥 '집' 같은 너무나 남루한 사무실에서 윤한덕 센터장님도 저에게 비슷한 말씀을 하셨던 기억이 생생합니다.

환자를 살리는 그 자리가 의사의 자리라는.

6주기 윤한덕 센터장님을 기리는 추모식장에서 영결식 이후, 코로나를 지나 매년 추모식 때마다 뵈었던 윤한덕기념사업회 허탁 이사장님 등과 인사를 나눴습니다. 추도사 식순에서 윤 센터장님과 중앙응급의료센터장 직책을 놓고 함께 고민하셨던 부산대병원 응급의학과 조석주 교수님은 "윤 센터장의 마지막 순간까지도 책상에는 지역응급체계 거버넌스 조직도가 놓여 있었다."라며 그의 충절을 기렸습니다.

이 글은 먼 나라 얘기가 아닌 '사람이 사람을 살린다'는 구호를 외치며 지역 이기주의와 구시대적 '사다리 걷어차기'를 초월한 신념으로, 전국 확산 모델로 쓰이기까지 지역 특화형 응급·외상체계 구축에 혼신의 힘을 다한 윤한덕 중앙응급의료센터장의 유지를 받든 원팀One team의 이야기입니다.

『거버넌스: 코드블루의 여명』은 국립중앙의료원과 중앙응급의료센터와 긴밀히 소통하면서 집필되었습니다.

대한민국 응급의료 역사상 처음으로 중앙과 지방, 의료와 소방에 거버넌스 설계자까지, 부처와 직능을 막론한 '윤한덕TF' 23인의 연구원들과 중앙응급의료센터의 치열한 분투에 대한 사실의 기록이자 저의 책임이기 때문입니다.

분석과 조사로 워밍업을 하며 시작된 TF에서 만난 각계에서 모인 자기 분야에 정통한 전문가들은 어느 시점에 하나로 연결되었습니다.

프로젝트 초반, TF 연구원 모두는 응급실에서 사람의 고귀한 이름이 단순히 죽음의 숫자들로 변하는 걸 목격했습니다.

우리는 사명감을 가지고 생사의 경계 위에서 절박하게 거버넌스를 설계했고, 그 시스템이 생명을 구하는 걸 직접 두 눈으로 보게 됩니다.

'응급의료'를 경제와 정치 논리가 아닌 '생명권'이란 인간 본연의 권리이자 국민의 기본권을 보장하는 최후의 사회안전망으로 인식해야 함을 글에 담으려 했고, 아울러 지금도 어딘가 보이지 않는 곳에서 대한민국의 응급의료를 위해 여전히 자신들이 속한 자리에서 묵묵히 길을 걷고 있는 제2, 제3의 책임을 다하는 또 다른 TF가 있음을 알리고 싶었습니다.

국민의 혈세로 이룬 TF의 연구가 '고생했던 기억'으로 휘발되지 않고 현장에 적용되기를 바랍니다.

고故 윤한덕 센터장님과 우리의 염원이기에⋯.

부록

[박세정 칼럼] 고(故) 윤한덕 센터장을 기억하십니까

대한민국 응급외상체계를 이끈 양대 산맥이 있습니다. 민民에서는 이국종 교수, 관官에서는 윤한덕 중앙응급의료센터장입니다.

윤 센터장은 지난 2019년 설 연휴 기간이던 2월 4일 국립중앙의료원 자신의 집무실에서 책상 앞에 앉은 자세로 숨진 채 발견됐습니다. '심정지 업무상 과로사'로 판명된 고인의 책상 위에는 '지역외상체계 태스크포스TF'의 거버넌스 조직도가 놓여 있었습니다.

2021년 대한응급의학회는 '윤한덕 공로상'을 제정하고, 고故 윤 센터장은 민간인으로서는 36년 만에 국가유공자에 지정됐습니다.

필자는 2018년 보건복지부와 국립중앙의료원의 지역외상체계 구축시범사업에 응급의학과·외과 의사와 소방청, 소방본부, 국가 응급의료 컨트롤타워인 중앙응급의료센터에서 차출된 범정부 TF 총 23명의 연구원들 중 지역외상 거버넌스를 담당하는 경영학자로 투입됐습니다.

킥오프 미팅에서 작은 목소리로 자신을 TF팀 팀장이라고 소개한 사람은 중앙응급의료센터장 '의사 윤한덕'이었습니다.

코드블루Code Blue, 심정지 환자 발생 응급코드

지금도 당시 중증외상센터 대회의실에서 '뚜— 뚜뚜— 코드블루! 코드블루!'심정지 환자 발생 응급코드라는 경적과 함께 스피커에서 뿜어 나오는 소리에 브리핑하던 하얀 가운의 의사들이 응급실로 뛰쳐나갔다가, 얼마 뒤 피가 흥건히 묻은 초록색 수술복으로 돌아와 회의를 속개했던 기억이 생생합니다.

지역외상체계 TF의 프로젝트는 중증외상 환자가 최적 시간 내 최적의 치료를 받을 수 있도록 하는 '전국적으로 확산 가능한 권역외상체계 기본 모델'을 국내 최초로 만드는 것이었습니다.

TF팀의 지상목표는 외상환자 발생 시 가용한 데이터와 「GIS Geographic Information System, 지리정보시스템」를 기반으로 닥터헬기 응급의료 전용헬기를 포함한 모든 수송 자원을 이용해 이송 시간 최소화와 신속한 전원轉院 조치 및 심정지 응급처치인 CPR 심폐소생술, AED 자동심장충격기 교육훈련의 일상화로 '예방 가능 사망률'을 낮추는 것이었습니다.

회의 시작과 끝에 우리가 외친 슬로건은 언제나 "사람이 사람을 살린다!"였습니다.

슬로건을 외칠 때면 가슴이 뜨거워졌습니다. 필자의 20대 시절, 해병대와 특전사 훈련 프로그램을 위탁받아 교육하는 대한적십자사 부산지사에서 고급인명구조원 자격증 딸 때가 생각나서 그런지 '인명과 구조'에 대한 노이로제성 집착이 불쏘시개였나 봅니다.

프로젝트 완수 후 정부는 TF 프로젝트 수행 전년도인 2017년도에 20%에 달하는 '예방 가능한 외상 사망률'이 수행을 마친 2019년 15.7%로 개선됐다고 발표했고, 저희가 발간한 응급의료체계 백서와 지역외상체계 진료지침, 교육자료는 현재 인천시와 제주도 등에서 지역화해 적용되고 있습니다.

이태원 밤거리에 울려 퍼진 "군대 다녀오신 분!"

지난 10월 30일 이태원 핼러윈 참사 당시 환자의 119 신고 접수부터 병원 이송까지 평균 2시간 34분 44초가 소요됐고, 구급차가 현장에 도착하기까지 평균 1시간 38분 19초가 걸렸습니다. 이로 인해 전체 사상자 중 80명이 외상성 질식으로 인한 심정지 상태로 이송됐고, 40명은 이미 사망한 상태로 이송됐습니다. 사고 현장에서 이태원 소방서까지의 거리는 약 100m로 성인이 걸어서 50초 안에 갈 수 있습니다.

참사 사망자는 156명으로 대다수가 질식에 의한 외상성 심정지로 안타깝게 목숨을 잃었습니다. 협소한 도로와 몰린 인파, 불법 주정차와 구급차 부족이라고는 하지만 참담할 정도로 너무나도 늦은 조치가 아닐 수 없습니다.

"군대 다녀오신 분! 간호사님, 간호조무사님, 의사 선생님들 도움이 필요합니다!"

"…구십팔! 구십구! 백! 백 하나, 백 둘…!!"

아비규환인 이태원에 울려 퍼진 절규입니다. 압사 사고가 일어나면 주요 사인은 심정지로, 골든타임은 4분입니다. 이때 CPR, AED 같은 응급처치가 생사를 좌우합니다.

패닉 속 인류애의 발현이 있었습니다. 구급차 주변 길바닥 위의 희생자들과 부상자들 바로 앞까지 밀려온 인파와 그 옆을 아슬아슬하게 지나가는 차량을 통제하기 위해, 누가 먼저라고 할 것도 없이 시민들은 손에 손을 잡아 팔을 뻗어 인간 폴리스라인을 형성해 연쇄 사고를 대비했습니다.

소방관이나 경찰관이 아닌 일반의 남자들이 부상자들을 곁부축으로 안전지대로 대피시켜 두고선, 아스팔트 바닥에 지지한 자신의 무릎이 나가든 말든 필사적으로 CPR을 해댔고, 그 옆에서 여성분들이 1분에 100~120번 해야 하는 심폐소생술의 카운트를 목젖이 찢어져라 외쳤습니다.

사람이 사람을 살리고 있었습니다. 이 장면에 외신이 들썩였고, 해외에서는 "어떻게 일반인들이 CPR을 할 수 있지?"라는 댓글에 "한국 남자들은 군대를 다녀와서 그래"라는 답글들이 달렸습니다.

이태원 참사 고인들과 윤한덕 센터장님을 기리며

이태원 핼러윈 참사로 숨진 고인들과 대한민국 '예방 가능 사망률'을 낮추려다 심정지 과로사로 돌아가신 윤한덕 센터장님을 기리며, 필자는 기성 작가로서 4년째 집필하고 있는 '윤한덕TF'의 실화를 그린 『거버넌스: 코드블루의 여명』 작업에 박차를 가하려고 합니다.

재난 발생 시 생존 가능성이 있는 중환자 우선의 구조 및 분류와 처치, 이송이 효율적으로 관리돼야 하는 대한민국 응급의료시스템의 실제가 국가적 안전사고에 대한 경각심 고취에 일조할 것이라는 신념에서입니다.

저를 포함해 우리 국민 모두 다시는 이런 참사가 없기를 간절히 기도드리며, 엄중한 시기에 무거운 마음으로 칼럼을 마칩니다.

2022.11.8.

작가 소개

박세정 11월 9일 生

국립중앙의료원 윤한덕 중앙응급의료센터장 생애 마지막 프로젝트인 대한민국 최초의 지역 특화형 응급·외상체계 범정부 TF 23인 중 박사급 연구원으로 거버넌스 설계에 참여하였다.

와세다대학 정보과학과 졸업. 동대학원 아시아태평양연구과에서 MBA 취득 후 MIT공과대학 대학원 수료. 한국에 들어와 연세대 일반대학원에서 경영학 박사를 취득했다.

대한변호사협회 글로벌IT스타트업위원회 입법분과위원장, KAIST 국가미래교육전략 편집위원, 숙명여자대학교 언론정보학부 겸임교수, 성신여자대학교 외부전문가 입학사정관, 경찰대학 협업강사로, MBC 시선집중 도쿄통신원과 국방일보, AI타임스, 테크M 등 칼럼니스트로 활동하였다.

교보문고, 인터파크, 매일경제, 머니투데이 선정 작가로 한국추리소설상, 청년문학상, 테크문학작가상 등을 수상하였고, 장편추리소설 《비앙또 단편선 문학과평론사》을 펴냈다. 그 외에 베스트셀러 《미친 꿈은 없다 쌤앤파커스》, 《스타트업 노트 광문각》와 《블록체인 제너레이션 매경출판》, 《XaaS의 충격 북스타》, 《원소란 무엇인가 사이언스주니어》 등이 있다.

그 외 경력

- 한국ESG경영학회장
- 대한인명구조학회장
- 대한적십자사 고급인명구조원
- 대한결핵협회 자문위원
- UNOPS유엔연구기구 협력위원
- YMCA 그린닥터스 서울사무부총장
- 일본 도쿄소방청 방화관리자
- Sidus-HQ인베스트먼트 대표이사
- 메이슨캐피탈 대표펀드매니저
- 부산벤처스 대표이사
- 한국자금세탁방지학회 부회장
- 한국경제TV 디지털자산 인증평가단 전문위원
- 한국국방기술학회 학술이사
- 한국전문 경영인학회 이사
- POSTECH-전경련 '기술경영 리더십' 주임강사
- 이화여대 'TEDx' 특별강사
- 육군 26사단 포병 병장 만기 전역

거버넌스
코드블루의 여명

1판 1쇄 인쇄	2025년 9월 24일
1판 1쇄 발행	2025년 10월 13일

지은이 | 박세정
펴낸이 | 박정태
편집이사 | 이명수　　　　　　　출판기획 | 정하경
편집부 | 김동서, 박가연
마케팅 | 박명준, 박두리　　　　온라인마케팅 | 박용대
경영지원 | 최윤숙

펴낸곳	북스타
출판등록	2006. 9. 8. 제 313-2006-000198 호
주소	파주시 파주출판문화도시 광인사길 161 광문각 B/D 4F
전화	031)955-8787
팩스	031)955-3730
E-mail	kwangmk7@hanmail.net
홈페이지	www.kwangmoonkag.co.kr
ISBN	979-11-88768-94-3　03810
가격	19,000원

이 책은 무단전재 또는 복제행위는 저작권법 제97조 5항에 의거
5년 이하의 징역 또는 5,000만 원 이하의 벌금에 처하게 됩니다.

저자와 협의하여 인지를 생략합니다.
잘못 만들어진 책은 바꾸어 드립니다.